レアン騎士学校高等部一年　中間試験 成績発表～
「すごいな。本当に特待生だったんだな」
「あいつ、授業など
ほとんど出ていなかったというのに、
うなっているんだ」
リョウカ・オウジン
中の上
エレミア・ノイ
中の下（赤点なし）

リリ・イトゥカ

疾走するわたしを恐れ、
気づけば敵の騎士たちは道を開くようになっていった。
それでも勇気ある者は怒声をあげながらわたしへと襲いかかる。
殺した。 殺した。 殺した。

ヴォイド・スケイル
学年1位!!!
「うそ……うそだぁ……」
リオナ・ベルツハイン
学年3位

転生して
ショタ王子になった剣聖は、
かつての弟子には
絶対にバレたくないっ
2

―― 剣徒燦爛 ――

著 ぽんこつ少尉
イラスト しあびす

CONTENTS

Reincarnated. The sword saint who became a Shorty Prince
To his former disciples I don't want my former disciple to find out.

この作品はフィクションです。
実際の人物・団体・事件などには関係ありません。

第一章　その後の猫

ある日、兄さんたちがブライズを取り囲んで何かを必死に訴えかけていた。先日この宿酒場に来ていた貴族様のことみたい。兄さんたちはあの貴族様が嫌いなのかしら。

わたしは、好き。わたしのお料理を、おいしいと言ってくださったから。本当においしそうに、何度もおかわりをしてくれたから。また来てほしいなって思うもの。

兄さんたちがあまりに耳元でやいやい言うものだから、ブライズが突然怒り出した。

——ああ、ああ、ごちゃごちゃごちゃごちゃうるせえなっ！　貴族だろうが陛下だろうが、俺の客を俺がどう扱おうが勝手だろーがっ!!

へえ、あの人、へ〜カっていうんだ。変な名前……。

朝、目を覚ますとすでにリリの姿はなかった。

別段これは珍しいことではない。職員会議がある日や、何かしらの準備が必要な授業のある日、あるいはイベントのある日は、教官の朝は早くなる。さらにリリに至っては、それらに加えて要人警護や騎士団の応援にまで、何かあるたびに駆り出されている。

おかげで一組は全五クラスの中で最も自習が多い。

今朝の用事は、おそらくは王都に戻るキルプスの護衛だろう。

つまらん用事であれば、あいつは前日の時点で俺に教えてくれる。それができない用事は、極秘で来校していたキルプス関連や、ダンジョンカリキュラムのような授業関連くらいのものだから、あいつが黙っていなくなると余計にわかりやすい。

さしずめ今朝の用事は、中継地点となる宿屋までキルプスを護衛し、そこで近衛《このえ》騎士に役割を引き継がせる。概《おおむ》ねそんなところだろう。

俺は黙々とストレッチをこなす。

子供の肉体というものは恐ろしい。性能は軒並み下がったが、疲労がほとんど残っていない。一晩寝ればほぼ全快だ。なんという回復力か。

顔を洗って制服に着替え、鞘《さや》ベルトを腰に巻く。

リリの一撃を受け止めたグラディウスは、すでに刃が欠けている。粉々に砕かれたホムンクルス戦のあとに、わざわざ備品倉庫から新調したばかりだったというのに。配給品では仕方がないとはいえ、ナマクラはこれだから面倒だ。安物買いの銭失いだな。

ため息をついて腰に差した。今日中にはまた交換だ。

リリから預かった鍵を手に、ドアを開く。

朝食は食堂だ。この時間は混雑する。それが面倒だから普段は食堂には行かず、前日に食堂の購買コーナーで買っておいたパンや惣菜《そうざい》をリリと食べることにしているのだが、昨夜はそんな暇さえなかった。キルプスの護衛に張り付いていたリリもだ。

次にいつありつけるかわからない戦場ではないのだから、一食くらい抜いても問題はないのだが、早く肉体を大きくしたいいまは貴重な栄養と言わざるを得ない。

ドアに鍵を掛けて歩き出した瞬間、横目に入った壁にもたれるリオナの姿に、俺は野生動物のように飛び跳ねた。

「うおわっ!?」

び、び、びっくりした……。

「……おはよ」

「気配を消して待つな！　心臓が止まるかと思っただろうが！」

「んー……」

リオナが指先で髪の毛を弄《いじ》りながら、拗《す》ねたようにつぶやいた。

「だって教官フロアだもん。生徒がいたら不自然じゃん」

「だったらせめてノックしろ」

「リリちゃんが出てきたら気まずいじゃん……」

「情けない声を出すな。リリなら今朝は早くから出ている。もういない」

「そーなんだ」

俺が歩き出すと、リオナは従うようについてきた。

珍しくしおらしい。

「で、なんで俺を待ってたんだ？」

「他の人に会うの怖いもん」

「安心しろ。誰もおまえの悪行は知らない。ただの病欠扱いになっている。だから真実を知っているのはヴォイドとオウジンくらいだ」

「……そのふたりのこと言ってんの。特に野犬の方は殺しにかかってきそうじゃん」

学校で殺すか、阿呆《あほう》め。そんなことをするのは暗殺者くらいだ。

「結局あの不良は何だったの？　何であたし、あいつにマークされてたんだろ……。妙な動きをした覚えはなかったんだけどな……」

おまえは妙な動きしかしていなかっただろうが。別の意味でだが。

「あたしよか不良の方が得体《えたい》の知れないやつだよ。まあそれでも、あたし以外にとってはいい人間なんだろうけどさ」

説明してやりたいのはやまやまだが、同時に俺自身の正体を話さなければならなくなってしまう。難しいところだ。

「ヴォイドが怖いのか？」

「へ？」

「あいつは身体《からだ》が大きいから。その……なんだ……。……昔を思い出すかと思ってな」

リオナの過去の話だ。

こいつは大人《おとな》にひどい目に遭わされながら過ごしてきた。心身ともに傷のひとつやふたつ、あってもおかしくないだろう。

女子寮から出て食堂の入り口までやってくると、人だかりが増えてきた。購買コーナーの方にも生徒たちが詰め寄せている。

ああ、糞《くそ》。面倒な。人混みが引くまで少し待つか。

「そういうんじゃないよ。だってヴォイドはまだ子供じゃん。あんなん全然怖くない。どちらかと言えば、陛下の方がよっぽど怖かったくらい」

親を悪《あ》し様《ざま》に言われるのは、少し哀《かな》しいものだな。子になって初めて知った。前世ならば笑って同意していたところだが。

「優しいぞ、キルプス――陛下は」

「うん、知ってる。あたしを赦《ゆる》すくらいだもん。でもやっぱりだめなんだ。目の前にいられると身体が竦《すく》んじゃう。反射的に殺さなきゃって思っちゃうくらい」

リオナが続ける。

「ううん、あの怖さは、それだけじゃなかった。もっと根源的な何か。正直大人の男の人ってだけで怖さはあったけど、たぶん、それとは別に」

うまく言葉にはできないが、そっちの恐ろしさは俺もわかる気がする。得体の知れない大きなものに呑《の》まれてしまうような、そんな恐ろしさだ。

善し悪しはあれど、おそらくそれが王の資質なのだろうと、俺は考えている。

「陛下《あの人》、切っ先が喉に迫っても瞬《まばた》きひとつしなかった。表情ひとつ変えなかった。ただあたしの目を見てただけ。抵抗もしないのに、不思議と殺せる気がしなかった。あんな対象は初めて……」

リオナが自分の手に視線を落とした。指を畳んだり伸ばしたりしている。

迷っているな。

暗殺者は迷わない。やつらが最初に殺すのは、対象ではなく己の理性だ。しかる後に対象を躊躇《ためら》いなく殺せるようになる。一流の暗殺者の完成だ。

だがリオナには、まだ理性の欠片《かけら》が残っているように見える。根拠のひとつは、切っ先を突き立てる直前、こいつがキルプスに謝っていたことだ。

理性のない暗殺者は感情の介在しないビジネスで対象を殺すが、なり損ないは生きるために迷いながら対象を殺す。リオナはおそらくまだ後者に指を引っかけているように思える。

食堂棟は朝の人混みでいっぱいだ。学生たちが棟の入り口に詰め寄せてしまっている。この分では、並んだところで席につくまでにまだしばらく時間がかかりそうだ。

「混んでるねえ」

「ああ、面倒だ」

ちょうどいいか。入り口が空くまでの時間を有効活用しよう。

本当は得意な分野ではないが、ひとつ、楔《くさび》を差しておくことにした。リオナをこれ以上、暗殺者側《あちら》に進ませないために。

「さっきの話だが」

「ん?」

「キルプスを恐れた話だ」

「エルたんはわかるの?」

リオナの得意な心理誘導を、俺は彼女にかける。バレないように、自然にだ。

暗殺者のドアを開いてしまわないように。鍵を掛けるんだ。

「躊躇ったのだろう。おまえが本当に恐れたのは大人のキルプスでも戦姫の剣捌《さば》きでもない。この人を殺してしまってもいいのか、という暗殺行為そのものに対してだ。つまりおまえが恐れているのはおまえ自身だよ」

「あたしが……？」

ブライズだって何度も経験してきたことだ。自問自答しながら剣を振ってきた。

だからリリをこの途《みち》に引きずり込みたくなかったんだ。あいつが理性のない暗殺者になってしまわないか、ブライズはいつも不安に思っていた。ブライズがそうならずに済んだのは、それこそキルプスがいたからに他ならない。

かつてあいつは、ブライズにこう言った。

——刃を振るえ。その罪は私が背負う。

相手の人生など何も考えずに殺《あや》めるのは、実に楽だ。心に負担もかからない。

だが己が生んだ死を金銭のみに換える外道《げどう》になりたくなければ、考えながら、苦しみながら刃を振り下ろすべきなんだ。剣術を楽しむことは、殺しを楽しむことと同じではない。

腕組みをして、食堂前の植樹にもたれる。

「やめておけよ、リオナ。おまえは暗殺者どころか騎士にさえ向いていない。それでも剣を握るのであれば、おまえは己と己の信じるもののためだけに刃を振り下ろせ。躊躇いが生じる殺しなどろくなものじゃない」

「エルたんったら、まぁ〜た歴戦のおっさんみたいなこと言っちゃってぇ」

歴戦のおっさんって何だよ。

「茶化すな。ここだけの話、俺は騎士学校に入学はしたが騎士になる気はない。誰よりも強くなって、戦地においては王命にすら逆らう権利を持つ〝剣聖〟の称号を得るつもりだ」

　植樹の葉が揺れている。

「ガリアの英雄ブライズのように？」

　リオナの言葉に、俺は少し笑った。

「いや、間抜けな獣のブライズのようにだ」

「えー……」

　やり直したい。あの時代を。いまならもっとうまく立ち回れる。まだ若すぎたんだ。あの頃のブライズでさえ。それこそ十歳児以下だ。

　ともあれ、この言葉が少女のドアを閉ざす楔となることを祈るばかりだ。

　人混みはなかなか引かない。ふと見ると、頭ひとつ高いやつが人混みの中を掻《か》き分けるように進んで、こちら側に出てきた。

　リオナが慌てて顔を伏せ、植樹の裏に隠れる。

　ヴォイドだ。

　あいつは俺を見つけると、片手を挙げながら近づいてきた。もう片方の手にはパンパンに膨れ上がった紙袋がぶら下げられている。

　朝からどれだけ食うつもりだ。いや、かつての己はもっと食っていたか。

「よぉ、エレミア。朝飯は食ったかよ？」

「まだだ。食べにきたんだが、あれを見てあきらめた。小さいと人混みは大変だ」

「クク、踏み潰されちまいそうだしな」

「……ぐ、否定できん……」

昔ならヴォイドにように掻き分けるまでもなく、俺が近づくだけで人混みなど真っ二つに割れたものだったというのに。

あれ？　嫌われてたのか？

そう言えば、騎士どもからは疎《うと》まれていた時代もあったな。いま考えると哀しくなる。キルプス以外に友人と呼べる関係はなかった。弟子ならいたが。

「エレミア」

ヴォイドが紙袋に手を入れて、俺にパンをひとつ投げる。俺は両手で受け取って視線を上げた。

「やるよ」

「お、おう。金は後で払う」

「律儀な野郎だ。気にすんな。こっちは陛下から野良猫の件でたんまりふんだくったからよ」

ああ。暗殺未遂の件か。確かにヴォイドがキルプスのデスクを蹴らなければ、暗殺は完遂されていたかもしれない。本来なら勲章を授与されてもおかしくはないことだが、いかんせんキルプスの来校は国家機密だ。そこで口止め料を兼ねた報奨金というわけだ。

ちゃっかりしているな。さすがは猟兵だ。

「感謝する」

「おう」

リオナは植樹の裏で気配を消している。

俺だけ食べるわけにもいかないな。そう思ってパンを半分に割ろうとした瞬間、ヴォイドが植樹へと向けて声を発した。

「おら、そこの野良猫。おめえの分もあるから出てこいや」

気づいていたのか。いや、最初から見ていたのかもしれないな。リオナの感知範囲外から。ヴォイドにはそれができるだけの経験がある。

だから朝食にしてはパンの数がやたらと多かったのか。紙袋がパンパンだ。パンだけに。

くだらないことを考えていると。

「う……」

リオナがうめき声をあげて、すごすごと出て――こない。植樹の陰から顔を半分覗《のぞ》かせている。

その顔へと向けて、ヴォイドがパンを投げた。リオナが慌てて出てきてそれを受け止め、視線をヴォイドへと向ける。

「礼くらい言えや。ボケが」

「あ、りがと……」

「おう」

リオナがおずおずと、俺の隣に戻ってきた。

ヴォイドがその場に座ってパンを食べ始めると、俺とリオナは顔を見合わせてからヴォイドに倣《なら》い、その場に座った。

「……ごめん……。……怒ってる……？」

囓《かじ》ったサンドウィッチから飛び出したハムを口で引き抜いて、ヴォイドがリオナを睨《にら》む。

「あークソ。ハムだけ抜けちまった。こういうのはバターかマスタードで貼り付けとけっつーんだ。味に偏りができんだろうが」

「ねえ、無視しないでよ」

「あにが？　陛下の暗殺はさておき、おめえは俺の仕事を何ひとつ邪魔してねえ。むしろ無用に疑っちまって悪かったな。そのパンはその詫《わ》びだ」

謝りやがった。何も悪いことしていないのに。極悪面《づら》した不良の分際で。

「じゃあなんであたしにお礼を言わせたのよ」

「おめえのその情けねえツラが笑えるからだ」

「あんたさぁ……」

一度躊躇うように口を閉ざして。

しばらくして、リオナは遠慮がちに尋ねる。

「え……っと、あんたの仕事って……？」

「こいつの護衛」

ヴォイドが俺を指さした。

一瞬、肝が冷えた。

「待てヴォイド、おま――！」

「俺はノイ男爵からこいつの世話を頼まれた護衛だ。ノイの親父《おやじ》さんにゃ、ちょっとした借りがあってな。断れなかった。十歳で飛び級だから心配だったんだろうよ。こいつの高等部への入学が決定した日に依頼されたってわけよ。同じ学校へ通うなら息子を頼むってな」

苦しくないか、その言い訳は。まあ、疑ったところでいまのリオナにそれを問い詰める元気はなさそうだが。

「ったく、面倒くせえ。そもそもこいつが護衛を必要とするようなタマかよ。貴族様の分際で、とんだ跳ねっ返りじゃねえか。――なあ、エレミア」

「お、おお」

おまえぶっ飛ばすぞ、マジで。貴族じゃなくて王族だからな、王族。

しっかし、よくもまあ、こうもすらすらと口から出任せが湧いてくるもんだ。本当に頭がいいんだな、こいつ。

ハムのないサンドウィッチを口に詰め込んで、ヴォイドがふたつ目のパンを手にする。だがすぐに思い出したように また紙袋を探り、俺にパック入りのミルクを差し出してきた。

「飲むだろ」

「なんであたりまえみたいに言うんだ」

「あ？　チビだからに決まってんだろーが。さっさと育てや」

本当にこいつは。聖人みたいな性格してるくせに、どうしてこんなに口が悪いんだ。俺はそこらへんに生えてる植物か。まったく。そんな簡単に背が伸びれば苦労はしていない。

まあミルクは貰《もら》っておくが。毎朝飲んでるからな。大きくなるために。

俺はヴォイドの手からミルクのパックをふんだくる。

「そいつはどーも！　余計なアドバイスまでありがとよ！」

「……ク、クク、クックック、ハッハッハ」

「笑うなぁーーー！」

声が裏返った。

「クク、いや、おめえが笑かしてんじゃねえかよ。いいから黙って飲めや。ククク」

「……」

特大の舌打ちをぶちかましてから、俺はパックの口を破って唇をあて、慎重に傾ける。

カップがないと飲みにくいな。うまいな、ミルク。前世ではもっぱら酒だったのだが。これも子供の肉体になってしまったゆえか。あーうまい。

「エルたん……なんか飲み方が可愛《かわい》い……」

「……」

ふたつ目のパンを囓りながら、ヴォイドがリオナに視線を戻した。

「おまえの標的がこいつの誘拐だったらダンジョン内で事故に見せかけて殺すつもりだったが、陛下の方ならまあ勘弁してやる。てめえが、どこからきた、誰であっても、な」

なんたる言い草か。

ヴォイドのやつ、本気でキルプスを嫌っているな。これはスラムの整地を急がねば、飼い犬の顔をした野良犬に手を噛《か》まれるぞ、親父よ。

リオナは目を丸くしている。

「あんたって、素人《しろうと》じゃないんだよね?」

「入学前は猟兵をやってた。スラムじゃ特に珍しくもねえ話だ」

それは先日も聞いたが、本当に猟兵なのだろうか。

俺は尋ねる。

「狩猟者《ハンター》ではなくか?」

「ああ。猟兵だ。スラムのガキは使い捨ての猟兵にゃぴったりだからな」

ガリア王国では、魔物を専門に狩るのが狩猟者で、魔物も人も狩るのが猟兵だと言われている。すなわちそれは、すでに手を血に染めている証《あかし》でもある。

かつての戦場にも、スラムの子は数多くいた。彼らが猟兵だ。

子供だから力は弱く、騎士ではないからろくな装備も与えられない。傭兵《ようへい》のようにギルドの仲介斡《あっ》旋《せん》がないため遺族への補償もなく、大半が個々人での活動ゆえに連携も取れない。

当然のように、彼らの数多くが戦場で散っていった。

むろん、その多くがなりたくてなるのではない。さりとて徴兵をされたわけでもない。だが他に選択肢はほとんどないんだ。エルヴァのスラムでは。

スラムにあっても、親が商売をしていて店を継げるやつは運がいい。

少年の半数は命を売り、少女の半数は花を売る。そうしてわずかばかりの日銭を稼ぎ、あの街は生き続ける。

それも、観光産業で富を吸い上げ丸々と肥え太った貴族たちから、侮蔑の視線を向けられながら。

「猟兵……か。ヴォイド、ひとつ聞かせてくれ。おまえはもしかしてあの戦場にいたのか？」

「あー。ま、停戦までの一年程度だけどな」

驚いた。

わずか一年とはいえ、まさかその年齢であの地獄をくぐり抜けてきたやつが、リリの他にもいたとは。それもブライズ一派の庇護《ひご》下にいたリリとは違って、単身でだ。よく生き延びられたものだ。

ああ。ようやくわかった。こいつがとんでもなく場慣れしていた理由が。

「……」

隣に視線を向けると、リオナは声を詰まらせていた。

自身だけではなかったと知ったのだろう。ふたつの国の狭間《はざま》で地獄を見てきたのは。やがてリオナは声を絞り出す。

「……そ、なんだ……」

「俺のこたぁいいんだよ。それよかオルンカイム、じゃねえか。……あー、まいっか」

ヴォイドが三つ目のパンを紙袋から取り出した。

しおらしくしているリオナの肩を、俺は軽く叩《たた》く。弾《はじ》かれたようにリオナが口を開いた。

「あ。エ、エギル共和国のウェストウィルからきた、リオナ・ベルツハイン。それが、本当のあたしの名前」

パンを囓りかけていた口が止まった。ほんの一瞬だ。

だがすぐに囓って、ヴォイドは嚥下《えんげ》する。

「ふぅ～ん。ウェストウィルのベルツハインねえ。〝異変〟に生き残りがいたってのは、聞いたことがなかったぜ。領主にゃ産まれたばっかの娘がいたらしいが、生きてやがったか」

「あ……。知ってるんだ、〝異変〟のこと……」

ヴォイドが自らのこめかみに指を当てた。

「言ったろ。おめえらとは頭のできが違《ちげ》えんだ。そうでもなきゃ生き残れそうになかったからな」

そう言えば、ヴォイドはレアン騎士学校の特待生だったか。

不良で授業もろくすっぽ出ず、屋上で昼寝ばかりしているくせに。こいつもリオナと同じくらい重いものを背負っていたとはな。

ヴォイドは続ける。

「ベルツハイン」

「あ、うん？　なに？」

「不自然なくらい生存者のいねえ事件だったらしいな。首謀者は、よっぽど証言者を消したかったんだろうよ」

それ以上は何も言わずに、ヴォイドはパンを食べている。

俺とリオナは一度顔を見合わせてから、貰ったパンをようやく口に運んだ。

ヴォイドとリオナはこれまでと同じく犬猿の仲になるかと思っていたのだが、案外、何事もなく受け容れられた。少々拍子抜けだ。

その件に関し、やつはこう言った。

リオナが俺に害を及ぼす人物ではなかったから、どうでもよくなったと。実にドライだ。だが本音はやはり違う気がする。

ヴォイド・スケイルは誰よりもお人好《ひとよ》しだ。今日はその理由の一端を垣間見《かいまみ》れた気がした。それは、からかう気にもなれない理由だった。

「んじゃな」

朝食をさっさと終えたヴォイドは、適当に後ろ手を振りながら本校舎の方へと歩いていった。まだ授業開始にはずいぶん早いし、あいつは鞄《かばん》どころか教科書の一冊も持っていないのだが。

「……あのサボり魔、たぶん屋上で寝ようとしてるよね」

「やはりそうか。あいつらしいな」

おっと。いいことを思いついた。

「ふはは。先ほど俺をチビとからかってくれたお礼に、リリに密告しておいてやろう」

「エルたん……。……小さい……」

「お、お、俺は小さくないっ！　すぐに大きくなるっ！」

「器の話だよぉ？」

「ぐ……。じょ、冗談だ……」

「だよねぇ～」

さて、次はオウジンだ。

これからはミク・オルンカイムではなくリオナ・ベルツハインと名を変えるのだから、せめて一組三班にだけでも下地を作っておきたい。

ヴォイドに貰ったパンを食べ終えた俺たちは修練場へと向かった。

俺やリリが毎朝ストレッチをするように、オウジンは毎朝木剣を修練場で振るっているんだ。ちなみに入学試験で使ったものとは違い、重量を真剣に近づけるために修練用の木剣には鉄骨が入っている。あたれば痛い。

部活動棟の最奥、修練場前まできて、リオナが不安そうにつぶやいた。

「……リョウカちゃん、真面目《まじめ》だから怒られそう」

「そうか？　案外いないかもしれないぞ？」

「いるよぉ～……」

俺にはわからん。

感知範囲内ではあるが、壁やドアを一枚隔てれば、それだけで感覚がかなり鈍る。だがドアを開いたとき、修練場の端で木剣を振るうオウジンの姿が目に入った。

俺たちが入室しても視線ひとつよこさず、空振一刀流の型を丁寧《ていねい》に辿《たど》っている。気づいていないわけではないだろう。壁やドアさえなければ、オウジンほどの使い手ならばこの距離に踏み込まれる前には感知している。

俺とリオナは修練場の入り口に立ち、オウジンの型が終わるのを待つ。

流れるような動きだ。まるでうねりせせらぐ流水とでも言うべきか。俺やリリとは違い、一度たりとも切っ先を留めることがない。

決して速くはない剣速だが、綺麗《きれい》に弧を描き、緩やかに全方位を流れる。あれで実戦になると緩急がつくのだから、なかなかどうして読みにくそうだ。

だが、だからこそ、オウジンの言う彼自身の未熟さが見て取れる。

つまりだ。察するにあの〝岩斬り〟という技は、やはり溜《た》めなど必要とする類《たぐい》のものではないということだ。最終形態では、刀の一閃《いっせん》一閃がすべて岩斬りになる。へたに打ち合えば剣ごと真っ二つだ。

東方の〝剣鬼〟は、こちらの〝剣聖〟より上かもしれない。

想像するだけで背筋《せすじ》がゾクゾクする。やはり海を渡ってでも、空振一刀流の完成形は一度見ておかねばなるまい。

「綺麗だね、リョウカちゃん。踊ってるみたい」

「ああ」

そうか。踊り子の剣舞に似ているのか。

案外剣舞とは、あちらの剣術を学んだ誰かが踊りに還元したものなのかもしれない。だとするなら踊り子の剣舞からも学べるものがあるかもしれない。ああ、しかし十歳という年齢ではその手の店には入れない。エルヴァのスラムならば、あるいは。

「エルたん?」

「なんでもない」

しばらく待っていると、オウジンが木剣を腰に戻す仕草をした。むろん鞘などない。真剣を想定した動きだからだろう。

そうして見えない誰かと礼を交わすかのように、頭を垂れる。

「ふぅ……」

ようやくこちらを向いた。

オウジンは木剣を壁際のソードラックに戻すと、首にかけた手ぬぐいで汗を拭いながらこちらへとやってきた。

「お待たせ。エレミア……と、オルンカイムさん」

オウジンの視線は俺にはない。リオナへと向けられている。まっすぐに。

「もう、いいのかい？」

「うん」

「キミには色々と事情があると思う。でも、そうだな。僕は少なくともキミに命を助けてもらった。キミがホムンクルスの眼球を突いてくれなかったら、あの拳を往なす余裕もなく、イルガと同じ致命傷を負っていただろう」

一度言葉を切って、オウジンはため息をついた。

「未熟だな。僕は」

「何が言いたいのかわからんぞ、オウジン。いちいちおセンチになって脱線するな」

「あ、そうだね」

オウジンはまだリオナを見ている。リオナの方は視線すら合わせられないようだ。肩をすぼめて小さくなっている。

「僕の国には一宿一飯の恩という言葉があって、小さなことであっても、一度受けた恩義は生涯忘れ――」

「くどい。もっとわかりやすく言え。なぜいま語学の授業など開始したのだ」

言葉を遮ってやった。

「ええ〜〜……？」

なぜかオウジンが情けない顔をした。リオナが慌てて俺を制止する。

「エ、エルたぁ〜ん……。もうちょっとリョウカちゃんのお話を聞こうよ……」

「俺はちゃんと聞いているからこそ、もっとわかりやすく言えと言ってるんだ！」

「ごめんね、ごめんねリョウカちゃん。エルたん十歳だからまだ空気とかうまく読めなくて。あとさっき野良犬にからかわれたから、ちょっとご機嫌斜めになってるだけなの」

「リオナ！　おまえは俺の母親か！　どいつもこいつもこの俺を子供扱──んむぅ！」

リオナに口を塞がれた。

「あ、うん……き、気にしてない……」

何をしょぼくれた顔をしているのだ、オウジンめ。

罪悪感に囚《とら》われているはずのリオナの方が、まだまともな顔をしているではないか。どういうことだ、これは。

まるで仕切り直すかのように、オウジンが咳払《せきばら》いをひとつした。

「ぼ、僕にはオルンカイムさんに命を助けてもらった恩があるから、何か困っていることがあるなら力になりたいって、そう言おうと──」

「ならば最初からそう言えばいいだろう。なぜそこで東国の話が出てくるんだ。わけがわからんぞ、おまえ」

俺はリオナを指さす。

「あんなことをしでかしたこいつがいきなり戻ってきたから混乱してしまうのはわかるが、ちょっとは落ち着け。大丈夫か？」

「……」

何やらオウジンは修練場の天井を見上げていた。

おもしろい人型のシミでもあるのかと思って、俺もやつの視線を追ってはみたが、天井には特に何もない。

「なんだ？　弾かれた剣でも天井に引っかかっているのか？」

「エルたぁ～ん……。ちょっと一回黙ろっか……」

「なぜだ――むぐぅ」

リオナが俺を背後から抱きしめるように、再び口を両手で塞いだ。そのまま抱き寄せられて、胸の中に埋まる。いや、埋まるほどもないのだが。

しばらくして、オウジンがようやく視線をリオナへと戻した。くどいようだが、何度見上げても天井にシミはない。

「なんか、僕の方こそごめん。これから話すことは助けてもらった借りを返すだけであって、決して恩に着せるつもりとか、そういうんじゃないからね。ああ、またエレミアにくどいと言われてしまうな」

喉元まで迫《せ》り上がってきてた「くどい」を、俺は呑み込んだ。

「もちろん、オウルディンガム国王陛下の暗殺には加担できないし、これからは阻止するつもりだけれど」

一度言葉を切って、オウジンは人差し指で頬《ほお》をポリポリと掻いた。

「もしキミがそうせざるを得ないくらい誰かに追い詰められている状況にあるなら、まずは僕らを頼ってくれてもいいんだってことを言おうとしていただけなんだ。これでも少しは腕に覚えがある。それにヴォイドやエレミアだっているだろ」

「……そっか。そうだよね。ありがとね、リョウカちゃん。でももう、たぶん平気」

「ならいいんだ」

また何をクドクドとぬかしているんだ。バシーンと「許す。次から相談しろ」の二言で済んだ話だろうが。だが口を塞がれたままの俺は黙っているしかない。

オウジンがまた咳払いをした。

「えっと、あらためて名前を聞いてもいいかな？　もうオルンカイムさんじゃないんだろ？」

「うん。リオナ・ベルツハインよ。ミク・オルンカイムは別人。悪いことしちゃったな、その子には」

「なりすましのことだね」

「うん」

俺は首を振ってリオナの手から逃れ、足りない情報を補足する。

「ちなみに本物のミク・オルンカイムはちゃんと生きてるぞ」

「そうか。それはよかった」

ああ、そうだ。少しだけまだ懸念材料があった。

俺はオウジンからリオナへと視線を戻す。

「リオナ。ミクに成り代わっておまえがこの学校に名を連ねたら、マルドに――あ、いや、オルンカイム閣下に正体を知られてしまうのではないか。それに本物のミクは受験すらできなかったのでは、少々気の毒だ。へたをすればあの爺《じい》さん、娘可愛さに怒鳴り込んでくるかもしれん。辺境一の豪傑だから、いまの俺たちでは到底太刀打ちできんぞ」

　オウジンが眉をひそめる。

「詳しいな。エレミアはオルンカイム将軍を知っているのか？」

「そ……!?」

　しまった。またやってしまった。

　糞。ブライズの頃の知識で語ってどうする。

「あ、ああ。まあ、ノイ家も辺境の貴族だからな。そのよしみでちょっとな……」

　今度はリオナが目を丸くした。

「そうだったの!?　あっぶなぁ〜。エルたんには速攻で正体知られちゃう恐れがあったんだ。完全に油断しちゃってたよぉ」

「まあな」

　嘘《うそ》に嘘を重ねてしまった。

　しかしこの場にヴォイドがいなくてよかった。もしいまの会話を聞かれていたら「将軍と知り合いならとっとと見破っとけやボケ」と嫌味のひとつも言われていたところだ。

　その点あいつはノーヒントで最初からリオナのことを疑っていた。どうなっているんだ、あの観察眼は。戦場での経験は俺の方が十倍以上長いはずなのだが。

　やつの言う通り、頭のできが違うのか。認めたくない。認めたくないぞ。

　まあ、それはさておき。

　正直言って、オルンカイム閣下とはもう一度会ってみたいというのが本音だった。あの豪傑からは学ぶべきところが山ほどある。やつが辺境伯として国境の地を治めていなければ、共和国との戦争は王国にとって相当不利な方向に傾いていただろう。

剣聖ブライズに、王壁のマルド。そう呼ばれたものだ。

しかしいまはリオナを守らねばならない以上、可能な限り接触は避けるべきだろうな。残念だ。

「あたしもよくわからないんだけど、オルンカイム親子のことは陛下がなんとかしてくださるって」

「そうなのか」

キルプスならばおかしなことはしないと思うが、一応念頭には置いておくか。

「あとは、そうだな。本物のミクがおまえの顔を思い出してしまうという危険性はないか？」

リオナが首を左右に振る。

「ないよ、ないない。だってあたし、彼女と会ってないから。その誘拐事件があったときにはもうレアン入りしていたの。下調べも兼ねてね」

「おまえだけ別行動だったのか」

「うん。あたしには他の諜報員《ちょうほういん》の顔も知らされていなかったから。向こうはたぶん知ってると思うけど」

だろうな。リオナが王国軍に捕まった場合、証拠を隠滅するために命を奪わねばならないのだから。子供だった猟兵ヴォイドが戦場においてそうだったように、暗殺者リオナもまた、諜報の場では使い捨てだったということだ。

ため息が出るな。

「だからあたしは彼女の誘拐には加担してないの。ちゃんと証拠だってあるよ。レアンの宿屋の宿帳を調べてもらえばわかる。あたしは施設でミク・オルンカイムとレアン騎士学校にいる〝戦姫〟のことを学ばされただけ。前者はなりすましにボロが出ないように、後者は標的だったから」

「何年がかりの計画だったかは知らんが、ずいぶんと用意周到なことだな。まあ、この件に関してはおかげで命拾いしたと言わざるを得ないところか」

あの豪傑爺さんと、いまのこの十歳の肉体で殺し合うなど、不利を通り越して絶望だ。

色々と不安は残るが、いまはキルプスの手腕を信じるしかないだろう。

しばらくの間、俺とリオナの会話を黙って聞いていたオウジンが、いまさらながらに焦《あせ》ったように口を開いた。

「ちょっと待ってくれ。ベルツハインさんが――」

オウジンの言葉を、リオナが遮る。

「だぁかぁらぁ、リオナでいいってば。ミクのときからそう言ってたでしょ。名前で呼んでって。あれ？　もしかして言ってなかったっけ？」

「俺は知らん。俺に聞くな」

「あはっ、記憶力なさそうだもんね、エルたんって」

失敬な。前世の記憶すら覚えているこの俺に向かって記憶力がないだなどと、見当違いも甚《はなは》だしい。

まあ直近のことはよく忘れるが。

オウジンが割り込む。

「あ、う、うん。それはいいんだ。それはいいんだけど、あの、リオナさんが――」

今度は俺が遮った。

「何を赤くなっているんだ、おまえは。たかが名前で呼ぶだけだろうが。やはりおまえは少し女性に慣れた方がいいな。もしも敵が女性だったら、黙ったまま棒立ちで斬られかねんぞ」

「そんなヴォイドみたいなことを言わないでくれよ。――じゃなくて！」

何やらひとりで突っ込んだ。

顔が真剣だ。

オウジンの喉がごくりと鳴った。

「さっきから聞こえる話があまりにも大きすぎて、若干《じゃっかん》怖くなってきたんだが。僕の勘違いじゃなければ、これは国内どころか国際犯罪になっていないか？　それも世界大戦の引き金になりかねない規模の……」

俺はリオナと顔を見合わせてから、オウジンに視線を戻した。

「そうだが？」

「いまさらぁ〜」

オウジンが喚《わめ》く。

「軽いよキミたちッ!?　僕が言うのもなんだが、大丈夫なのか!?」

「声がでかい」

「大丈夫じゃなくなっちゃうよぉ」

「す、すまない」

確かに大戦勃発の恐れはあった。

エギル共和国から放たれた暗殺者がガリア王国の王を狙った。つまり共和国は各国の元首にそれを放つ恐れのある危険国家であるという位置づけになる。

そうなれば共和国は世界から孤立し、場合によっては各国の連合騎士団によってネセプ政権は制裁を下されても不思議ではない状況に陥っていただろう。そこでネセプが降伏を認めずに足掻《あが》くことを選べば、おそらく世界大戦というものが勃発する。

普通に考えれば、いくら共和国が大国であるとはいえ、各国の連合が敗北することはあり得ない。

だが、もしも共和国がすでにあのホムンクルスなる生物兵器を量産可能な態勢にあるのならば、話はまったく変わってくる。わずか一体で、ぼんくら騎士どもを何百人屠《ほふ》れるかまではさすがに計算できないが、相当数であることだけは間違いない。

かつての戦場にあれが大量投入されていたら、ブライズであってもどうなっていたことか。

しかし今回に限っては、キルプスが口を閉ざすことを選んだからそうはならないだろう。けれど確かにオウジンの言う通り、ほんの一歩でもルートを踏み外せば大戦勃発の恐れは十分にあった。

俺はあえて明るい表情でうなずく。

「まあそう心配するな。ハゲるぞ、オウジン」

「僕の髪なんてどうでもいいだろ！」

「なら好きにハゲろ」

「それは辛辣《しんらつ》すぎないか!?」

「とにかくだ。陛下の一存で今回の一件は明るみには出されないことになったんだ。おまえもキルプスから黙ってろと言われただろ？」

これはキルプスが俺に言ったんだ。

ヴォイドとオウジン、そしてリリには箝口令《かんこうれい》を敷いた、と。

「つまり暗殺未遂などなかったということだ。そもそも陛下は騎士学校には来ていない。だからおまえも余計なことを口にしない方がいいぞ」

この際、何が嘘で何が真実であるかは横に置いて、そういう事実にしてしまおう、ということだ。

リオナがしょんぼり顔で言葉を継いだ。

「明るみに出ちゃったら、あたしは間違いなく極刑だよね。共和国に逃げ帰っても、証拠隠滅のために消されそうだし」

「ああ。そう言えば、ネセプ政権には糞でかい前例があったな」

それこそが、すなわち〝ヴェストウィルの異変〟だ。

水源を利用した住民の大規模毒殺事件。そこに生存者はいない。不自然なほどにだ。

共和国内では王国工作員の仕業《しわざ》とされているが、その他の国家の大半は察している。王国による領土返還後に停戦協定を破棄するため、ネセプ政権が自らそのタイミングでヴェストウィルに毒を撒《ま》いたのだと。

そして運良く毒を飲まなかった生き残りをも、共和国軍が囲って始末した。自国の民を虐殺したんだ。戦争を続けるために。

さらに言えばベルツハインは〝異変〟によって途絶えた領主一族だ。つまり共和国内での扱いとしては、リオナ・ベルツハインはもう死んでいる。死んでいるのだから、この先、ネセプ政権によって消されたとて何ら不都合は生じない。いないはずの少女がいなくなるだけだ。

「あー……」

先ほどヴォイドが言い放った最後の言葉「よっぽど証言者を消したかったんだろうよ」には、リオナに対して「せいぜい消されねえように気をつけろ」という警告が含まれていたのだろう。

キルプスがリオナを王国で取り込んだことによって、リオナの立場は共和国軍以外で真実を知っている唯一の生き残りとなってしまったから。

「あれはそういうことだったのか」

「ねー。案外いいやつ。でももうちょっとわかりやすく言ってほしかったな」

やけに不自然な会話の打ち切り方をすると思ったら。ヴォイドめ。ガキの分際で本当に頭のキレるやつだ。

オウジンの顔が青ざめている。唇などもはや紫だ。平然としていたヴォイドとは正反対だな。

その顔。笑えるぞ、貴様。

オウジンが声を震わせながらつぶやいた。

「やっぱりこれ、間一髪だったんだな……」

「あたりまえだ。他国が一国の王に対して暗殺者を放つというのは、そういうことだろう」

正直、あらためて言われると確かにヒヤリとはするが。

「まあそうびびるな。知っているのは当事者であるキルプスとリオナを除けば、俺とヴォイドとリリだけだ。あとは、おまえが黙っていればそれで済む話だろう」

「それはそうだけど……」

俺はリオナと一度顔を見合わせてから、オウジンの肩に手を置いた。

にんまり笑って。

「リオナにはホムンクルスから命を救ってもらったのだろう？　知っているか？　命の代償というものは、いつだって高くつくものだぞ、オウジン」

「うう……」

胃を押さえて呻《うめ》いている。

かわいそう。

「まあそう悲観するな。ここに入学して、いいことを学べたと思えばいい。だからその記憶は大切に、棺桶《かんおけ》まで持っていってくれ」

「……他に選択肢はないだろ。僕の不用意な一言のせいで世界大戦勃発なんて、さすがに背負いきれない」

消え入りそうな声を出すな。本当に笑えるな、おまえは。

そんなだからヴォイドにからかわれるんだ。いや、あれはからかったわけではなく本気か。本気でスラムの娼館《しょうかん》宿にオウジンを連れていこうとしているやつの、子供のごとき曇りなき純粋な眼をしていた。

いいやつだ。やり方は大いに間違えているが。

拾ったばかりの頃のリリを、容赦なく娼館宿の見習いに放り込もうとしていた前世のブライズと同じでな。まったく、人の意思をなんだと思っているんだ。

……俺だよ。

「わかっているではないか。そうだ。他に選択肢はないんだ。でなければリオナは殺されてしまう」

当事者であるはずのリオナが、楽しそうな顔でオウジンのもう片方の肩に手を置く。もう片方の手で、唇の前に人差し指を立てながら。

「だからぁ、リョウカちゃんもここで知ったことは黙っててねぇ？　故郷に帰ってからも誰にも話しちゃだめよ？　世界の命運と、あたしの命がかかってることを忘れないでね？」

こいつ。

もうおもしろがって悪のりしているな。ひどい娘だ。

「……ぅぅ……」

「預けたからね、あたしの命。大切に持っててね」

両肩の重みに耐えかねたかのように、オウジンの両膝が力なく折れた。そのまま突っ伏して頭を抱える。

「……気づきたくなかった……。……いっそ気づかなければよかった……」

俺とリオナはオウジンを見下ろしてつぶやく。

「凄まじい剣を振るう割には、存外肝っ玉の小さな男だな」

「そだねぇ」

仕方ない。

俺はオウジンに声を掛けてやった。

「バレなければいいだけのことだぞ。その一点に関してのみ言えば、被害者側も加害者側も同じことを望んでいる。ならば何の問題もあるまい」

「……ぅぅ……悪党の言い分……」

失礼な。

「まあまあ、エルたんと違ってリョウカちゃんは誠実すぎるんだよ」

俺は顔をしかめてリオナを睨み上げた。

「不誠実の塊のおまえが言うなっ」

「エルたんひどぉ～い。あたし、これから先は一途《いちず》よ？　結婚しよ？」

「断る。――とまあ、そんなわけだ。オウジン」

腰砕けのオウジンへと、俺とリオナが同時に手を差し伸べる。

オウジンは一度大きな大きなため息をついたあと、諦めたような表情で俺たちの手を一本ずつ取った。

引き上げ、立ち上がらせる。これで一組三班は元サヤだな。

「これからもよろしくね。リョウカちゃん」

「うん。こちらこそ。ベルツ――」

「リオナでいいってばぁ」

う……と言葉に詰まって、オウジンが言い直す。赤い顔で。

「リ、リオナさん」

呆《あき》れる純粋さだな。十歳児にも劣るぞ、これは。

「……おまえなあ、名前を呼ぶたびにいちいち赤くなっていたら、卒業までに精神が崩壊して阿呆になるぞ。この先俺たちが何年一緒にいることになると思っているんだ。ホムンクルス戦のようなとっさのときにまで、リオナにだけ敬称をつけて呼ぶつもりか？」

「わ、わかってるよ。精進する」

その言い方がすでにダメそうだ。

オウジンが苦笑いを浮かべる。

「でも、そうだね。ほんとにその通りだ。僕は未熟だな。ヴォイドはともかく、せめてエレミアくらいにはなれるように見習わないとね」

「だったら恋人でも作ってみたらどうだ？　ちょうどいまはダンジョンカリキュラムでの活躍のおかげで引く手数多《あまた》だろう？　実際どうなんだ？　さぞや恋文を貰ったのではないのか？」

リオナが苦笑いを浮かべる。

「恋文って、エルたぁ～ん……」

「なんだ？」

「古いよぉ。いまは魔術でおシャレに伝えるのがブームなんだよ」

「魔術？　みんなが使えるわけではあるまい？」

俺に魔力適性はない。前世でも今世でもだ。

それどころか一組を探してもフィクス・オウガスただひとりだけだろう。あれは選ばれし一握りの者だけが持つ才能だ。

人差し指を立てて、リオナが説明する。

「魔術師が売ってる魔法のペンで、空間に直接文字や絵を書き残すんだよ。どこにでも浮かせられるから、例えば寮の部屋に入った瞬間にキラキラ～って感じ。すぐに消えちゃうんだけどね。それがまた儚《はかな》くていいいんだって、王都女子の間では必須アイテムになってるよ」

立てた指先で、リオナが空間に何かを書くような仕草をした。

「消える……？　証拠隠滅か。小癪《こしゃく》な」

「その言い方！」

「紙ではだめなのか？」

「光の恋文字はいっぱい装飾を施せるから可愛いんだよ。色の数も段違いだし、絵心があれば立体にだってできるしね。別料金だけれど、魔術師に依頼すれば遠く離れたところに任意のタイミングで文字を浮かせることだってできるんだよ」

軍事に転用できそうだな。今度キルプスに教えてやろう。

しかしなんとまあ。俺が死んでいる間にそんな世の中になっていたとは。王城内にいては知らないことばかりだ。

「そうか。若者文化には疎くてな」

「一番の若者なのに……。――で、リョウカちゃんはいっぱい恋文字貰っちゃったりした？」

オウジンの顔面が凍った。その直後、大発火する。

どうやら図星だったようだ。俺には一度もなかったというのに。

いや、数十秒前に先ほど告白をすっ飛ばしたプロポーズならされたが、それは別としても、十歳だからか約一名の変態娘を除いて本気にはなれないようだ。

健全大いに結構。隣にいる約一名の不健全娘を除いてだが。

オウジンが顔を真っ赤にしてつぶやく。

「こ、恋文字は、いっぱい貰った、けど、貰いすぎて眩《まぶ》しくて何も見えなかった……んだ……」

「見えなかった？　おまえは読んでもやらなかったのか？」

「仕方ないだろ⁉　部屋のドアを開けたらほとんど光の球体みたいなのが部屋に浮いていたんだぞ⁉　魔術師の攻撃かと思って身を隠しているうちに消えたんだ！」

よりによって、恋文字を出した全員が魔術でオウジンの部屋のドア前に転送してしまったのか。結果、光の球になっていた、と。奇跡的な運の悪さだな。

オウジンはあたふたと両手を動かしながら、必死で弁明している。

「王都で流行してる転送魔術かなにか知らないけど、あんな集合体はもう文字ですらないだろ！　攻撃にしか見えないよ！」

顔が必死すぎて、俺は若干引いた。

隣を盗み見てみると、リオナも若干引いていた。

「わかった、わかったってば。いったん落ち着こ、リョウカちゃん」

だがオウジンは止まらない。

「そ、それに、そういうのはほら、流れが大事というか何というか。僕は、彼女たちのことを、まだ何も知らないわけで」

「だろうな。一文字も読んでいないのでは、誰から貰ったかすら知れるはずもない。気の毒に」

「う……。そ、そもそも修行中の身でそういうことにうつつを抜かすのは、僕にはまだ早いというか……」

　しかし。

　光球に、彼女たちか。いったい何人いたんだ。こいつに恋文字を転送したやつは。ヴォイドとふたりで校内の女子全員を山分けする気か。

　リオナが呆れたように両手を腰にあてた。

「そういうところだよ、リョウカちゃん。何事も真面目に考えすぎなのよ。それ、悪い癖だよぉ？　テンパってるとそのうち命にも関わってくるよ？　女の子の暗殺者は、色仕掛けでくる場合もあるからね」

　元とはいえ、諜報員兼工作員兼暗殺者が言うと、言葉に重みが増すな。リオナの狙いがリリではなくオウジンだったら、あっという間に殺されていただろう。

「う……」

「あと、ヴォイドはともかくエレミアくらいにはなりたいってさっき言ってたけど、エルたんはかなり特殊な例だから。リョウカちゃんは絶対に見習わない方がいいと思う。というか普通は無理」

「おいっ」

　どさくさで俺を貶《おとし》めるな。

「ふふ、ははは」

「おまえも笑うなっ」

睨み上げると、オウジンがシュンとした。

「すまない」

「だから糞真面目に謝るなっ」

「す、まない」

なぜか泣きそうになっている。かわいそうに。

ともあれ、これでよし。

そうだ。この件とは別にオウジンには個人的な頼みがあったのだった。

「オウジン。いまから少しだけ剣術の相手になってくれないか。空振一刀流を体感してみたい。岩斬りで興味が湧いた」

「え。ああ、それはいいんだけど――」

オウジンが人差し指を上に向けた。ちょうどその瞬間だ。授業開始を知らせる鐘が鳴り響いたのは。

しまった。すっかり忘れていた。遅刻は確定だな。

「いまは時間がなさそうだ。またの機会でいいかな?」

「まあ、仕方があるまい。というか貴様、気づいていたなら先に言え。遅刻になってしまったではないか」

「リオナさんのピンチは、授業より大事な話だと判断したから黙っていたんだ」

リオナが嬉《うれ》しそうに笑った。

「ありがとね! よっ、いい男!」

「や、そ、んな、僕なんかまだ全然――」

「だからいちいち糞真面目に取るなと。学べ、オウジン」

「そ、そうか……そうだな」

で、あらためてだ。

俺たちは向かい合って苦笑いを浮かべる。

「しかし弱ったな。イトゥカ教官に遅刻をどう言い訳したものか」

「あ～ん……、リリちゃんに叱られるぅ……」

「何を言っている。叱られるだけで済んでよかっただろうが。おまえとリリの場合は特にな」

首と胴体がおさらばしなかっただけ、ずいぶんマシというものだ。

リオナが苦い表情をする。

「う～、確かにぃ。エルたん、あたしを守るためにリリちゃんと斬り合ってくれたんだもんね」

「えっ⁉」

オウジンが素《す》っ頓狂《とんきょう》な声を上げた。

「エレミアは戦姫と剣を交えたのか⁉」

「ああ、そうか。あの場にオウジンやヴォイドはいなかったんだったな。戦ったぞ。ちなみにまったく歯が立たなかった」

「それはそうだろうけど……」

リリの狙いがリオナではなく最初から俺だったとしたら、正直あっという間に制圧されて終わっていただろうな。

「そうでもなかったじゃん？　エルたん、リリちゃんのお尻をパシーンって叩き上げてたもん。リリちゃん涙目になっててかわいそうだったよ」

「ええっ⁉」

「いや、あれは俺を回避してリオナを狙う行動が予想できていたから、その隙を突いて、あとはのりと勢いで誤魔化してうやむやにしてやっただけだ」

昔《プライズ》の記憶を呼び覚まさせてやるためにだ。

そうでもしなければ、いまのエレミアの力では王国最強の剣士となった戦姫リリ・イトゥカは止められない。ホムンクルス戦のあの一閃など、マルド爺さんでも防ぎきれない気がする。

遠いな。遠い。剣聖までの道のりが。

俺はため息をついた。

「キルプスが——陛下が止めてくれて正直助かった。まともにやっていたら勝ち目などない」

いまはまだ、な。

卒業までには必ず追いついてやる。

「ちょっと待ってくれ！　いまの話が本当だとしたら、エレミアはあのイトゥカ教官に一撃入れたのか!?」

「ああ。とはいえ、どうにかこうにか、あいつの尻を剣の腹で一発張ってやっただけだが」

オウジンが掌《てのひら》で目を覆って、歯を見せて笑った。

「あは、あはははは！　……まったく、なんてやつだ。ふ、ふふ、これは確かにリオナさんの言う通り、何の参考にもならなさそうだよ。ふ、あはははは」

オウジンは笑い続けている。

「あのな、他にどうしろと言うのだ。あんなもん手に負えんぞ」

「言っちゃなんだけどエレミア。たぶんイトゥカ教官の方も、キミに対して同じことを考えたんじゃないかな。えっと、剣の腕というよりは性格的に」

リオナがうなずいた。

「あー。ありそう」

「だろ?」

「そんなわけがあるか。俺などリリに比べれば、小動物のようにおとなしいものだ」

そうして俺たちは本校舎へと向けて歩き出すのだった。やいのやいのと言いながら。

遅刻は確定している。もうこの際、焦ったって仕方がない。のんびりいこう。

こういう時間を楽しむのも悪くはないものだ。

第二章　剣聖は青春を謳歌する

苦いお酒よりも、甘いお酒が好きらしい。
しゃきしゃきのお野菜やほくほくのお魚よりも、分厚いお肉が好きらしい。
静かに座って味わうよりも、みんなで騒ぎながら食べた方がおいしいらしい。
小さく扱いやすい剣よりも、大きくて重い剣が好きらしい。
小さな女の子よりも、大きな女性が好きらしい。
むう……。

結局のところ、リオナは問題なく一組からも受《う》け容《い》れられた。

ベルツハインを名乗った際に、セネカを含む数名がわずかに反応したが、彼女らからウェストウィルの異変について問い詰められることはなかった。

共和国からの留学生――ではなく、亡命者。それがリオナに与えられた新たな肩書きだった。

停戦協定を結んでいるとはいえ、両国民の感情は複雑なのだから、留学生では疑われてしまう。それに、〝異変〟唯一の生き残りであるベルツハイン姓を名乗るのだから、共和国から極秘裏に逃れてきた亡命の方がうまく符合する。すべてはキルプスの筋書きだ。

リオナがオルンカイム姓を名乗っていたことに関しては、共和国との緊張状態を考慮して、正騎士を目指す学生をあまり刺激しないようにと謎の理事長が配慮した、ということにされた。

つまりリオナは理事長の要請で、ミクを名乗っていたということだ。おかげで謎の理事長の正体は、生徒らの間ではもっぱらマルド・オルンカイム辺境伯説に傾いている。

キルプスが何をどう言ってあのオルンカイム閣下を納得させたかは知らないが、これ以上の心配は無用だそうだ。

人々に残る疑惑など、強権によっていくらでも簡単に消し去られる。だがそもそもの話、リオナの場合には疑惑すら湧かなかった。

ダンジョンカリキュラムでの最も危険な探索や殿《しんがり》という役割を、そしてホムンクルス戦での決死の戦いを、一組全員が見ていたからだ。リオナだけではない。余り物の寄せ集めから開始された俺たち三班が、いまや一組の精神的支柱になっている。

そして本物のミク・オルンカイムは、彼女自身の希望もあって、少々遅れはしたがキルプスが魔術師学校《メイジアカデミア》の方へと入学させたらしい。察するに、あちらの理事長もキルプスが兼任しているのだろう。

ミク・オルンカイムには元々魔術師の素養があったらしい。本人自身も魔術師学校への入学を希望していたのだが、超絶肉体派である閣下の独断で騎士学校へと入学願書を出させられてしまっていたのだとか。

まったく。

アリナ王妃《母ちゃん》といい、マルドの爺《じい》さんといい。どこの親も問題だらけだ。子供には心底同情する。

「……」

だがそういう意味ではリリを遺《のこ》してとっととくたばったブライズも、最低な保護者だったのだろう。

それこそアリナ王妃やマルドよりも、よっぽどだ。

他の弟子はみな成人していたが、リリだけはまだ、子供だったから。

俺はなぜ死んでしまったのだろう。誰かにそれを尋ねることが少し怖いと感じている。ブライズ関連の文献を開くことさえもだ。

そんなことをぼうっと考えていたときだ。

「エレミア」

「ん？」

リリに呼ばれて振り返る。

就寝前、部屋には俺とリリだけがいる。ベッドはひとつ、クローゼットはふたつだ。

窓の外には闇が満ちていた。今日は月も星もない夜だ。風も強い。朝には雨が降るのだろうか。

魔導灯の明かりの下で、リリは水差しからカップに水を注いでいる。

「もうグラディウスは新調した？」

「ああ。誰かさんに思いっきり欠けさせられたからな」

からかうようにそう言ってやると、寝間着姿のリリがムッとした顔を見せた。

「わたしのお尻は新調できないのだけど？」

「す、すまん」

やぶ蛇だったか。

「痣《あざ》が残ったらどうしてくれるつもり？」

ごくごくと水を飲んでいる。

もう一度注いで、今度は俺に差し出してきた。それを受け取った俺は顔を歪《ゆが》める。

「どうせ男を作る予定はないのだろう」

一息に飲み干してカップを返すと、リリは「悪かったわね」と恨み言を残して洗いにいった。

俺はベッドから下りて彼女を追う。

「待て待て。俺は別に嫌味で言ったわけじゃないぞ。気を悪くしたなら謝る」

リリがカップを洗いながら笑った。

「冗談よ。本気に取らないで。そもそもわたしは戦場帰りよ。身体《からだ》の傷だってひとつやふたつじゃないもの。背中にも、お腹《なか》にも、胸にもあるわ。顔につかなかった分、運が良かったくらいよ。十年以上、戦っていたから」

それはそうだろうが……。

だがそう言われると、俺の立つ瀬がない。こいつを戦場に引き込んでしまったのは、剣を捨てられなかったブライズの未練なのだから。

「だから結婚する気になれないのか？　俺ならそんなことは気にならんぞ。傷のひとつやふたつ、おまえは十分に――」

綺麗《きれい》になった、と言いかけて口をつぐんだ。

これでは口説《くど》いているみたいではないか。まったく。

「エレミアはそうでも、他の人はわからないわよ。それに、しない理由はそんなことじゃないから」

洗い終えたリリが手ぬぐいで手を拭いて、今度はベッドへと歩き出す。俺はその後をついていく。なんか飼い主についていく犬みたいだな、俺。

リリを見上げて口を開く。

「剣で国や民を守る以外にも、子を授かり家族を守る生き方だってあるぞ。俺は剣でしか生きられないが、そういうやつらを否定しない。むしろそういうやつらが好きだから、剣でそういうやつらを守る役割になりたいんだ。おまえはどうなんだ？」

リリがベッドに座って、さっさと寝転んだ。俺に背中を向けてだ。

話す気分ではないのかもしれない。ずいぶんなことを言ってしまったから。

俺は隣に腰を下ろす。

しばらく沈黙が続いた。やがてリリが囁《ささや》く。

「エレミアは十歳なのに難しいことを考えているのね」

「誤魔化《ごまか》すな。おまえはどうなんだ？」

もう一度同じことを聞いた。

「わたし……は……」

言葉を探すように、リリがうつむいた。

強い風が窓を叩《たた》き続けている。

俺も同じくして、喉元まで出かかっている言葉が吐き出せないでいた。口に出してしまうことが怖いんだ。

「……」

ただ時間だけが無為《むい》に過ぎていく。

だが、このままではリリはまともな生き方のできない女になってしまう。だめだろう。そんなのは。

だから──。

何度も言おうとして躊躇《ためら》う。リリがではなく俺がだ。

意を決した。

「なあ、リ──イトゥカ教官」

「……」

返事はない。

「おまえはただ漠然と、ブライズの背中を追いかけているだけではないのか？　何も考えず、追い続けて、同じように生きて、同じように死んでいければそれでいいと、そんなふうに考えていないか？」

「……」

ブライズが死んでも剣を持ち続けたことも、俺を昔の自分と重ねて部屋に住まわせたことも、弟子ではないが生徒を導く立場になったことも、すべてがそこに集約される。

やはり返事はなかった。

「俺の見当違いであれば、それでいいんだ」

リリは背中を向けて丸まったまま微動だにしない。すでに眠ってしまっている、というわけではないだろうが、こちらを向いてさえくれない。

少し哀《かな》しいな。

どう言えばいいんだ。こういうのは得意じゃない。

「あー……」

頭を掻《か》く。

だめだ。結局俺は言葉を飾るだけの頭がない。ヴォイドのように気の利いた人間にはなれそうにない。オウジンのように優しく諭してやることもできない。リオナのようにおかしさを交えて話すことさえできない。

だから諦めた。諦めて、俺自身の想いを、俺の言葉で直接口に出す。

「別にな。代弁者を気取るわけではないが、ブライズはきっとこう考えている。リリ・イトゥカには、ちゃんと幸せになって欲しいと。そう願っている」

そして付け加えた。

「……気がする。たぶん。知らんけど」

しばらく沈黙が続いた。

気まずい。やはり余計な一言だったか。それはそうだろう。リリから見ればエレミアなど一介の生徒に過ぎない。自身やブライズとは無関係の他人だ。しかも人生経験もろくにない十歳児。そのような輩《やから》にとやかく言われる筋合いはないだろう。

そんなことを考えて、やはり謝ろうとした瞬間、リリが背中越しにぽつりとつぶやいた。

「……………そうね」

リリが寝返りを打ってこちらを向いた。

そのまま両手を伸ばし、ベッドの端に座っていた俺の身体へと回して、一気に毛布の中へと引きずり込む。

「お、おいっ」

真っ暗な中で抱きしめられて、その腕の力が思いの外《ほか》強くて、俺は戸惑ってしまった。大きな胸の中に抱え入れられ、頭部には顎《あご》をのせられている。

鍛えているはずなのに不思議と柔らかく、そして俺よりも温かな肉体だった。すっぽりと包まれる。全身を。

そうしてリリが耳元で囁いた。

「でもね、エレミア。そうは見えないかもしれないけれど、わたしこれでも、いま結構幸せを感じているの。幸せなのよ。理由はわからないのだけれど、不思議と満たされてる。どうしてかしら」

「そ、そんなもん俺が知るか」

いい匂いだ。まったく。

「レアン騎士学校に来て、あなたと暮らし始めてから……それまで夜になると思い出してしまっていたことを、あまり思い出さなくなった。それはたぶん満たされたから。ブライズがいなくなって空いてしまった穴に、エレミアが入ったみたいに。これって母性本能かしら?」

「……というか、待て。待て待て待て」

俺は首を振って胸の中から逃れ、毛布を蹴って足下まで下げた。両手でリリの両肩を押して、強引

に引《ひ》っ剥《ぱ》がす。

「おい。教師と生徒だぞ。しかも俺は十歳だ。……一線は引いとけよ」

「何の話？」

きょとんとした顔をしている。

すっとぼけているのか。あるいはこういうやつだったか。かつての俺はこいつの保護者をしていたというのに、その真意がさっぱりわからない。

違うな。違う。

昔はわかろうともしなかっただけだ。ブライズは無神経で無頓着《むとんちゃく》で阿呆《あほう》だから。

困り顔で見ていると、突然リリが「ああ」とうなずいた。口元に手をやって、苦笑いで誤魔化している。

「そうね。確かにいまのはまずいわ。どうしてこんなことをしたのかしら。別に誘惑しているわけではないのよ」

「あたりまえだ」

苦笑いだ。リリの。だから俺の方が先に理解した。リリ本人よりも早くだ。

この表情を、何度も見たことがあったんだ。前世で。まったく同じ顔をしている。

俺《ブライズ》が先に眠りに落ちると、たまに全身で腕にしがみついてきていたんだ。甘えたかったのだろうな。目を覚ました俺《ブライズ》に見つかると、リリはいつも苦笑いで誤魔化していた。いまのように。その表情で。で、背中を向けて眠るんだ。

どうせ俺は眠るだけなのだから、それくらいは別に構わなかったのだが。しかしこうも身体が小さくなってしまうと、しがみつかれるとすっぽり収まってしまう。

「ごめんなさい。いまのはなかったことにして」

「言われずとも口外などできるものか。頼むから、そういうことは俺が眠っている間にやっておいてくれ」

ああ。そういえばベッドに山ほど並べられていたぬいぐるみ群が、いつの間にかすべてクローゼットの上へと左遷されている。どうやら俺がやつらの役割を奪い取ってしまっていたらしい。

ブライズはぬいぐるみに奪われ、ぬいぐるみからエレミアが取り戻した。なんとも珍妙な話だ。

「うん。そうするわ。なんてね。……ふふ、あははは。次からはちゃんと我慢する」

「眠っている間なら別にいいと言ってるだろ。だが眠っているふりをしていると思ったら、そのときは離れてくれ」

リリが首を傾《かし》げた。長い黒髪がさらさらと流れる。

「……難しいことを言うのね。だったら、絞め落とせば確実かしら」

「本気でやめろ!?」

表層意識では気づいていなさそうだが、もっと奥深くの深層意識では俺がブライズであることを薄々感じているのかもしれない。

しかし、その年齢になってもまだ甘え足りないか。まったく。困ったやつだ。

まあ、家族を二度も失えばな。いや、実の両親に旅芸人一座、そしてブライズを合わせれば三度か。

「冗談よ。おやすみなさい、エレミア」

「お、おう。おやすみ、リリ」

「イトゥカ教官」

そこの線引きだけはしっかりしているな。

「……だよな」

「本当は別にいいのだけど。あなたが家具屋に家族だと言ってくれたときから、本当にそんな気がしてきてた。だから、ふたりきりのときだけなら」

「そうか」

リリが俺に背中を向ける。

俺はまたガシガシと頭を掻いた。

「……おやすみ、リリ」

「ええ。おやすみなさい、エレミア」

しかし度々ああいうことをされては、こちらの方の理性が保《も》たん。前世では拾った痩せ犬程度に思っていたが、今世では立派な……ああ、糞《くそ》。

ちょっと修練場で木剣でも振ってくるか！


朝。俺が目を覚ますと、リリは先に起きていた。

大体の朝は、リリの方が早い。それは睡眠時間の短い大人《おとな》と長い子供、準備の多い教師と少ない生徒といった立場の違いもあるのだろうが、それ以上に彼女の生活習慣がそうさせているようだ。

心当たりがある。

ブライズ一派にいた際には女手が他になかったせいで、炊事や洗濯は任せっきりだった。その頃の習慣が抜けていないのかもしれない。

ちなみに、それらはブライズが命じたわけではない。子供なりに居場所を作るための処世術だったのだろう。勝手に始めたのだ。こいつが。

だから炊事洗濯掃除で何度失敗しても、俺はこいつをあえて止めなかった。リリを客でいさせるつもりはなかったからだ。ちゃんと一派に迎え入れられるように。ここが居場所になるように。

当初は稚拙《ちせつ》だった料理だが、数ヶ月が経過する頃にはそれなりに味わえるようになっていた。さらにその数ヶ月後には栄養バランスを考えるようになり、一年が経過する頃には俺や弟子ども個々人の好みに合わせて皿ごとに料理に変化が現れるようになった。

生来、凝り性なのだろう。考えて、考えて、何かを成す。だから剣を握り始めてから数年でリリは強くなれた。あの頃に食べていた朝食に比べれば、ここ最近はなんと味気ないことか。

前夜に食堂の購買で買ったパンを皿に並べたリリが、ストレッチ中の俺に話しかけてきた。

「エレミア」

「ん?」

「昨夜のことなのだけど」

「な……んだ……?」

言葉を発する前から喉が詰まった。

思い出させるなよ。

結局あの出来事の後、修練場が閉まっていたから学校敷地内を走りまくってきた。中庭で木剣を一心不乱に振るっているやつがいるなーと思ったら覗《のぞ》いたら、オウジンだった。

あいつも恋文字の件で邪念を払っていたのだろう。おまえのは別に払う必要もないだろうに、糞真《ま》面目《じめ》なムッツリ野郎め。

「覚えてるかしら。グラディウスを新調したのかって聞いたこと」

「そっちの話か」

胸をなで下ろす。

「そっち？　どっち？」

「何でもない」

ストレッチストレッチ。腱《けん》を伸ばす。

リリの視線を背筋で感じながら。

「…………………いやらしい……」

「いやらしくないいっ。なんだその勝ち誇ったような笑みはっ」

気にしていたのは俺だけのようだ。馬鹿馬鹿しい。

「そういえば確かにそんなことを言っていたな。ちゃんと新調したぞ。スティレットを持つのはもうやめたけどな」

「そうなの？　予備の武器を持つのは発想的には悪くはないわよ。どんな武器もいずれ折れるものだから」

「別のを持つことにしただけだ」

俺はソードラックに立てかけた短い刀を指さした。

「ヤツザキだ。違う。クシザシ……クシヤキ……違う、スキヤキ？」

「どんどん正解から遠ざかってるわね。……脇差し」

呆《あき》れられた。

「それだ。相談したらオウジンに薦められた。岩斬りもできるそうだ。長刀のように深くまでは斬れんらしいが」

「岩斬り？」

「オウジンが所属している流派の空振一刀流の技らしい。俺はその技を盗んで、ホムンクルスの腕を斬ったんだ。グラディウスでは歯が立たなかったからな」

リリが眉根を寄せてこちらを見ている。

「なんだ？」

「いいえ、別に。またブライズみたいなこと言ってると思っただけ」

言葉に詰まった。

だが態度には出さない。

「そういえば、ブライズも様々な流派から寄せ集めた剣術だったな。ほとんど我流みたいだが」

「あの人は流派だけではなく獣や魔物からも学んでいたわ。ある魔物と戦って武器を折られたときには、捕食されかけたから逆に頸部《けいぶ》を食いちぎってやった、とか言って豪快に笑ってたもの。ふふ、いったいどちらが魔物なのだか」

蛮族かよ……。まるで覚えていない……。

「それで、武器の新調がどうかしたのか？」

「ええ。朝のホームルームで一組全員にも話すけれど、ダンジョンカリキュラムが再開されることになったわ」

「――――！」

それは楽しみだ。

「それで、この先のカリキュラムについてなのだけれど」

「待った。俺に先に話してしまっていいのか？」

「ええ。そこは大した問題ではないわ。ただ、別の大きな問題があって――」

両足を開き、胸を地面につけた状態で俺はうなずく。

「教官会議の結果、ホムンクルス以外の魔物に関してはこの先、わたしを含めた教官での対処はなされないことになったの」

「つまり、教官が先行して大きな危険のみを排除する、という下見制度がなくなったということか」

今度はリリがうなずいた。

「そうね。そういった危険な魔物と対峙《たいじ》してしまった際の引き際を見極めることも、学ぶべき重要な要素のひとつだから、というのと、あとは崩落時の生還について、下見の役割自体を当面は高等部一組に任せられるのでは、といった意見が出てしまって……」

浮かない顔をしているな。

「保護者が黙っていないのではないか？」

「それは大丈夫よ。そういう命の危険もある学校であることは、要項に書いているから。少なくとも、納得した上での入学という建前にはなってるわ。でも――」

どうやらリリの望む方向とは違う意見が会議で採用されてしまったようだ。正直俺もその決定はどうかと思う。いずれはそうなるべきではあっても時期尚早だ。

「俺たちの、ホムンクルスとの善戦が裏目に出てしまったか」

「ええ」

高等部には危険な魔物を対処させ、そして中等部、初等部には予定通り教官が放ったゴーレムなどの魔法生物で訓練させる。そういう方針のようだ。一組はその先鋒《せんぼう》なのだろう。

俺自身は歓迎だ……が、三班以外にとっては死活問題だ。

「潜んでいる魔物によっては死人が出るぞ」

「そうね」

ホムンクルス戦を乗り切ったとはいえ、クラスメイトの大半が実際に戦ったのは下級の魔物であるゴブリンのみだ。あの程度の魔物であれば騎士すら必要ない。狩猟者で十分だ。それどころか多少知識のある一般人でも対処できる。

「探索による発見物の所有権はどうなるんだ？」

「危険なものや新発見のものは王国騎士団が接収する。けれど、そうでないものは学内で今後自由に使っても構わないということになったわ。貴金属の一部も学校運営に回してもらえる」

「だから会議でまかり通ってしまったのか」

教官連中は騎士団からの出向が多い。当然、ダンジョンを探索したのが教官ならば、その際に手に入れた宝物はすべて騎士団のものとなる。だが学生は別だ。まだ騎士ではない。

要するに、学生に発見させた方がレアン騎士学校にとっては都合がいいのだ。

「命より金か。愚かなことだな」

「ほんとに」

ストレッチを終えた俺は、リリの待つ食卓へとついた。それを見届けてから、リリはパンに手を伸ばす。教官連中にはありがちな神への祈りの言葉はない。

これもブライズの影響なのだろう。

俺には食材となるために殺された命への感謝はあっても、神々への感謝はないからだ。

「なんとかする。ヴォイドたちとも話し合って、三班で一組全体のフォローに回る。どうせそうさせるために、俺にだけ先に話したんだろ。三班以外のやつらに聞かせるわけにはいかないから」

「よくわかったわね」

あたりまえだ。俺たちが何年一緒にいたと思っているのか。

リリが微笑《ほほえ》む。

「本来なら十歳の子供に頼るようなことではないのだけれど、祈りながら待つだけよりはずっといいと思ったから」

「頼りなくて悪かったな」

神に日々の糧《かて》を与えてもらっているだなどと、笑わせる。糧となったのはそれまで生きていたものであり、糧を得るのはあくまでも行動の結果だ。

神は人間を救ってはくれない。敬虔《けいけん》な信徒であっても例外はない。

戦場では死にたくないと祈りながら死んでいったやつらを山ほど見てきた。ならば祈りの形に組む手は何のためにあったのか。

柄《つか》を握りしめ、刃《やいば》を振り下ろせ。そう教えてきた。

「そんなことないわ。神様よりはずっと頼りにしてるもの」

「やめろやめろ。比べる対象ですらない。やつらは何もしてくれない」

「ふふ、またあの人みたいなことを言って」

ゆえに祈りを捧《ささ》げるときは、他にできることがないときと、剣の通じぬ相手と戦うときだけだ。例えば自ら不幸な途《みち》を選ぼうとする馬鹿な弟子に、避けようのないくらい大きな幸福が訪れますように、といったふうに。

そんなものは気休めどころか、荒唐無稽《こうとうむけい》ですらあると知りながら。

俺はパンをちぎって口に投げ込む。

やはり味気ない。せめて焼きたてであればと思うのだが、焼いてから一晩寝かせたパンはパサパサだ。バターを塗って口に詰め込めば、少しくらいは紛れるが。

向かいの席では同じような顔をして、リリがパンを食べている。

「ダンジョンの一組先行について、キルプスはなんと？」

もっとも、この味気なさを加味しても、あの食堂の混雑具合に朝から並ぶ方が億劫《おっくう》だ。

リリが俺のカップにミルクを注いだ。

「だめよ。ちゃんと陛下とお呼びしなさい。わたしのことはいいけれど、陛下の呼び捨てはやめておきなさい。いくら花瓶を投げ合って遊んだ仲であっても、友達付き合い感覚でいると将来に響いてくるわよ」

「……お、おう」

ごもっとも。ここでの俺はブライズでもエレミーでもなく、エレミアなのだから。

だが花瓶は投げ合っていないぞ。俺もキルプスもそこまで馬鹿ではない。とは言えないのがつらいところ。

「陛下は学校の運営を担うだけで、教育方針には口出しをされないことになってるわ」

「そうなのか」

「今回の会議の結果も知らないのではないかしら」

学校で何か問題が起こっても、キルプスにまでは波及しないようにか。理事長名を明かしていないのも、そういう意図があるのかもしれない。

これもあいつの言う悪知恵のひとつか。今回ばかりは仇《あだ》となってしまったようだが。

「ただ、騎士学校である以上、いつかは命をかける任務に従事させられることは出てくるわ。戦争はないにしても魔物の駆除なんかのね」

「時期尚早だ」

「エレミアにとっても？」

「そんなわけがあるか。ヴォイドやオウジン、リオナのことなら問題ない。俺もそうだがホムンクルス戦以外にも何度か修羅場をくぐっているはずだ。でなければとっさの状況であのようには動けない。問題は一組の他の面子《メンツ》だ」

リリが怪訝《けげん》な表情をする。

「三班のあなた以外のメンバーのことなら見ていてわかるけれど、エレミアも修羅場をくぐってきたの？　十歳なのに？」

「ああ？　あたりま――」

おわーっ!?　馬鹿、俺の馬鹿！　十歳だぞ！　そんなガキに修羅場も糞もあるか！

あ、ひとつ思い出した！

「そ、それは、あー……あれだ……。あの、山で立ち小便をしているときに蜂の巣にかかってな」

「……」

「俺はとっさに拾った枝葉で、襲い来る無数の蜂どもを勇猛果敢に叩いて払い落としながら……逃げ回っ……た……」

「……」

リリの表情を見て察した。

これはだめなエピソードのようだ。ならばデタラメでもでっち上げるか。

「ノイ男爵――じゃなくて、父上がな、あのーほら、ノイ家は田舎《いなか》貴族だから？　領地に湧いた魔物退治とか？　手伝わされてたか？」

「わたしに聞かれても……」

「て、手伝ってたんだ！　それはもうひどかった！　蠱毒《こどく》のような魔物の巣にひとりで投げ落とされて、あいつら全滅させてから上がってこいって言われたりしてたり？」

　リリが眉根を寄せた。

「ブライズじゃあるまいし、呆れたお父さまね。効果的な修行でしょうけど、いくら何でもそのやり方は早すぎるわ」

　俺《ブライズ》はそんなことはしていない！　いま思いついたでたらめだ！

　あと効果的って何言ってんだ？　この人が教官で大丈夫か？

「お、おまえだって、俺の年齢になる頃には戦場に出ていただろうが！」

「わたしの初陣《ういじん》は十一歳だけど？」

「そうだったか？　ブライズに拾われてから一年後？」

「そうよ。――ああ、でもそうね。一年くらいだったら変わらないかもしれないわね」

　パンを食べ終えたリリが、ミルクに口をつけた。あの頃を懐かしむように、何もない虚空《こくう》を眺めながら。

「まあ、ヴォイドやリリもそう変わらんだろ。珍しいことじゃない。こんな世の中ではな」

「そうね」

　自分で言っておいてなんだが、そうだろうか。

　パンを食べ終えた俺は、ミルクのカップを傾ける。

　今朝もミルクがうまい。酒よりもうまい汁があったとは。あーうまい。ミルクうまい。背が伸びるし骨も強くなるしうまいし、最高汁だ。

ぼーっと俺を見ていたリリが、ぼそりとつぶやいた。

「飲み方かわいい」

「……」

飲み終えたカップを置く。

満腹だ。前世の一食分の十分の一も食べてはいないのに。この分では肉体を取り戻せるのはいつになることやら。

「ごちそうさん」

「うん」

「たまにはリリの作ったものを食いたい」

温かいものがいい。もっとあの頃のことを思い出せるかもしれない。

「わたしは別にいいのだけれど、この部屋にはちゃんとしたキッチンがないわ。せいぜいお湯を沸かす程度のことしか想定されてないんじゃないかしら」

「そうだな」

食べ終えた俺が衝立《ついたて》の裏で着替えていると、先に準備を終えたリリが覗き込んできた。

「そうそう、エレミア。ひとつ言い忘れていたのだけれど」

「ん？」

鞘《さや》ベルトを巻きながら、俺は振り返る。

リリはすでに教官服で、眼鏡《めがね》をかけていた。今日は座学からのようだ。実技指導であれば眼鏡をかけないからすぐにわかる。

「あなたは少し気をつけた方がいいかもしれない。教官会議でダンジョンカリキュラムの再開が決定して、教官による魔物の排除をしない方針に変更になったのは、初等部指導課のギーヴリー教官が旗印になってそう決められたからよ」

「……ほう？」

「彼、王都中央の有力貴族出身だから、他の正騎士資格を持つ教官を強権で丸め込んだみたい」

「へえ？」

「まさか直接おかしなことはしてこないとは思うけれど……」

「ふむー？」

リリが半眼になって俺に視線を向けた。

俺は視線から逃れるようにグラディウスと脇差しを装着する。

「ねえ、わたしの言っていることの意味はわかってる？　一組のホムンクルス戦での善戦が明かされた後での会議だから、三班全員の名前——あなたの名前も挙がっていたのよ」

「なるほど？」

「だからギーヴリー教官によって一組が先鋒にされたのかもしれない。エレミア・ノイの名前があったから」

あ～。背筋がゾクゾクしてきた。

リリのジト目が突き刺さる。

「なぜだ？」

「…………エレミア。もしかしてあなた、覚えていなかったりする？　ローレンス・ギーヴリーのこと」

「誰だそれは？」

弟子は額に手をあて、呆れたようにため息をつくのだった。

昼食時――。

本校舎屋上で、俺はパンを囓《かじ》りながら片手に持った一枚の紙を眺める。風になびく紙は、いまにも飛ばされてしまいそうだ。

パンを口に咥《くわ》えて両手で紙の端を持ち、その皺《しわ》を伸ばす。己の眉間には皺を刻みながら。

「ん～？」

ローレンス・ギーヴリー。

王立レアン騎士学校初等部教官。年齢二十二。

王都中央で司法に関する国政に従事する名門ギーヴリー伯爵家の長男。共和国戦に正騎士として参戦していた経歴を持つが、その際に特筆すべきことはない。停戦後は王国騎士団からレアン騎士学校へと出向、後進を育成することに意欲を見せている。

ライアン・ギーヴリー伯爵本人とは違い、ローレンスには政局への影響力が皆無ゆえ、人質としての価値は極めて低く、暗殺対象にも不適格。

整った顔立ちをしていて髪はブラウンの巻き毛で短髪、身長や体重は――……。

以上が元諜報員《ちょうほういん》兼工作員兼暗殺者であるリオナの情報だ。

斜め読みでだいぶ圧縮された情報ではあるが、紙ペラ一枚には概《おおむ》ねそんなことしか書かれていなかった。その他の項目には、女好きと書かれている。

俺は紙を隣のリオナへと返し、口に咥えていたパンを手に戻した。

これらは共和国〝施設〟の極秘資料らしい。リオナの手元には、この学校に勤めている教官の数だけ存在しているそうだ。

さらに言えばローレンスの資料は一枚きりだが、リリの資料はその二十倍ほどの分厚さがあったそうだ。その大半が例の戦争で討ち取った共和国軍側の将校たちの名前と死亡日時、場所で埋められているらしい。

ちなみに理事長の正体に関しては共和国側でもつかめていなかったらしく、キルプスの名はなかったそうだ。

「………ギーヴリー……ギーヴリー……う～ん、誰だ……？」

やはり思い出せない。

このようなことなら思い出したフリなどせず、リリにちゃんと尋ねておけばよかった。あいつがあまりにも俺を視線で追い詰めるから、つい魔が差して。

屋上の柵にもたれて野菜ジュースを飲みながら、リオナが口を開いた。

「エルたんが入学試験のときに木剣で気絶させちゃった教官じゃん？」

「あー！　あいつか！」

ブラウン髪で顔面は爽やか、だが性格は抜群に陰険糞野郎だったあいつだ。

そもそも十歳の子供が振るう木剣の一発で肋《あばら》を五本も同時に砕かれるなどと、どういう受け方をすればあんな大事故に繋《つな》がるのだ。才能がないどころの話ではないだろう。

俺に言わせれば自ら折ったとしか思えん。普通に肉体を鍛えているだけでも、ああはならんぞ。ある意味では弱さを極めた天才だ。正騎士にしておくにはもったいない。

ペントハウスに腰を下ろしていたヴォイドが、鉄柵にもたれるリオナに尋ねる。

「よお、アサシン。おめえ、そんなんで足りんのか?」

「アサシン言うなっ」

リオナが野菜ジュースの入ったカップを持ち上げて歯を剥《む》いた。

「ダイエットしてんのっ」

「ククク、ん～なつまんねえことしてるから育たねえんだよ。おら」

ヴォイドがリオナへとパンの入った紙袋を投げる。リオナはそれを受け止めながら、八重歯を牙のように剥いた。

「何がよ!」

「口に出して言ってほしいのか?」

「言うなっ、バカ! へんたい!」

「ククク」

文句を言いながらも紙袋から取り出して食べるあたり、やつらの仲も少しずつ改善されつつあるようだ。

共和国と切り離されたリオナには後ろ盾がない。つまり任務開始時に受け取った経費だけで、今後の学費を賄《まかな》わなければならなくなった。

実は義理の娘になると勘違いをしてしまっているキルプスから、学費の肩代わりの申し出があったそうだが、リオナ自身がそれを断ったそうだ。命を狙った者に対し、これからの自分を見て欲しかったのだとか。

そんなわけで、放課後にはアルバイトを始めたようだ。毎日ではなさそうだが。

そのような暮らしでは、ダイエットというのもアヤシい話だ。どちらかと言えば痩せ型に見えるくらいだ。

おそらく、ヴォイドもそれに気づいていたんだろうな。エルヴァのスラム出身者の金銭面に対する嗅覚は、下品な貴族どもの笑い話にされるくらいだから。

リオナが風に消え入りそうな声でつぶやく。

「…………あんがと……」

「……」

聞こえなかったのか、そういうフリをしているのか。ヴォイドはペントハウスの上で再び寝転んで、自分のパンを食べていた。

相変わらずのお人好《ひとよ》しだ。

俺が余分に買ったパンは無駄になったようだ。余ってしまった体《てい》で最後に渡すつもりだったのだが、自分で食うか。

うまいな。焼きたてはやはりうまい。あーうまい。たまらん。小麦の匂いがいい。

「食べ方かわい……」

「……」

ちなみにオウジンはペントハウスの壁にもたれて座り、黙々と拳大に握り固められた米を食べている。すでにふたつ平らげたというのに、まだふたつも残っている。

案外大食いだな、こいつ。

「ぐふ……っぷ！　……んぐっ」

オウジンから変な音がして、米粒がわずかに飛び出した。どうやら大食いというわけではなく、む

りやり腹に詰め込んでいるようだ。

わかるぞ、その気持ち。早く大きくなりたいよな。だが腹を壊しては何ひとつ栄養は吸収できないのだが。まあ生温かい目で見守ってやろう。

ヴォイドが俺に尋ねる。

「んーで？　そいつがどうしたって？」

「ダンジョンカリキュラムで高等部一組を魔物どものつゆ払いに使う意見を出したのがこいつだとさ。リリの話だから間違いはないだろう」

「へえ。俺ぁ別にそれでも構わねえぜ」

ペントハウスの上でヴォイドが起きあがった。

「あのな、俺たちはいいだろうが、一組の他の生徒たちが危険だと言っているんだ」

「だろーな」

「だろーなっておまえ……」

どうせ真っ先に助けに動くくせに……。

と言いかけてやめておいた。変に意固地《いこじ》になられては困る。ヴォイドにはいままで通りであって欲しい。何とも情けない話だが、たかだか十五や十六のこいつを、俺は頼りに思ってしまっている。

俺がまだブライズだったら、強引に弟子にしてしまいたいくらいだ。

ため息をついた。

「そうなったのは、俺のせいかもしれんのだ。入学試験でローレンスの肋を五本ばかり砕いてしまったからな。あいつはたぶん俺を恨んでる。そのせいで一組全体が迷惑を被《こうむ》るのはさすがに気分が悪い」

「らしくねーな。どうせバカなんだから、はっきり言えや」

おい。

おまえが俺の弟子だったら、いまのは顔面往復拳骨ものだからな。

「……だから……その……おまえら三人には……助けてもらいたい……」

ミルクのパックを開けて口をつける。

あーうまい。ミルクはなぜこんなにうまいのだ。栄養価の高さといい、穢《けが》れなき白さといい、最高にイカした飲み物だ。うまいな。あーうまい。

眠そうな目でヴォイドがつぶやいた。

「おまえの飲み方……いや、何でもねえ」

「……」

リオナが鉄柵にコテンと首を置いて、俺に微笑みかける。

「じゃあ、あたしがローレンスを消しとこうか？　女好きなら簡単に呼び出せそうだし、夜に呼び出して暗闇で喉をスゥ～って」

俺は赤い飛沫《しぶき》ならぬ白い飛沫を噴いた。口に含んでいたミルクだ。

雲ひとつない空に霧となったミルクがキラキラと輝きながら広がる様は、まるで静かな冬の朝を連想させた。

俺は口の周りについたミルクを、パンの入っていた紙袋で拭って叫んだ。

「リオナ！　暗殺業からは足を洗えと言っておいたはずだぞ！」

「声、声大きいってば！　冗談だよぉ！」

む、ぐ。そりゃそうか。

「諜報も工作も暗殺も廃業したよ。いまはただの学生だから。ちゃんと常識と節度を持って生きてます。だから心配しなくてもあたしは大丈夫よ。本気で叱ってくれてありがと、ごめんね」

リオナが笑いながら謝ってきた。

おまえが言うと冗談ではなくなるのがわからないのか。まあ、冗談でそういうことを言えるようになったのは、ある意味では大きな進歩ではあるのだが。

「でだ。みんなに頼みがある」

「なぁに、エルたん？　なんでも言って？　なんでもするよ？　なんだったら、いますぐしてあげようか？　ほら、おいで～！」

無防備に両腕を広げて中腰になっている。

「何の真似《まね》だ」

「あたしをどーぞっ」

……キレそう。

俺はこんなにも真面目に話しているのに。

「エルたん、顔怖《こわ》。怒ってる子犬みたいになってる」

「おまえ……数秒前にはあったはずの常識と節度とやらは、いったいどこへ旅立ったんだ……」

いや、わかっている。リオナの言動にいちいち引っかかっていたらキリがない。俺は大人だ。余裕を見せろ、ブライズ。人生二周目、心を広く持て。

ふぅー……。

「俺たちは一組全体のサポートに回りたいと思っている。先鋒になって道を切り開くのではなく、あいつら全体を底上げしておきたいんだ」

「いいよ〜。あたしは元々正面切っての戦闘は得意じゃないし、どっちでもいいもん。エルたんのやりたいことを手伝うだけ」

「そうか。感謝する。――ヴォイドは？」

「あ〜？」

大あくびをしている。

そうしてかったるそうに言い放った。

「さっきも言ったろうが。俺は別に構わねえよってな」

「それはおまえ、つゆ払い役でもいいという意味ではなかったのか」

「阿呆。なんで俺がクラスのガキどものためにそこまでしてやらねえといけねえんだ。金にもなりゃしねえのによ。やれるこたぁテメエらでやらせろや。足りねえ分だけ補ってやる。その方が楽できるってもんだろ。ククク」

言い方は最低野郎に聞こえるが、言っていることは限りなく正しい。いつも通りのヴォイドだ。

しかし、やはりすごいな、こいつは。どういうふうに育てばそんなにも心証悪く、優しいことが言えるようになるんだ。もはや才能としか思えん。まっすぐにひねくれやがって。

「オウジンもそれでいいか？」

振り返ると、オウジンが顔を上げた。

頬《ほお》がリスのように膨れている。

モッチャモッチャモッチャモッチャ。

急いで噛んで急いで飲み込もうとしているのはわかるのだが、いかんせん頬張った量が量だ。

「喉に詰めるなよ……」

モッチャモッチャモッチャモッチャ――んぐ。

嚥下《えんげ》した。

口元を袖で拭い、オウジンが表情を引き締める。

「ふぅ。ああ、もちろんだ。僕もそれ……で――ごぷっ！　んぶっ」

「わかったわかった。喋《しゃべ》らなくていい。いいんだな」

口を押さえてうなずいている。

大丈夫か、オウジン。おまえのイメージ、ダンジョンカリキュラム以降はかなり変わってしまっているぞ。クールな優等生っぷりはどこにいったんだ。

「カリキュラムの再開初日は明日だ。そこから早速《さっそく》開始する」

ようやく落ち着いたらしきオウジンが、俺に尋ねてきた。

「エレミア、この前のカリキュラムのときのようにクラスが全体で動く場合は三班もそのままでいいと思うけど、そうじゃない場合はどうするんだ？」

「あー……。考えてなかった」

班ごとにバラバラに動かれては、俺たちも散開せざるを得なくなる。だがカリキュラムのルールでは、パーティごとの行動は必須だったはずだ。

「リリに融通《ゆうずう》を利かせてもらうか。俺が今晩あいつに頼んでみる」

「今晩？　キミは夜にイトゥカ教官と会っているのか？　……妙だな……」

「!?」

あーもぉぉぉぉ！

また余計なことを言ってしまった。頭が混乱する。一旦、俺の秘密を整理しよう。

ヴォイドとオウジンとキルプスは俺が王子であることを知っているが、リリとリオナは知らない。

リリとリオナは俺がリリの部屋で暮らしていることを知っているが、ヴォイドとオウジンとキルプスは知らない。

俺がブライズであることは誰にも知られてはいないが、キルプスとリリにはいずれバレそうだから要注意だ。

頭の中を整頓していると、オウジンが真に迫った顔で口を開いた。

「ま、まさかエレミア。夜にイトゥカ教官とふたりきりで、そんな――」

「待て。妙なことを考えるな。何もやましいことなどない」

「――剣の修行をつけてもらっているのか⁉ ずるいぞ！」

オウジン。おまえ。

色々崩れても、糞真面目だけはブレないんだな。

「言い間違えただけだ。放課後にリリに融通を利かせてもらえるように頼んでおくと言いたかった」

リリとの同居を知っているリオナだけが、隣であからさまにむくれている。

あちらもこちらも、なんとややこしいことか。

オウジンが肩を落とした。

「そうか。残念だな。僕は高名なブライズ殿の流れを汲《く》む彼女に稽古をつけてもらいたくて、海を渡ってきたからね。機会があればお願いしたいのだが、なかなか叶《かな》いそうにない」

リリは実技の授業であっても、他の教官たちとは違って直接生徒と打ち合うことはしない。それはブライズ流の剣術に〝型〟がないことに起因している。

とんでもなく教えづらいのだ。

ブライズ流は、あくまでも反射的に、本能的に、行き当たりばったりで剣を振るっているからだ。

そんなものをどう教えればいいのか、俺だってわからない。

ゆえにひたすら基礎を繰り返し、人間の限界まで反射を高め、あらゆる角度に対処できる柔軟さと、刃を通せるだけの筋力を付けることくらいしか教えられることがない。

もしもリリと剣を合わせる機会がくるとするなら、それはリリ自身が生徒側の基礎力を認めてくれたときだろう。そこで初めてブライズ流の経験を積むことができる。

いや、もはやリリ流だな。

先は長い。俺は反射はできても筋力が足りない。オウジンも同じくだ。だから俺たちは阿呆ほど飯を食って、自身を鍛え続けるしかないんだ。

そんなことを考えていると、オウジンが首を振った。

「ああ、いや、僕のことはいいんだ。少し焦《あせ》っていただけだから」

「焦っていた？」

オウジンが言いにくそうな様子で、頬を掻いた。

焦っている。オウジンが。女のこと以外で。

珍しいこともあるもんだ。

オウジンが頭を掻いて、照れくさそうにつぶやく。

「早く強くならないとって思ってね。卒業まで三年しかないんだ。僕らは足踏みなんてしてる場合じゃないだろ」

「なぜ？　おまえは十分に強いぞ。その年齢でおまえに勝てる学生なんてそうはいないはずだ」

おそらく、とある条件下においては、いまの俺やヴォイドよりも強いだろう。

例えば修練場のような何もない空間で、且《か》つ一対一では、オウジンに勝てそうにない。現時点ではな。だからやつの剣術を戦いの中で盗むために、俺はオウジンと剣を合わせたかった。

もっとも、ダンジョン内や森林、または戦場のような乱戦となった際には、その力関係は逆転するだろう。だがそれをおいたとしても、オウジンはすでに十分に強い剣士だ。

オウジンが苦笑いでつぶやいた。

「ありがとう。でも、学生レベルじゃだめなんだ。正騎士でもまるで足りない。もっと、もっと強くならなくては。剣聖や戦姫のように」

「理由を教えてはくれないのか？」

オウジンの声が掠《かす》れた。

「……ああ。いや。弱ったな」

これは……。

尋常ではない様子に、俺は慌てて口を開く。

「すまん。追い詰めるつもりはないんだ。言いたくなければ言わなくていい。言えないことなど俺にだってまだまだあるからな。……あ～っと、いまのは余計な一言だったか。詮索は勘弁してくれよ」

リオナもヴォイドも、俺を呆れたような目で見ている。

そうしてしばらく。

穏やかな風が吹いたとき、オウジンはまるで何かを払うように、頭を勢いよく振った。短い黒髪が揺れる。そして意を決したように語り出した。

「……みんなは僕の故郷、東国にある島国ヒノモトの〝剣鬼〟を知ってるか？」

ヒノモト。

俺たちは東の海を渡った先にある大陸や島国をすべてひっくるめて東国と呼んでいるが、実のところ細々とした国家がいくつも点在している。ヒノモトはそのひとつだったはずだ。

といっても、俺も刀という特異な武器と、そして〝剣鬼〟と呼ばれる恐るべき剣士を輩出した国家程度にしか知らないのだが。

俺はうなずく。

「ああ、知っているぞ。ガリア王国で言うところの〝剣聖〟みたいなものだろう。数十もの敵に囲まれてなお、自らの身に一太刀も浴びることなく、すべてを斬り伏せたという逸話の残る、凄《すさ》まじい剣術使いだと聞く。又聞きだから真偽は知らんが」

「それは事実だ」

「そうなのか⁉」

一度は剣を合わせてみたいものだと、俺は常々思っていた。それはプライズだった頃からだ。むろん、子供にまで若返ってしまったいまとなっては時期尚早ではあるが。

当面のところ、俺が目指すのは〝戦姫〟でいい。リリを超えたとき、俺は再び〝剣聖〟となる。実に楽しみだ。

だが、そのためにはキルプスには長生きして、王位にいてもらわねば困る。レオ兄の下で剣を振るうなどと、考えるだけで嫌気がさすからな。

俺は尋ねる。

「さては、オウジンは〝剣鬼〟を目指しているな？　そのようなことを恥ずかしがるな。俺は別に笑ったりしないぞ。なぜなら俺だって〝剣聖〟になるため――」

「違う！」

オウジンが再び頭を振る。それは明確な否定だった。

そうしてやつは吐き捨てた。

「剣鬼は……ッ、あいつはブライズ殿のような方じゃない！　イトゥカ教官とも違う！　憧れるような対象じゃないんだ！」

「え……」

それはもはや苛立《いらだ》ちを隠すこともできぬほどの怒号だった。

オウジンがこれほどまでに苛烈《かれつ》に反応する姿など、俺は初めて見た。思わず絶句してしまう。

そうして、やつは言った。

「僕は〝剣鬼〟を斬る力を得るために海を渡った。あいつと同じ空振一刀流では殺せないから。だから――」

ため息をついて、オウジンが口を閉ざした。そのままうつむく。

リオナもヴォイドも息をすることさえ忘れているかのような表情で、オウジンを食い入るように見ている。俺もだ。

「僕は負けている場合じゃないんだ。ホムンクルスにだって。なのに……」

ギリと奥歯を噛みしめる音がした。

「エレミアがいなければ、ヴォイドがいなければ、リオナさんが助けてくれなければ、僕は本懐を遂げることなく異国の地で死んでいた。あまりにも不甲斐《ふがい》ない」

「そう落ち込むな。あれは相手が悪すぎただけだ。それに俺はおまえに岩斬りを教わったから、奇策に奇策を重ねてどうにか立ち回れただけだ。俺の方こそ武器を砕かれ、おまえがいなければどうにもならなかったのだぞ」

それまで黙って聞いていたヴォイドが口を挟む。

「あー。ありゃ規格外だ。悔しいが、俺もあんな安もんの得物《えもの》じゃあ、どうにもできねえ。騎士学校なら、ちったぁ武器に金かけろっつーんだ」

「そうだよぉ、リョウカちゃん。あのときは、この四人のうちひとりでも欠けてたら、最終的にみんな死んでたと思うよ？」

オウジンが弱々しいため息をついた。

「……わかってはいるんだ。でも、剣鬼《あいつ》はホムンクルスよりずっと強い」

ホムンクルスよりずっと強い、か。やはり〝戦姫〟や〝剣聖〟級のようだ。それにしても〝剣鬼〟を斬る、か。穏やかではないな。

こいつもヴォイドやリオナと同じで、何かとてつもないものを背負っているのかもしれない。

一組三班。なんとも奇妙な運命だ。

「ふー……」

やがてオウジンが顔を上げた。いつもの表情に戻して。明るい調子で。

「すまない。余計な話で時間を取らせてしまったな。まあ、とにかく、そんな理由があったということだ。――時間がない。午後の授業が始まる前に話をカリキュラムに戻そう」

「そうだな」

これ以上は突っ込めそうにない。

俺たちはやつの言葉にうなずくしかなかった。

オウジンが先ほどまでの話題を振りきるかのように、カリキュラムの話を始めた。

「まずはエレミアの提案をイトゥカ教官に話してみることからだね」

「ああ。クラスが班ごとに別行動を取るようなら、俺たち三班も手分けせねばならん。それにはリリの許可がいる」

ルール破りで留年などしてはシャレにもならない。

「じゃあ許可が下りたと仮定して話を進めようか」

片手を開いて指を立てたオウジンが、一本ずつ折りながら説明する。

「班は全部で五つ、三班を抜いて四つだから、最悪の場合、僕らはひとりずつ別行動になる」

リオナがうんうんとうなずいた。

「そだねぇ。あ、でも、あたしはあんまり正面切っての戦闘って得意じゃないからね。索敵とかサポートはするから、攻防の得意そうな班だと助かるよ」

そうか。それぞれの相性も考えねばならないのか。

俺は頭にクラスメイトの覚えた顔と名を思い浮かべながら口を開く。

「ええっと……？　セネカのいる五班にはオウジンは合わないな。指揮がふたりになってしまうのはもったいないし、混乱が生じては本末転倒だ」

オウジンがうなずいた。

「そうだな。彼女はパニック状態であっても正確な判断を下すことに長《た》けているからね。その部分に関しては僕より遥かに優れていると思う」

ヴォイドが茶々を入れる。

「おめえも女が絡んでこなけりゃ、そう負けてねえぜ。クック」

「そ、それは言わないでくれよぉ」

情けない声を出すな。

それから、ええっと。

「リオナは戦闘特化班を希望しているから、三班以外に戦闘に特化しているのはイルガ・フレージスのいる一班か。あるいは安全性を考慮するなら治療魔術の使えるフィクス・オウガスのいる四班ということになる」

「先走りヤローのイルガくんの班はしんどそー……。あたし、ああいう人のお世話って苦手。ついてくだけで疲れそうだもん。それにホムンクルスのときみたいに突っ走られたら、索敵なんて何の意味もないじゃん」

リオナは嫌そうだ。正直、これぱっかりは俺も同意見だ。

早死にするやつの性格というものは、大体似通っている。無駄に勇猛なやつだ。身の程を弁《わきま》えず、あるいは身の程を知らず、どのような敵にも勇猛果敢に攻め込んでいく。そして真っ先に殺される。

それを見てしまった後続の士気は下がり、結果として戦場での敗北が決定する。前世では何度か見てきた光景だ。

いや、今世でも、だな。

イルガはホムンクルスに真っ先に特攻してあっさりと張り倒され、一組全体を恐慌状態に陥れたのだから。

「そうだな。だがヴォイドやオウジンをそこに入れてしまうのは、戦力がダブってもったいない」

「俺ぁ別に構わねえぜ。野郎を止めるためにぶん殴っちまっていいならな。ククク」

ああ、ありそう。不思議と光景が鮮明に浮かんでくる。ダンジョンで魔物を前にしてぶつかり合っているヴォイドとイルガのふたりの姿が。

これは……取り返しがつかなさそうだ。

「そんなもの、だめに決まってるだろうが。まったく。あとでリリに叱られるのは俺なのだぞ」

思わずぼやいてしまう。

「ああ見えてイルガは貴族剣術ではなく騎士剣術を使っていたから、学生にしては弱くはないはずなんだが……性格か……。これぼっかりはどうにもならんな」

「彼も前回の失敗から学んでくれていたらいいけどね」

オウジンが苦笑いを浮かべた。

「そうだな。だが希望的観測は捨てよう」

圧倒的な暴力を秘めるホムンクルスが相手では、学生ごときでは力の測りようもない。イルガが叩きのめされたのも当然だ。あれを実力不足と言ってしまうのは少々気の毒に思える。善戦に持ち込めた三班だけが、あくまでも特殊すぎただけだ。

リオナが思い出したようにつぶやく。

「ねえねえ、二班にも大きな男の子がいたよね。長柄武器《ポールウエポン》の子。名前は覚えてないけど、そっちの方があたしはまだいいかな」

「俺もその男子のことはよく知らんが、でかいだけで強いとは限らんぞ。素手ならば肉体のでかさは強さに直結するが、武器を使う戦闘では必ずしもそうはならない」

「そっかぁ～。エルたんもちっこいけど強いもんね。正騎士先生の肋骨を砕いて遊んじゃうくらいだし」

「俺は小さくないっ！　十歳だから普通だ！　俺がおまえらと同じ年齢だったら、ヴォイドの倍はあったからな！」

はっ。いかんいかん。

本物の子供のようにムキになってどうする。

「それに人聞きの悪いことを言うな。別にローレンスをいたぶって遊んでいたわけではないぞ。一発殴ったら不思議と五本同時に折れたんだ」

どいつもこいつも真顔で俺を見つめている。

「なんだ、その目は。むしろこっちがびっくりしたくらいだぞ。あの口だけ教官め」

そう、いたぶって遊んでなどいない。教えてやっただけだ。愚か者に身の程を。

「なんだったら自分で折ったのではないかと疑っているくらいだ。くしゃみで折るやつもいるだろう。知らんのか？」

「……」

「……」

「……」

「なんだぁ？　おまえら、俺の言うことを信じていないのか!?　俺ならやりかねないとでも思っていたのか!?」

ヴォイドが俺から視線を逸《そ》らしてつぶやく。

「そんじゃ、俺かオウジンのどちらかがフィクス・オウガスんとこだな。やつの治療魔術は大したもんだが、あそこは戦闘面でちょいと不安が残る」

なんで無視するんだ。これが噂《うわさ》に聞くいじめというやつか。まあいいか。

午後の授業まで時間もないことだ。頭を切り替えよう。

「ええっと、ならば残りは……？」

「残りも何も、まだひと組も決まってないよ、エルたん」

わあ、ほんとだ。不思議だな。こんなに頭をひねって考えているのに。

俺は両手で頭を掻《か》き毟《むし》る。

「……んあぁぁ～～～～～～、なんかもう七面倒くさい！」

考えるのを放棄した。そうして表情を引き締め、いい顔でぶん投げる。

「当日決めよう」

いいだろう、別に。どうせ俺はルール無用の〝型無し〟だ。決まり事など、最初からあってなきようなもの。

オウジンが苦笑いを浮かべた。

「そうだな。四組ではなく二手に分かれる場合もあるかもしれないし、その方がよさそうだ」

「あたしもー。考えるの面倒くさいからぁ」

「クク、結局こうなんのかよ。何だったんだぁ、この時間はよォ」

ほんとにな……。

何となく四人で見つめ合って、同時に笑った。

なぜか愉快な気分だったんだ。

ひとしきり笑ったあと、リオナが全員からパンの包み紙を回収し、空いた紙袋に詰め込んだ。どうやらゴミは捨ててくれるようだ。パンを分けてくれたヴォイドへの礼なのかもしれない。お互いに素直ではないからな。こいつらは。

オウジンがつぶやく。

「そろそろ予鈴の鳴る時間だな。みんな、教室に戻ろう」

ヴォイドが両手を枕にして、仰向《あおむ》けになった。

どうやら午後の授業もサボるつもりのようだ。ひらひらと掌《てのひら》を振っている。

「ま、俺ぁどこでもいいぜ。当日、余ったとこにでも放り込んでくれや」

こんなんで大丈夫だろうか。なんか今日は貴重な昼休憩を無駄にしてしまったな。木刀でも振っておけばよかったか。

いや、そうでもないな。知ったクラスメイトのことを整理するには、割と有意義な時間ではあった気がする。それにヴォイドとリオナの仲が改善されつつあるのも見られたし、オウジンの深い部分も少しは知れた。

「あれ？　エルたん、何でまだ笑ってんのー？」

「ああ？　わからん！」

何より、俺は結構楽しんでいた……ようだ。

第三章 貴族と平民

長く戦地に行っていないとき、ブライズは時々夜中にベッドから抜け出す。そうして女好きのカーツ兄さんと一緒になって夜の街へと繰り出すの。

わたしはそれが嫌だから、いつもブライズにしがみついて寝る。でもやっぱり気づけばいなくなってる。

ある日、眠ったふりをしてあとをつけてみた。見つからないように遠くから眺める。

むー。女の人と遊ぶのは、断固阻止。踊りなら、わたしが踊ってあげるのに。

ところが踊り子酒場を通り越して、ふたりは街の外まで出る。

そこでわたしは初めて知った。

ふたりが一派のために魔物を狩って、狩猟者ギルドから報酬金を得ていたことを。そうしてお酒を飲み、ご機嫌に肩を組んで、何もなかったかのような顔をして朝に帰ってくるの。

レアンダンジョン第一層。

口を開けた暗闇。風のない地の底。湿り淀《よど》む重い空気。

またここへ戻ってきた。クラスメイトの大半は二度目だが、俺とリオナは三度目だ。入り口からの階段を下りきったところで、腰の魔導灯を全員が一斉に点灯する。

例によってリリはここまでだ。

一組全員を並べると、リリが開始を告げる。

「ダンジョンの探索をあなたたちに任せることになったけれど、それは命を捨てさせることと同義ではないわ。全員、手に負えない魔物が出てきたと判断したらすぐに引き返しなさい。くれぐれも危険は避けること。前回以上によ。騎士道に殉じることは馬鹿げていると思いなさい」

やけに強い口調だが、その気持ちはわかる。

こんなもの、学生に課すカリキュラムではない。広さも深さも危険度さえも不明のレアンダンジョンの探索は、政府から委託された立派な事業だ。それを学生にカリキュラムとして従事させることで、利益を得ようとしているやつがいる。

イルガが挙手をして発言した。

「ですが教官。我々は国の礎《いしずえ》たる正騎士となるべく、レアン騎士学校へと入学しました。当然、騎士道を学ぶことは重要であると考えています」

「学生の身分で胸を張って名乗れるほど、あなたの言う騎士の称号は安いものかしら。イルガ・フレージス」

俺に言わせれば、どの口がほざくのか。

前回はおまえを救うために、クラスメイトが全滅しかけたというのに。

戦姫に睨《にら》まれたイルガが、目に見えて萎《しぼ》む。

「それは……」

「もう一度言うわ。騎士道に殉じる必要はない。学生ならば生きて戻りなさい」

カリキュラムの収益化は、リリにとっては腹立たしいことこの上ない話なのだろう。やはりキルプスに進言し、中止を乞《こ》うべきかもしれない。

だがガリア王国での王族は、強い任命権こそ持ってはいるものの、司法や行政に関しては貴族に権限がある。教育関連はどこの貴族の権限かは知らんが、そいつの首をすげ替えるにも時間がかかるだろう。教育法の改定はさらにその後だ。

実際にカリキュラムを中止にさせるまでに、どれほどの手続きと時間が必要となるか。暴君の誕生を防ぐための制度が、今回ばかりは仇《あだ》となっている。

さらにキルプスと理事長の椅子《いす》の繋《つな》がりは、可能な限り自国の貴族にさえ伏せておきたいところだ。その情報が共和国にまで漏出した場合には、この学校自体が諸外国から重要施設として位置づけられ、学生が危険にさらされる恐れが出てくる。

「それと前回同様、ケガ人が発生した場合には、パーティを超えた協力を怠らないこと」

三班を中心に、左手側にイルガのいる一班と二班、そして右側にフィクスの四班とセネカの五班が並んでいる。

ふと気づく。

男子の大半が、刺突剣から両手剣へと変わっている。突に加えて斬の重要性を、ゴブリン戦を経てようやく理解できたようだ。

お上品な貴族剣術ではこの先通用しない。

「可能な限り、全員での生還を目指しなさい。いいわね？」

女子の方は筋力と重量の関係上、そう簡単に持ち武器は変えられないだろうが、俺のように予備の短剣を腰に差しているやつもいる。刺突剣以外には何も持っていないように見える女子もいるが、リオナのようにレッグガーターに装着しているのかもしれない。

男子も女子も、顔つきが変わっている。よい傾向だ。

「本日の探索は六層と七層まで。完遂できなくても日暮れまでには撤退する」

今度はセネカが手を挙げて質問する。

「イトゥカ教官。ダンジョンの中で日暮れはどうやって知るのでしょうか？」

「魔術の使える教官が配布武器に刻まれた校章を光らせるわ」

俺はグラディウスの柄尻《つかじり》に刻まれたレアン騎士学校の校章に視線を落とした。てっきり盗難防止用かと思っていたが、そのような使い方があったとは。

やはり俺がのんきに転生などしている間に、時代は大きく進んだようだ。

「それでも撤退が遅いと判断した場合には、わたしが単身で層を下っていく。だからもしも逃げられないような状況に陥ったとしても、前回のように落ち着いて対処しなさい。必ず助けに向かうから。何があっても最期の瞬間まで諦めないこと」

全員が同時に安堵《あんど》の息を吐く。

まあ、この前はそのおかげで命拾いしたからな。たとえヴォイドやオウジンや俺であっても、あくまでも学生の中では強いと言われる程度に過ぎない。いや、そうでもないな。普通の正騎士程度ならひねれるか。

　だが英雄と呼ばれる剣聖ブライズや戦姫リリ、王壁マルドから見れば、まだまだ話にもならないひよっこだ。悔しいが、エレミア・ノイも含めてな。

　リリが片手を前に出し、掌《てのひら》を広げる。

　号令だ。全員に緊張が走った。

「それではレアン騎士学校高等部一年一組、レアンダンジョンの探索を開始する！」

　全員が同時に「おお！」と叫んだ。

　その場にリリを残して、俺たちは歩き出す。今回は誰も走り出そうとする者はいない。その方がいい。班ごとにばらけられると、三班も連携を捨てねばならなくなる。

　しかし、なんだ、この雰囲気は。

　並び順と同じだ。三班を中心に、左手に一班二班、右手に四班五班。そのままの状態で進んでいる。ホムンクルスの開けた大穴を迂回《うかい》するときですら、三班が二手に分かれただけでやつらはその並び順を壊さなかった。

　しかも一切、班を越えた会話が聞こえない。本来であれば打ち合わせなどがあって然《しか》るべきだろうに。

　リオナが俺の耳元で囁《ささや》いた。

「ねえ、なんか右と左でピリピリしてない？」

「ああ」

　左手先頭はイルガが、右手先頭はセネカが歩いている。互いの歩を測ることもなく、むしろあえて目線を背けたような状態でだ。

ヴォイドが舌打ちをした。

「そういうことかよ。面倒くせえな」

「何かわかったのか？」

オウジンがヴォイドに尋ねる。

「確信したら言ってやるよ。こりゃあ、あとで揉《も》めるぜ」

「そう、なのか？　僕にはわからないが……」

三層までの安全は保証されている。もう魔術学校から借りたゴーレムさえ放たれてはいない。しかも設置された鉄扉《てつぴ》がある以上、ただの通路に過ぎない。

ちなみに鍵は外されているが、魔物の中で扉を開けられる知能を持つやつは、そう多くはないはずだ。たぶんな。

二層に下ったところでダンジョンの臭いが強くなった。大穴からの死臭ではない。おそらくあのスライムがダンジョンを掃除して回っているからだろう。ゴブリンの死骸も、いまごろはスライムの体内で分解されているはずだ。漂っていたのは湿った土の臭いだ。

三層へと下っても、ダンジョンは静かなものだった。

そうして俺たちはホムンクルスと死闘を繰り広げた四層へと下りる。ここから先の安全は保証されていない。

セネカが後方を振り返って指示を出す。

「最後尾、鉄扉を閉め忘れないで」

「あ、そうだね」

最後尾の生徒が数名が、三層へと続く重い扉を押して閉ざした。

その間にイルガを先頭とする一班と二班が先行して歩いていく。

セネカが慌てて声を投げた。

「ちょっと待ちなさいよ！」

「ん？」

イルガだけが振り返り、足を止めかけた一班二班の背中を押す。

「先に行っていたまえ」

「わかりました」

鉄扉を閉ざす三班、四班をその場に残して、一班と二班が再び歩き出した。その最後尾を行く長柄武器《ハルバード》を持った大柄な生徒だけが振り返り、視線で謝るような仕草を見せてから去っていった。

長身のイルガを背の低いセネカが睨み上げる。

「どういうつもりなの？　クラスを二分するなんて。あんた状況わかってる？」

「わかっているとも。おまえなどよりよほどな。おまえの方こそ、誰に意見をしているかわかっているのか？」

ぴくりと、セネカの左目が痙攣《けいれん》した。互いにキスでもせがむかのように一歩の距離まで詰め寄り、イルガは上から、セネカは下から睨み上げる。

セネカは特に怒り心頭といった具合にだ。

それはそうだろう。第三者が聞いてもイルガの先ほどの物言いはひどい。まるでセネカを最初から下に見ているかのように聞こえる。

だがこんなところでおっ始められては困る。俺がリリに叱られてしまう。

俺がセネカとイルガの間に入ろうとしたとき、リオナが作り笑顔でふたりの間に入って両者の腹を押し下げた。

「ちょっとちょっとぉ、こんなところで揉めないでよぉ。どしたん？　話聞くよぉ？」

しかし次の瞬間イルガは、リオナに触れられた己の腹を掌で払った。

「おいおい、触らないでくれるかな。共和国の薄汚い雌猫が。服が汚れたじゃないか」

これにはリオナも顔色を変える。

だがその口が開かれるより早く、イルガが吐き捨てる。目を剥《む》いてヴォイドやリオナを睨んでだ。

「いい気になるなよ、三班。そしてフィクス・オウガス、おまえもだ」

「へ……ぼ、ぼく？」

セネカの背後にいたフィクスが、呆然《ぼうぜん》と立ち尽くす。なぜ自分に矛先が向いたかさえわかっていなさそうな表情だ。

「たかが平民風情が、前回のカリキュラムでこの俺に貸しでも作ったつもりなのだろうが、そんなものはすぐにでも返してやる」

「貴族の矜持《きょうじ》か？　つまんねー野郎だな、ああ？　パパのご身分にのっかんのぁいい気分か？」

ヴォイドが半笑いで吐き捨てた。

「ふん。薄汚いスラム出身のやつの言葉は下品でいけない。どうやらうまく聞き取れなかったようだ。すまないがもう一度言ってみてくれるかい、ヴォイド・スケイル」

「あー？　てめえをぶん殴るっつっただけだッ！」

駆け出したヴォイドを、オウジンがしがみついて止める。

「よせ！　落ち着け、ヴォイド！」

「放せよ、オウジン。こいつぁなァ、貴族と平民以下でクラスを割りやがったんだ。心底性根から腐ってやがんだよッ」

そういうことだったのか。

平民でありながら貴族王族に意見を通してきたプライズにも、王族として生きてきたエレミーにも気づけるわけがなかった。ヴォイドはスラムというどん底から空を見上げながら育ったから気づけたんだ。

これではヴォイドが怒るのも無理はない。イルガのこの嘲笑は、エルヴァのスラムの孤児らへと向けられる観光街の貴族の侮蔑そのものだ。

イルガが憤慨《ふんがい》するヴォイドを嘲笑した。

「せいぜい侯爵家の嫡子を救ったと喧伝《けんでん》するがいい。だがそのような妄言は、すぐにでもこの俺が塗り替えてやろう。高貴な者のみを率いて、貴族の義務を果たす。そこにスラム出身者や共和国民の入り込む余地などありはしない」

「てめえ……ッ」

ヴォイドが再び牙を剥く。

もはやオウジンだけでは抑えが利かない。リオナやセネカが一緒になって、ヴォイドへとしがみついた。それでもずるずると引《ひ》き摺《ず》られている。

だが、イルガはニヤけ面《づら》でその様子を眺めながら、自らヴォイドの前へと歩を進めた。拳を固めて。

そうして、振りかぶって。

──動けないヴォイドを殴るつもりか!?

俺はとっさにベルトから鞘《さや》ごとグラディウスを抜いて、放たれた拳を横から受け止めた。ガン、音が鳴り響き、両腕に衝撃が走る。

俺がイルガの拳を止めたのはヴォイドを救うためではない。むしろ逆だ。

もしイルガのこの拳がヴォイドに届いていたら、俺やオウジンではもはや剣を抜かない限り、ヴォイドを止められなくなるからだ。

「いい加減やめろ！　ふたりともだ！　十歳のガキや女に咎《とが》められて恥ずかしくはないのか！」

ヴォイドが舌打ちをして、リオナとセネカを腕から振り払った。むろん、強面《こわもて》とは反対に優しくだ。

間違っても転ばせたりはしない。そういうやつだ。

だが、イルガは。

俺を笑顔で見下ろしていた。

「やはりいい反応だ、エレミア・ノイ。とても十歳とは思えん。おまえを男爵位などにしておくのはもったいない。俺がフレージス家を継いだあとであれば、陛下に陞爵《しょうしゃく》を談判してやっても構わない。フレージス家は侯爵家だから、陛下とお会いする機会も多いのだ」

「……はあ？」

俺は顔をしかめる。他にどんな反応を示せというのだ。

にもかかわらず、イルガは満面の笑みで俺に手を伸ばしてきた。

「ノイ。おまえは俺と来るべきだ」

え、嫌だぁ～……。とんでもなく嫌だぁ～……。

次にイルガはオウジンを指さす。

「おまえもだ。リョウカ・オウジン」

「ええ……？　なんで僕まで……？」

「共和国などという低俗卑劣な国家ならばいざ知らず、神秘の国である東国から留学生に選ばれるくらいであれば、さぞや高貴な家柄なのだろう。さらには剣の腕も立つと聞いた。俺とともに来い。近い将来、互いの国のことを語らい合おうではないか」

オウジンは苦い表情で口をつぐんだ。それを肯定と受け取ったのか、イルガは笑顔で満足げにうなずく。

とんでもないポジティブ思考だ。己の言が否定される可能性など考えもしないのか。

「ではな、その他の平民諸君。ああ、それ以下の者も約二名ほどいたか。ふふ」

「……ッ」

ヴォイドとリオナが凄《すさ》まじい形相《ぎょうそう》でイルガを睨んだ。

特にヴォイドからしてみれば、前回のカリキュラムで負傷したイルガを大穴の落下から身を挺《てい》してまで救ったというのに、何とも甲斐《かい》のない話だ。

おそらくイルガは未《いま》だその事実を知らないのだろうが、知ったところでスラムの孤児に救われるなど屈辱とか言い出しそうなところがまた。

イルガはふたりから向けられている怒りの視線など、どこ吹く風で続ける。

「おまえたちはせいぜいダンジョン内を逃げ回っているがいい。その間に俺たちが貴族の義務として、この程度のダンジョンならば攻略しておいてやろう。――ついて来たまえ、ノイ、オウジン」

的外れの高説を垂れたあげく、背中を向けて勝手に歩き出しやがった。完全に俺とオウジンが続くと信じて疑わない雰囲気でだ。

なんかもうすごいな。空回りの勢いが。にんじんを鼻先にぶら下げられて暴走する馬のようだ。上級貴族様というのは、獣の俺などにはまるで理解できない性格をしている。

俺とオウジンは、去りゆくその背中にそっと手を振る。

「……いってらっしゃーい……」

「……お気をつけてー……」

だが。大きなヴォイドがいまにも爆発しそうな引《ひ》き攣《つ》った笑みで、俺たちを見下ろす。

笑顔なのに目が血走っていて怖い。

「確か、手分けするんだったよなあ、エレミア？　どうやら先方はてめえらをご所望《しょもう》のようだぜ？」

はぅ!?　い、い、嫌だぁ～……！

俺は涙をいっぱい溜《た》めた顔で首を左右に振った。

なるべく、あざとくだ。かわいらしく見えるように。仕方がないだろう。イルガと行きたくないのだから。

だが、ヴォイドとリオナは。

「エレミア」

「エルたん。嘘泣《うそな》きはよくないよぉ？」

ヴォイドの手が俺の右肩に、リオナの手が俺の左肩にのせられる。

「てめえ、わかってんだろうな。もしも俺をあの野郎と一緒に行かせてみろ。ダンジョンカリキュラムが中止になるくれえの大惨事にしてやるからな」

「痛い痛い、肩が痛い！　強く握るな！」

およそ十名の倒れた生徒らの中央で、拳を血に染めて悪魔のように嗤《わら》っているヴォイドの姿が目に浮かぶようだ。

「ごめんねぇ～。あたしも生理的に無理みたい。途中で喉裂いて黙らせたかったもん」

喋《しゃべ》っている最中に唐突に声がなくなり、喉からひゅうひゅうと音と発生させている血まみれのイルガの姿が目に浮かぶようだ。

俺は溢《あふ》れそうな涙を、視線を上げて堪《こら》える。

嫌だぁ～……。

「オウジン……」

「……気をつけて行ってくるんだよ、エレミア……」

「オウジン!?」

だがオウジンの肩にもリオナの手がのせられた。

「まさかリョウカちゃんったら、十歳の子供だけを生《い》け贄《にえ》に出す気じゃないよねぇ？」

「うぅ」

もう片方の肩には、ヴォイドの大きな手がのった。いつもならば心は優しく、目つきは悪いヴォイドだが、今日は珍しく反対だ。

瞳に優しい光を宿し、静かにうなずく。

「諦めろや」

「わかったよ……」

俺とオウジンは肩を落として、とぼとぼとイルガ・フレージスの後を追う。

待ちに待ったダンジョンカリキュラムのはずなのに、来て早々だが、俺はもう帰りたい気分だ。

先行する一班二班の貴族組と合流する。

場所はすでに五層へと続く埋まった階段の前、つまりは前回のカリキュラムで使用した第二拠点の跡地だ。

イルガが追いつくと、最後尾の大男が振り返って前方の集団に知らせた。瓦礫《がれき》で埋めた階段を掘り出していたやつらが、慌ててイルガに場所を譲る。

「どうだ？　もう五層に進めそうか？」

大男が応《こた》えた。

「うむ。瓦礫の撤去は、ほとんど終えている」

「さすがだ。その仕事の早さは素晴らしいな」

イルガは躊躇《ためら》うことなく中央を進み、先頭に立った。撤去された瓦礫の前で立ち止まり、振り返る。

俺とオウジンはあまり近寄りたくなかったため、目立たないように集団最後尾の大男の隣で足を止めていた。

ところが振り返ったイルガが俺たちを指さし、朗々と声を張る。

「みんな、男爵家のノイと東国留学生のオウジンが、今日から俺たちの仲間となった。知っての通りどちらもホムンクルスと戦ってくれた腕の立つ剣士だ。仲良くやってくれ」

みんな口々に俺たちを歓迎してくれている。

声を掛けられ、背中を叩《たた》かれ、握手を求められ、笑顔だ。何やら少し意外な気分だ。オウジンも戸惑っているように見える。

てっきり上級貴族であるイルガを中心とした上下関係の激しい集団をイメージしていたというのに、雰囲気的には四班や五班ともさほど変わらないように思える。

イルガが再び声を張った。

「よし。顔合わせも済んだことだし、そろそろ――」

「あはは、何言ってんのさ、イルガくん。顔合わせなんてクラスの自己紹介でとっくの昔に済んでるだろって」

ふたつ結びの女子がからかうと、イルガははにかむ。

「あー、確かに！　レティスはいつも俺に厳しいな。……さては、俺を異性として意識しているな？」

レティスと呼ばれたふたつ結びの女子が両腕を広げて半笑いで否定した。

「してませ～ん。エレミアくんの方がよっぽどかわいいで～す」

「かー……。確かに、かわいさでは俺に勝ち目はないな……」

楽しげな笑いが生まれた。和気藹々《わきあいあい》とした雰囲気だ。

こっちは唖然《あぜん》呆然だけどな。平民以下に対する態度とはまるで違っている。なんだ、こいつは。

隣に立っていた大男が腰を屈《かが》めて、言葉少なに俺の耳元で囁いた。

「心配は、いらない。あれでも、根が腐っているわけでは、ない」

低い低い声でだ。ゆっくりと喋るやつだった。

やや愚鈍な印象だが、背負う武器は物々しい。ハルバードにスピア。どちらも長柄だ。

「おまえの名は？」

「おれは、ベルナルド・バルキンだ。ベルでいい」

とんでもないガタイをしているな。ヴォイドを遥《はる》かに凌駕《りょうが》して、すでにブライズくらいはあるのではないだろうか。髪が長く、女のように頸部《けいぶ》でひとつに縛っている。

貴族、ではないな。どこかの部族の出身だろうか。

辺境の一部を有するガリア王国には大小様々な部族の集落がある。自由と精霊信仰を重んじる部族が多いため、キルプスは彼らを無理に併合したり統治したりはしない。国内にありながらも、あくまでも対等の関係として接することが多い。つまり部族の王は領主ではなく、キルプスにとっては他国の王だ。

だからこそ、各部族とガリア王国が揉めたことはほとんどない。それどころか酒や各地の農産物、畜産物などの取引相手として、大半が良好な関係を保っている。

高貴なお仲間の一員ということは、族長の子あたりだろうか。

目は細く、開いているのか閉じているのか判断が難しい。肌はリリよりもさらに浅黒く色づいている。一見すれば力はありそうに見えるのだが、長柄武器のみを選ぶあたり、間合いに入られるのを嫌うタイプか。あまり戦闘は得意ではないのかもしれない。

まあ、自信があればホムンクルス戦にも参戦していただろうからな。期待はしない。

いや、いや。違うな。

そうか。イルガの担架だ。倒れたイルガを運ぶため、長柄武器を制服で結んで担架へと作り替えた男がいた。参戦しようにも武器すらなくば、か。

俺は遥か上にあるベルナルドの顔を見上げた。

「俺はエレミア・ノイだ。こっちはリョウカ・オウジン」

オウジンが姿勢を正し、腰を曲げて頭《こうべ》を垂れる。

ヒノモトの挨拶なのだろう。このきびきびとした所作が美しい。

「よろしく頼む、ベル」

「ああ。こちらこそ、オウジン。エレミアも。おまえたちの戦いっぷりを、おれは見ていた。頼りにしている」

細い目がさらに細くなり、口角が上がった。

笑った。屈託のない笑みだ。

それまで朗らかだったイルガの声に、唐突に険が混じった。

「……それにしても、四班五班はずいぶんと遅いな。本気で俺たちだけを働かせるつもりか。まったく、下民というのは揃《そろ》いも揃って使えんやつらだ。仕方がない、これも我らの義務。先へと進み、つゆ払いくらいはしておいてやるか」

そういえば遅いな。遅すぎる。何かあったのではあるまいな。ヴォイドとリオナがついているのだから、滅多なことはないとは思うが。

振り返っていると、オウジンが苦笑いで囁いてきた。

「心配いらない。僕がヴォイドなら、わざわざ揉めそうな道は通らない。四層ならもうひとつ、安全に五層へと下りられる近道があるだろ」

「あ……」

あいつら、ホムンクルスが貫通させた大穴から前回の第一拠点跡まで飛び降りたな。あそこならば六層への階段にも近いし、貴族組を出し抜くにはちょうどいい。

ゴブリンの死骸はスライムによって掃除されているだろうし、そのスライムもさすがにひとつところに留《とど》まっていることはないだろう。

となると、先行しているのはセネカ率いる平民パーティか。

まあ、別に競い合っているわけではないから気にはしないが、多少心配ではある。

しばらく四班五班のいる暗い通路の方角を眺めていたイルガだったが、やがてその表情を引き締めて声を張った。

「よし、では我々は四班五班に先行し、ゴブリンの跋扈《ばっこ》していた五層へと下りる！　各自、戦闘準備を怠るな！」

一斉にした返事が重なる。

そうして俺たちはイルガを先頭にして、五層への階段を下った。

五層――。

深い闇を、魔導灯の白い明かりが切り取る。俺たちは一度そこで足を止め、周囲を警戒する。不穏な空気が漂っている。

イルガが先頭から戻ってきた。

「ノイ、オウジン」

「んあ?」

イルガに呼ばれて、俺は間の抜けた返事をした。

「はは。なんだよ、その返事は。しっかり頼むよ」

「いや……すまん」

最前線に立つ必要がないと気が抜ける。ましてやここは一度通った通路だ。緊張感も何もあったものではない。ブライズの経験を持っている俺にとっては、たまに魔物が出現するような地上の草原と何ら変わらない。

イルガが苦笑した。

「前回のカリキュラムでキミたち三班は五層を探索したはずだ。その際に六層への階段は発見したか?」

俺はオウジンと目配せをしてからうなずく。

「ああ。最初の拠点から右手をつきながら歩けば六層への階段を発見できる」

……と、ヴォイドが言っていた。

嫌な顔をされそうだから付け加えないが。

ちなみに逆の左手側はオウジンが探索済みで、行き止まりだったらしい。

オウジンが俺の言葉を補足する。

「この階段から見れば左手側だ。少なくともこの層は、それほど複雑な通路のある階層じゃない」

イルガがオウジンに尋ねた。

「リョウカは正確な道を覚えているのかい？」

ファーストネームで呼ばれて、オウジンが一瞬戸惑った顔をした。だがすぐにいつもの表情に戻り、自身のこめかみを指先で叩く。

「五層の地図なら頭に入っている」

「さすがだ。素晴らしい。ならば少し危険な役割になって悪いのだが、リョウカは俺と一緒に先頭を歩けるか？」

「わかった」

オウジンが集団の前方へと移動する――前に、俺を振り返って言った。

「エレミア、後方警戒を頼む」

「ああ」

ここで交わした言葉は重要ではない。

目配せをしてうなずき合う。戦闘になった場合、俺たちはあくまでも補佐に回る。よほどの危機でもない限りは。そのための確認だ。

一班二班の合同パーティが動き出す。あれほど激しく戦ったというのに、ゴブリンの死骸がひとつもない。すべてあのスライムが食べてしまったのだとしたら、いったいあれはどれほど成長してしまっていることやら。

なるべくならば遭遇したくはないものだ。ちょうどそんなことを考えた瞬間だった。

いくらも進まないうちに、集団が唐突に足を止めたんだ。理由はすぐにわかった。

ベルナルドが前方に目をやって、前を歩いていたレティスに尋ねた。

「どうかしたのか？」

「何かいるみたいだ。わたし、イルガに聞いてくる」

そう言って走り出しかけた腕を、俺は両手でつかんで止める。

「待て。行く必要はない。じきに先頭の方から後退してくる」

「へ？」

「気配がする。臭いもだ」

俺はがっくりとうなだれた。

ベルナルドが中腰になって俺に尋ねる。ゆっくりとした低い声で。

「それは、ゴブリンのか？」

身長が俺の倍以上あるから、話をするたびにわざわざ屈ませることになってしまうんだ。実にうらやましい話だ。

「いや、大型スライムだな。三班で四層から五層へ落としたやつだ」

ヘドロのような臭いが濃くなってきた。ゴブリンであれば獣臭、雨に濡《ぬ》れた野良犬の臭いだ。

どうやらあのスライムは四層へは戻らず、五層をひたすら彷徨《さまよ》っていたようだ。あるいは巣という概念すらないほど単純な生物なのか。案外、動く植物なのかもしれない。

その再生力から研究者は数多いけれど、この魔物に関してはまだまだ未知の部分が多い。

俺は続ける。

「剣ではどうしようもない。魔術師のフィクスがいれば安全だろうと高をくくっていたのだが、こちらが遭遇してしまったか。一応、念のための対策は用意してきているが、うまくいくかはわからない」

「対策とは?」

「袋だ。水を通さない袋に閉じ込めてダンジョンの片隅に放置する。だがそこに入りきらない大きさになっていた場合は手に負えないから、逃げる準備はしておいた方がいい。やつの足は遅いが、とにかくしつこい」

言っている間に、集団が後退してきた。イルガとオウジンもだ。

その背後からは、黄土色をしたドロドロの物体が形を変えながらじりじりと迫ってきていた。それも、通路を埋めつくすほどの大きさにまで成長してしまっている。

思わずつぶやいた。

「おいおい……」

近くまで後退してきたオウジンが、うんざりした声で吐き捨てる。

「エレミア、やつだ。三倍ほどの大きさになってる。あれではさすがに――」

「……ああ、見ればわかる……」

だめだな。オウジンの荷物にある袋では閉じ込めきれそうにない。スライム対策のセオリー通り、袋に入れて放置するつもりで持ってきたのだが、あの大きさでは半分どころかさらにその半分さえ入りそうにない。

いくら何でも育ちすぎだろう。まあ、五十体以上のゴブリンの死骸をそのまま吸収したのだから、わからないでもないが。

オウジンが顔をしかめて嘆いた。

「せっかく一番大きな袋を買って持ってきたのに」

「これぱっかりは仕方がない。一旦退《ひ》き、撒《ま》いてくるしかなさそうだ。──イルガ、一度四層へ戻り、大穴から五層へ飛び降りた方がいい。やつは四層までついてくるだろうが、へばりついて飛び降りはしない気がする」

イルガが腕組みをして唸《うな》る。

「やむを得ないな。みんなを危機にさらすわけにはいかない」

それは意外な返答だった。

てっきり走って突っ切るとか言い出すものだとばかり思っていたのに。

イルガが声を張った。

「みんな、一旦四層まで後退する！」

フィクスがいれば、魔術で一瞬だというのに。特攻しなかったのはよかったが、クラスを分断するなど本当に愚かな選択でしかない。

俺たちが退こうとしたとき、流れに逆らってベルナルドだけが前へと歩き出した。イルガが振り返り、俺たちも立ち止まった。

「ベル？　魔術を使えるのか？」

「いいや。知っての通り、おれに魔術の才能は、ない」

悠然と。話すときと同じく、ゆっくりとした足取りだった。

腰に吊《つ》るした魔導灯を外しながら。

俺は慌てて口を開いた。

「おい、魔導灯は炎じゃないぞ。灼《や》き払うつもりなら――」

「心配はいらない。おれのは、魔導灯ではない」

そう言って魔導灯――ではなく、ランタンを投げた。砕けたランタンは燃料をぶちまけ、芯で踊っていた火がわずかに火勢を増す。

「入学の際、無理を言って、父から譲って貰《もら》ったものだ」

「おまえ、そんな大切なものを……」

ベルナルドが首を左右に振った。

「ここで放っておいては、帰り道で、また遭遇する。今度は、迂回路がない。それに、魔術師のフィクスがいるとはいえ、四班五班にとっても、危険には違いない。ここで仕留めておくべきだ」

「それは……そうだが……」

大男は微笑《ほほえ》む。

「一組を守るためならば、安いもの。おまえたち三班は、あの戦いで命をかけ、みなを守った。勇敢な戦士だ。父も納得するだろう。これくらいは、させてくれ」

炎は踊る。だが、弱い。吹けば消えそうな火だ。

あの程度では灼き尽くせない大きさのスライムだ。のしかかられては消えてしまう。

ベルナルドが両腕を組んで炎を見つめながら、ぼんやりとつぶやいた。

「火勢が足りない。エレミア、腰のものを貸してくれ」

「この脇差しのことか?」

「ああ、そうだ」

俺は脇差しを抜いて手首を回転させ、刃を下向きにして差し出した。

「スライムには効かないぞ、どうするんだ？」

「こうする」

ベルナルドは脇差しを受け取ると、己の長い髪にあっさりと刃を入れた。長身のベルナルドの腰まであった長さの髪だ。それを何の躊躇いもなく切った。

「うむ」

その髪の束を、やつは炎へと投げ込む。

ぼわっ、と音がして、瞬時に炎が広がった。そのときになってスライムは初めて後退を試みる。だがすでに遅い。

「髪は、よく燃える。ちょうど、切ろうと思っていたところだ」

あるいはそのまま直進すれば、まだ消せる程度の炎だったかもしれない。だがスライムにそこまでの判断力はなかった。躊躇い、後退したからこそ炎は広がりを見せ、やつへとその牙を剥く。

炎はすでにスライムへと燃え移っていた。ランタンの燃料で濡れてしまった黄土色の全身を、じわじわと侵蝕《しんしょく》しつつある。

無言で差し出された脇差しを受け取り、俺は腰の鞘へと戻した。

ベルナルドは火から目を離さない。

「まだ、弱い。消えてしまう。他に燃やすものを持っているなら、みなもくべてくれ」

「わ、わたし、紙束を持ってきた！　マッピングするつもりだったから！」

そう言って、レティスがノートを破って投げ込む。

それを皮切りにして、他の生徒らが次々とチーフや切った髪、金属糸ではない普通の羽織などを投げ込み始めた。

あっという間に炎は拡大し、スライムがその場で巨大な全身を苦しげによじらせる。

強い火勢に、ベルナルドを除く全員が一歩後退した。

「まあ、こんなものだろう」

俺は思った。

断じて剣士の戦い方ではない。だが、やつの冷静さを含め、これはとても大きな力だと感じる。

いやはや、なかなかにおもしろい男だ。前世でもいなかったぞ、こんなやつは。

胸が躍る。ああ、楽しい。楽しいことばかりだ。学校というものは。意外性を意外性で上回っていく。若さというのは実におもしろい。

「おまえはすごいな、ベル」

「そうでもない」

もはやあのスライムに自力で炎を消す力はないだろう。死を待つだけだ。

石のダンジョンであれば、他のものに引火する恐れはない。ここはすでに木の根も届かぬ深度だ。酸素がなくなる前には確実に燃え尽きているだろう。

だがベルナルドは少し不満げな表情をしている。

「ふむ……」

背中からハルバードを取り出し、トドメでも刺すのかと思いきや、その刃をまだ炎に包まれていないスライムの端へと叩き下ろした。

「むん！」

切り取った小さな欠片《かけら》を刃で掻《か》いて、炎から遠ざけている。

本体は燃え尽きても、あれではあの一部が再びスライムとして活動を始めてしまうだろう。現にちぎり取られた部分はすでに意思を持ったかのように独自に動いて、炎から遠ざかりつつある。

小さな小さなスライムだ。それこそ子犬程度の大きさの。やがてそのスライムは、瓦礫の隙間へと染み込むようにゆっくりと逃げていった。

ベルナルドが、今度は満足げにうなずく。

「これでよし」

不思議に思った俺は、ベルナルドに尋ねた。

「おい、ベル。なぜ、わざわざ逃がすんだ……？」

「このダンジョンの生態系を、おれたちはまだ、理解できていない。へたにバランスを、崩さぬほうがいいだろう」

「どういう意味だ？」

大男がうなずく。

「熱心だな。エレミア」

「ああ、いや、おまえを理解したいと思ったんだ。なぜか。うまくは説明できんが」

ベルナルドが「そうか」とつぶやき、目を細めた。もはや閉じてるも同然の細さだ。

「例えばな、前回のカリキュラムで倒したゴブリンの死骸が、まだここに残っていたとしたなら、それらはすでに腐り落ち、新たな病原の温床となっていたやもしれん。あのスライムにも、その地に役割というものがある」

「ああ……」

考えたこともなかった。

大部分を炎に呑《の》まれてしまったゆえ、ダンジョンの掃除屋としてのスライムはずいぶんと小さくなってしまったが、食糧となるゴブリンの大半を俺たちが間引いてしまったいまとなれば、あれくらいの大きさがちょうどいいのかもしれない。

燃やしながらそんなことを考えていたのか。この大男は。

イルガが感心したように口を開いた。

「さすがだ、ベル。辺境部族の知恵は俺たちにはないものが多い。おまえの存在には救われる」

「すべての生き物は、大地の精霊とともにある。命はやがて大地へと還《かえ》り、空からの恵みで目を覚まし、そしてまた命へと還ってくる。生と死は循環している。そうして世界は成り立っている。循環を断ってはならない。これがおれたち、ヤーシャ族の教えだ」

イルガが誇らしげに俺に笑いかける。

「どうだ、ノイ。俺たちのパーティも捨てたものじゃないだろ」

「……ああ」

両腕を広げて、イルガは朗々と言った。

「みながそれぞれその場で考え、最も効果的な方法を持つ者が対処にあたる。他は全員で手伝うんだ。そうして幾多の困難をも乗り越えていく。我らは勇敢に戦い、そして下民たちを正しく導く存在だ」

そこまでわかっているなら。

おまえにそれがわかっているならば、なぜクラスを割るようなことをするんだ。そんなにも血統や身分が大切なのか。能力は血統では測れないというのに。

血統も身分も蹴散らして歩いてきた俺《プライズ》には、理解できそうにない。

オウジンも俺と同じような表情で、イルガを眺めている。だがその口が開かれることはなかった。

うまく言葉にできない思いだけが、胸の中でもやもやと渦巻いている。

ベルナルドがイルガとオウジンの背中を、大きな手で叩いた。

「――さあ、進もう。リーダー」

屈託なく笑いながら。


俺たちは六層へと続く階段を下る。

足下には無数の足跡が残っていた。おそらくセネカたちだ。やはりオウジンの予想通り、大穴から五層へ下り、六層まで先行していたようだ。

イルガはそれを見るなり顔をしかめたが、結局何も言葉はなかった。ただ少しだけ、パーティ全体の進む速度が上がった。

先頭ではイルガとオウジンが何かを話しながら進んでいるが、歩調を決めているのはイルガだ。平民に先を越されて焦《あせ》っているのかもしれない。

五層のときよりも、少し隊列が伸びている。

だがあえて縮めはしない。それぞれの武器に間合いがあるし、それにあまり考えたくはないが崩落などに巻き込まれた場合、固まって歩いていては一網打尽になってしまう恐れがある。助けを呼びにいくこともできない。戦闘時に一丸となることが必要な状況になるとしても、そうなってからで十分に間に合う。常に冷静でさえいられればだが。

つまり、少なくとも俺の経験上では、この判断は正しいと思う。

もちろん、あまりに隊列を伸ばしすぎては前後の状況把握ができず、かえって危険に陥る。しかしそういうわけでもなさそうに見える。

適正距離だ。俺たち十二名は、二名一組を数歩間隔に分けて進んでいた。

察するに、一班二班はレアンダンジョンに来る前から、よく話し合われていたのではないだろうか。イルガがそうさせているのだろうか。

突然、パーティの足が止まった。

前方に視線をやると、最前列ではイルガとオウジンが足下を見ながら何かを話し合っていた。ベルナルドがつぶやく。

「レティス」

「わーってるよ。伝令役は忙しいね」

俺たちの前を歩いていたレティスが、ふたつ結びの髪を揺らしながら先頭の様子を窺《うかが》いに走った。

俺はベルナルドの顔を見上げる。

「一班二班はそれぞれ完全に隊列や持ち場が決まっているのだな」

「ああ。おれは、最後尾の警戒だ。リーダーであるイルガを含め、自らの意思では、動かないことになっている。むろん、戦闘発生時など、突発的な出来事による例外はある」

「イルガが決めたのか？」

ベルナルドが首を左右に振って、俺を見下ろした。

「みなで決めた。イルガを中心にな」

「そうか」

まるで練度の高い小隊だな。悪くはない発想だ。

十名程度の小隊ならばさておき、今後正騎士として生きるならば中隊、大隊、そして旅団規模での活動も増えてくる。いまから慣れておくにこしたことはない。

ますますイルガという人間がわからなくなる。

ベルナルドが続けた。

「だが、おまえとオウジンだけは、ここでは自由だ。それだけは、イルガが決めた。おまえたち三班は、その方が活《い》きると」

俺やオウジンはさしずめ、遊隊になっているのだろうな。

「……」

「どうした、エレミア？」

「いや」

俺はブライズ一派の役割を思い出していた。

騎士ではなかった俺たちは、隊の垣根を越えて戦場中を駆け回った。俺たちは誰にも命令しないし、命令下にもなかった。

劣勢の隊があればそれを攻める敵集団を後方から襲撃し、孤立した隊があれば敵を掻き分け、そこまで至る道を切り開いた。あえて自らの尻に敵を引き付け、逃げ回って敵陣を引き伸ばしてやったこともある。

ずいぶんと危ない橋を渡ってきた。橋どころではない。もはや綱渡りだ。

血気盛んな他の弟子どもはともかく、あの頃、最年少で唯一の女だったリリが、よくもまあ最後までついてくる気になったものだ。

ふと、何かを思い出しかけた。だが、ちょうどそのとき、ベルナルドが俺の頭部に手を置いたんだ。

思考から引き戻された俺は、再び大男を見上げる。

「ふむ。気になるのなら、行ってもいいのだぞ、エレミア。さっきも言ったが、おまえは自由だ。心配はいらない。おまえが前に移れば、ひとりずつずれ、レティスがおれとともに最後尾となる」

俺やオウジンを隊には組み込まず、自由に動かすという判断を下したあたり、イルガには慧眼《けいがん》がある。むろん、それは前回のカリキュラムにおいて三班を送り出したセネカも同じだが。

だからこそわからない。なぜイルガがクラスを分断してしまったのか。

未だ一度も命の危機というものにさらされたことのない指揮官ならば、身分や矜持で分けて考えることも理解はできる。だがイルガは、このダンジョンで最も死に近づいた男だ。命よりも身分を優先で考えるだけの理由でもあるのだろうか。

いや、いや。

こんなところで余計なことを考えている場合ではないな。ダンジョンから脱出したあとに考えるべきことだ。

俺は首を左右に振った。

「俺には俺の役割がある。オウジンから後方警戒を任されてる。だからレティスが戻るのを待つ」

「そうか」

前方も後方も暗闇だ。

六層に下りてから、俺たちはすでにいくつかの分岐を越えてきた。壁に目印と日付を削り込み、足跡のない方へと向かう。平民パーティとは別のルートを選ぶためだ。

事ここに至っては、その方がいいだろう。いま両パーティが出遭ってしまっても、協力態勢は築けそうにない。それに、レアンダンジョンに何らかの持ち帰るべき成果物があるとするなら、一度捜索された場所をもう一度通るのは時間の無駄だ。

だがそれ以上に、分岐をいくつも越えてきたということは、通り過ぎてきた道に未踏の部分が出てきてしまっているということだ。

つまりはすでに、背後から何者かに急襲されたとておかしくはない状況にある。

後方の闇は深い。

しばらく待っていると、レティスが駆け戻ってきた。

オウジンは前方に待機したままだ。自由な移動を許されているはずだが、俺と同じ理由でこちらには来なかったのだろう。

前方の闇も深い。何か不穏なものを感じる。まだ、ただの勘だが。こういうのに限ってあたるのだ。戦場では。

レティスは戻ってくるなり、ベルナルドを見上げて報告する。

「何かの死骸だ」

「そりゃあ古いダンジョンだ。ヒトであれ魔物であれ、死骸くらいはあるだろう」

呆れたように俺がそう言うと、レティスはおさげを揺らしながら首を左右に振った。

「新しいんだよ！　まだ血が乾いていないくらいだ！」

「ああ!?」

状況が変わる。パーティ全員に緊迫感が漂い始めた。

ベルナルドがレティスに尋ねる。

「何かというのは、何の死骸だ？　どのような形をしていた？」

「あ、うん……。それが、半分ほどもう魔物に食い荒らされていて……」

レティスが少し戸惑うように俺の方を見た。

そのせいで予想が立った。十歳の少年に聞かせるには、酷な死骸のようだ。つまりは人間である可能性が高い。

ざわ……と背筋に悪寒が走った。

「ベルナルド。すまん。やはり俺は少し離れる」

「大丈夫か？」

言葉の意味がわからないほど、俺は無知でも馬鹿でもない。それはつまり、ひとつの可能性として、四班五班の人間であるとも考えられるという意味だ。

俺たちは平民チームの足跡のない方角の通路をあえて選んで進んできていた。だから可能性としては低いはずだ。だが、それでも。

「問題ない。慣れている」

そう、慣れている。ブライズならば慣れていたはずだ。

なのに、なんだこの動悸《どうき》は。エレミーの肉体が震えそうになっている。不安と恐怖がこの小さな肉体から無尽蔵に湧いてくる。

嫌な汗が、額から染み出した。血の気が引くとはこのことか。

それでも自分の目で確かめねば。

歩き出そうとしたとき、レティスが俺の手を取った。

「待って、エレミア！」

「……なんだ？」

「たぶん、人間だったとしても騎士学校の生徒じゃない。着衣が金属糸の制服だったなら、捕食されても丸呑みでない限り必ず残っているはずだから。あれは食い荒らされていたけれど、呑み込まれてはいなかった。だから」

「そうか」

うなずき、手を払って走る。

一班二班の生徒らを掻き分けて、死骸の側で膝をついているオウジンの隣へと。

「オウジン！」

オウジンが顔を上げた。

表情に悲観的なものは見られない。ここで初めて俺は安堵した。

「エレミア。これ、何だと思う？　ヒトのように見えるけれど、ところどころ違う気がする。僕の国にはいなかった生き物みたいだ」

一目でわかった。この死骸は人間ではない。

俺は胸をなで下ろした。

頭部はなく、腹部は内臓ごとごっそりと喰《く》われている。だが、食い荒らされて残った部位、手足が人間にしては肥大しすぎているんだ。

この特徴的な体躯《たいく》には見覚えがあった。むろん前世でだ。

死骸を見下ろしながら、俺はつぶやく。

「こいつはオーガだ。人間ではない。ヒトを喰らう魔物だ」

人里近くに潜み、深夜になってから集落を襲撃し、ヒトをさらって、ヒトを喰らう。このダンジョンではおそらく、ゴブリンを喰らって生きていたのだろう。

高い壁に囲われた王都や都市付近では、あまり見かけない種族だ。ほとんどの生徒たちが知らないのも無理はない。

「オーガ……。そうか、これが」

オウジンが口元を手で覆ってつぶやいた。

「ヒノモトにはいなかったのか？」

「昔はいたらしい。僕らの国では鬼《おに》と呼ばれていた。けれどすでに武士や侍と呼ばれる剣客たちによって、その大半が駆逐されている。だから僕も現物を見たのは初めてだ」

少し口をつぐんでから、オウジンが低い声で付け加える。

「ヒノモトでは〝剣鬼〟の『鬼《き》』は、これを表すんだ」

なるほど。ヒノモトの〝剣鬼〟という言葉は、確かにガリアの〝剣聖〟や〝戦姫〟と同じ意味で使用されてはいないようだ。その称号は忌名《いみな》に近いものだったか。

死骸の向こう側に立っていたイルガが、感心したようにつぶやいた。

「驚いたな。その若さでエレミアはずいぶんと魔物に詳しいようだ」

「あ、ああ。ノイ家は山奥の集落にある。そのような場所では魔物はなんでもござれだ」

あらかじめ考えておいた嘘をつく。

しかし、これは厄介だぞ。

オーガは決して弱い魔物ではない。ゴブリンは下級と言われる魔物だが、オーガは中級だ。そのオーガがレアンダンジョンには息づいていて、さらにそのオーガを狩るだけの力を持った何者かがこの六層にいるということになる。

この死骸、どう見ても人間の仕業《しわざ》ではない。失われた頭部はいざ知らず、臓物ごと喰われている腹部は一口で囓《かじ》りとられているように見える。

なんだ？　このダンジョンには何が潜んでいるんだ？

できるだけ早く、四班五班とも合流した方がいい。

だが――……。

イルガに視線を向けると、やつはオーガの持っていた分厚い鋼鉄の剣を死骸の下から引きずり出していた。

手ぬぐいで血を拭って、魔導灯で照らす。

「特に変わった金属ではなさそうだな。刃も潰れてしまっている。剣というよりはすでに鈍器のようだ。それに重いな。俺では振れそうもない。……価値はないな」

だろうな。剣というより鉄塊だ。ブライズならば出遭い頭の投擲《とうてき》に使うため、喜んで持っていくだろうが、エレミアではもちろんのこと、他の生徒であっても使えそうにない。

ああ、ふたりほどいたな。

当然、片方はヴォイドだ。そしてもう片方は。

「ベルナルドに預けるか？」

あの体躯だ。振り回すのに申し分ないだろう。使えるならば、この重量だけでもかなり強力な武器になる。

だがイルガは首を左右に振った。

「ベルの得意武器は槍《やり》だ。特に馬上での槍術《そうじゅつ》に優れている。慣れないものを持たせるくらいなら捨てておこう」

馬上槍術か。確かに出番はなさそうだ。

「そうか。そうだな」

イルガがオーガの鉄塊を通路の端へと転がした。

こいつは気づいただろうか。六層の危険性に。いや、馬鹿でも気づくはずだ。ここは中級の魔物が跋扈するダンジョンであり、その魔物を一撃で狩るだけの力を持つ大物もいるのだということくらいは。

俺の心を代弁するように、オウジンが口を開いた。

「イルガ。四班五班と合流した方がいい。これは互いの班にとって危険な発見だ。情報は共有すべきだと僕は思う」

「……」

眉間に皺《しわ》を寄せ、オーガの死骸を眺めていたイルガだったが――……。

やがて顔を上げて、首を左右に振った。

「いいや。俺たちはこのまま七層を目指して先に進む。そろそろ貴重な価値を持つ発見物も出てくることだろうから、何かを見つけたらすぐに知らせてくれ」

そう言ってイルガは俺たちに背中を向け、歩き出した。

俺はオウジンと顔を見合わせ、首を左右に振る。

ため息しか出ない。

最前列で歩き出したイルガに背を向け、最後尾へと戻ろうとした瞬間――。

ざわと、皮膚が粟立《あわだ》った。

空間にわずかばかりの違和感が混じる。獣臭とヒトのものではない呼気だ。俺がそれを感知したときにはもう、オウジンは視線を跳ね上げながら叫んでいた。

「止まれ、イルガ！」

「え……？」

金属を叩きつけるかのような轟音《ごうおん》が鳴り響いたのはその直後のことだった。

イルガではない。すでに最後尾へと向けて走り出していた俺へと向けて、ベルナルドの巨大な背中が高速で迫る。

何者かの攻撃を受けて、ベルナルドの巨体が吹っ飛ばされたんだ。

「ぬう……！」

小さな肉体を回転させながらかろうじてその巨体を躱《かわ》すと、ベルナルドの手の中で真っ二つに折られたハルバードが視界に入った。

「ベル！　ケガはないか!?」

「問題ない。だが、武器が折られてしまった。それよりも全員、抜剣しろ。迎撃だ」

その声に、弾《はじ》かれたように全員が剣を抜く。

しかし剣を持つ手が震えてしまっている。あれではダメだ。

「ふー……」

ベルナルドが折られたハルバードをあっさりと投げ捨てながら、背中の槍を手にした。

両手で数回転させ、穂先を後方に向ける。その指し示す方向には、大男であるベルナルドと同程度の体躯を持った一体の生物がいた。

やつは先ほどイルガが捨てたのと同じような鉄塊の武器を手に持ちながら、ぎょろりと見開かれた眼球で俺たちを睥睨《へいげい》していた。鋭く尖《とが》った大きな牙からは、臭そうな涎《よだれ》が垂れている。

誰かが叫んだ。

「オ、オーガだ！　オーガが現れたぞ！」

肉体こそ人間に近いが服はボロ布しか纏《まと》っておらず、足は裸足《はだし》。腕部、脚部ともに筋骨が丸みを帯びるほどに大きく肥大していて、頸部の太さなどはもはや頭部周りと変わらない。何より額からは角が生えていて、肉を食い破るための獣のような牙を持っている。

——グルルルルル……！

うなり声に、学生らが怯《おび》えた表情で一歩後退した。

発せられる体熱が、薄ら寒いダンジョンに獣臭とともに広がっていく。肉食のオーガは雑食であるゴブリンの比ではない。閉ざされたダンジョンという場では、吐き気を催すような臭いだ。

「う……」

生徒たちがオーガの発する体熱に押されるように息を呑んだ。完全に気圧《けお》されてしまっている。しかしいまはそれに構っている余裕はない。ないのだ。なぜならば。

俺は叫ぶ。

「来るなよ、オウジン！　本命は後方ではないぞ！」

「わかってる！」

そう、本命はこいつではない。

最初に現れたのは後方のこの一体だが、こいつの役割は、あくまでも俺たち全員の目を引き付けることだ。その証拠に、前方、少し離れた位置に無数の気配が集結しつつある。

つまりわざとらしく目の前に現れたこのオーガは、ただの陽動にすぎない。魔物の分際で、ずいぶんと小癪《こしゃく》な真似《まね》をしてくれる。

本命はイルガやオウジンのいる前方。すでにいくつもの気配が闇の中で蠢《うごめ》いていた。

一班二班のほとんど全員の意識を後方のオーガへと向けさせられた瞬間、前方から一斉にオーガどもが突撃してきた。轟音のような足音を鳴り響かせ、身が竦《すく》むほどの大音量の恐ろしい咆哮《ほうこう》を上げながら。

――ガアアアアアアアアアアアァァァァーーーーーーーーーーーーーーーッ!!

「ひ……っ」

挟まれる。それでも不意打ちにはならない。なぜなら前方にはオウジンがいるからだ。
だが、まずいぞ、これは。
後方はさほどでもないが、前方はとにかくとんでもない数だ。ゴブリンならばいざ知らず、これでは陣形など役に立たない。轢《ひ》き潰《つぶ》されてしまう。
俺もオウジンも一班二班のサポートのみのつもりだったが、事ここに至ってはそのようなことを言っていられる場合ではない。
すぐにでも前方の迎撃に向かいたいところだ――が！

「糞！」

迷った瞬間、後方のオーガが地を蹴った。舌打ちをして、俺はグラディウスを抜く。

「やむを得ん……！」

こいつを一刻も早く仕留めて、前方へ――！
だがそれよりも早く、俺を庇《かば》うように前へと飛び出した巨体があった。大地を揺らしながら踏み込んだベルナルドの槍の穂先が、鉄塊の間合いの遥か外側からオーガの右腕を正確に貫く。
ズシュっと肉を貫く音がして、オーガの手から鉄塊が落ちた。

「いまだ。やれ」

動きを止めたオーガへと、レティスを含む四名の生徒らが刃を振り下ろす――が、オーガは咆哮を上げると両腕を振り回し、群がる生徒たちを薙《な》ぎ払《はら》った。

「ぎ……ッ!?」

「ああ……っ」

掠《かす》っただけで吹っ飛ばされ、生徒らが周辺に転がる。例に漏れず大地を転がったレティスを踏み潰さんとしてオーガが足を上げた。

「ひ……」

だがその寸前に、ベルナルドはオーガの足を穂先で突き、体勢を崩させたところで自ら体当たりをするように肩から巨体をぶつけていた。

「ぬんッ!!」

ズドン、と肉のぶつかり合う重々しい音が響き、足を負傷したオーガは耐えきれずに大きく後退する。しかしすぐさま落とした鉄塊を拾い上げると、再び牙を剥いた。

ベルナルドが俺につぶやく。

「行け、エレミア。こちらは受け持つ」

最後尾では、一体のオーガの迎撃に二班四名があたっている。

前方に残りの一班四名とオウジン。

だが――。

轟《とどろ》く足音が地響きのようだ。魔導灯の照らし出す範囲内にいる数だけで、すでに十体を超えている。

もう最前列への接触までわずか数歩だ。

「すまん。甘える」

「おまえに大地の精霊の加護があらんことを」

俺はベルナルドと後方のオーガに背を向けて、前方へと走り出した。

第四章 たとえその血に非ずとも

——野犬どもとその主がきたぞ。あいかわらずのみすぼらしい装備だ。聞いたか、前回の戦では剣を失い敵に噛みついたらしいぞ。臭い臭い、まさに獣のごとき所業よ。

全部聞こえている。貴族出身の騎士たちはいつもわたしたちに聞こえるように言う。そのくせブライズが馬上から視線を向けるだけで目を伏せる。

そう。こんなふうに。

——ははは、そうだ、俺たちは獣だ。おまえらニンゲンの言葉など通じんぞ。

罵詈雑言を、まるで心地よいそよ風のように浴びながら、わたしたちは馬を駆る。胸を張り、威風堂々と。

いざ戦場へ。

ここが広場ではなく通路だったことが幸いした。挟まれてしまって逃げ道こそないが、それでも囲まれずには済む。

イルガの叫び声が聞こえた。

「一班、恐れて固まるな！　横列に展開しろ！」

いい判断だ。己より圧倒的に大きな敵、圧倒的に力の強い敵を相手にひとかたまりになるのは、自ら隊全体の急所を作るに等しい。展開すれば犠牲が出ても最小限で済む。

それに通路の幅が味方をしてくれている。俺たちにとっては六、七人が両腕を広げて並んでも余裕のある広さだが、ガタイのよいオーガにとっては三体が限度。それも、鉄塊を自在に振り回すだけの場所《スペース》はほとんどなくなる。

オーガ一体につき、生徒は二名から三名であたれる。一対一を避けられるのは大きい。

だが、それをおいてしても、この数では――！

――ガアアアァアアァアアァーーーーーーーーーーッ‼

先頭のオーガの鉄塊が、イルガの頭部を薙《な》ぎ払《はら》う。

「～ッ」

紙一重でそれを屈《かが》んで躱《かわ》したイルガが、ロングソードでオーガの胴を真横に斬り裂いた。

「はああ！」

やはり良い腕をしている。学生にしては、だが。

しかし次の瞬間、表情を歪《ゆが》めたのはオーガではなくイルガの方だった。

「く……！」

皮膚が硬い。傷が浅い。命まで届いていない。

切っ先はオーガの脇腹を抉《えぐ》りはしたものの、致命傷には至っていない。オーガは意にも介さず、鉄塊をイルガの脳天へと薙ぎ払った。

――ガアアアアアアアアーーーーーーーーーーーーッ!!

イルガの目が絶望に見開かれる。

馬鹿が！　たかが威嚇の咆吼《ほうこう》くらいで――！

「――いちいち竦《すく》むな！」

俺は滑り込みながらイルガの膝裏を蹴り、跪《ひざまず》かせることでそれを躱させる。倒れかけたイルガの襟首をつかんで、一班の男子が一気に引いた。

その間に俺は体勢を低くして地を蹴り、オーガの足下へと斬り込む。

「己を鼓舞しろッ！　奮い立てッ！　おお――ッ！」

ずぐり、と刃が皮膚に沈み込む。だが、やはり硬い。

なまくらグラディウスと十歳の腕力では、肉さえ完全には切り裂けない。腹と足を斬られたオーガは、それでも鉄塊を持ち上げる。

ひゅっ、と音がして、オーガの頸部の端から端までを切っ先が走った。オウジンの岩斬りだ。

「エレミア、脇差しを使うんだ！」

「ちょうど試してやろうと思っていたところだ！」

ぐらり、巨体が傾く。

前のめりに倒れてきたオーガを後退で躱し、俺はグラディウスを収めて脇差しを抜いた。倒れ伏したオーガの首が胴体から離れて転がり、血液がざぁと流れ出す。

しかし足下など見ている余裕はない。

地面を引《ひ》き摺《ず》りながら打ち上げられた鉄塊を、俺は身を反らして躱す。返す刀で脇差しを振るうも、やはり長さが足りない。皮膚と肉を裂けはしたが、臓物には届いていないのが手応《てごた》えからわかる。

自然と笑みがこぼれた。十分だ。

「グラディウスよりは遥《はる》かにマシだな」

――ガアアアァァァァァァーーーーーーーーーーーッ!!

別のオーガが振り回した鉄塊を後退で避ける。鼻先に暴風が巻き起こった。だがこれ以上は後退できない。場所《スペース》がないんだ。

いまや隊列は前後から押されてしまい、限界まで縮んでしまっている。

俺の背後には腰を抜かしたイルガと一班数名、そしてやつらの背後にはベルナルドたち二班の背中が詰めてきている。

これも脆《もろ》い刀という武器の弱点か。受けることはもちろん、受け流すことさえ難しい。刃が簡単に欠けてしまう。だから敵の攻撃への対処は、ほとんどが回避に頼ることになる。けれどその足場がもうない。

イルガを蹴り起こすか。

そんなことを考えた瞬間、すぅと、俺の首筋のすぐ横から伸びたロングソードの切っ先が、迫るオーガの眼球を正確に貫いた。

――ギィアアァァァァァーーーーーーッ!?

「ふざけるなよ、薄汚い魔物風情が！　このイルガ・フレージスは誇り高き王国騎士となる男だ！　このようなところで死んでなるものかよ！」

　イルガ――!?

「ふん、自力で持ち直したか」

「当然だ！　十歳の子供に奮い立てと言われて座ってなどいられない！　俺は王国一の騎士になる男だ！　この俺の膝裏を蹴って転ばせた屈辱は忘れないぞ、エレミア！」

　鉄塊を屈んで避けた俺の背後から、イルガがロングソードを薙ぎ払う。切っ先がオーガの腹を引《ひ》っ掻《か》いて後退させた。

「恨み言なら後にしろッ」

「いいや、感謝だ。俺の目を覚まさせてくれたことへのな。命のみならず、もう少しで誇りまで失うところだった」

　眼球を貫かれ、腹を引っ掻かれて怯《ひる》んだオーガの足首へと、俺は岩斬りを繰り出す。

「うおお――ッ」

　垂直にあて、挽く。先ほどとは違う手応え。皮膚を裂き、肉を分け、脇差しの刃は骨まで到達する。

　だが、短い脇差しではここまでだ。挽き斬るという性質上、どうしても武器の長さが重要になってくる。骨を断つ前に切っ先が抜けてしまった。

「……ッ」

　ああ、もどかしい。血管や腱《けん》を断つので精一杯だ。俺にもオウジンのような長刀が持てていれば、こんなふうに獲物を横取りされずに済んだろうに。

「もらうよ、エレミア」

刎《は》ねることこそできなかったが、バランスを失って大きく傾いたオーガの頸部を、今度はオウジンが岩斬りで斬った。

一撃だ。

首から上を失ったオーガが、ゆっくりと仰向《あおむ》けに倒れる。

二体目――！

すかさずオウジンと背中合わせとなり、互いに切っ先を別のオーガに向けて牽制《けんせい》する。

俺は息を整えながら、軽口を叩《たた》いた。

「おまえな、おいしいところだけ持っていくんじゃあない」

「はは、ホムンクルス戦では譲っただろ？」

「おまえは倒れていたではないか」

オウジンが意地の悪い笑みを浮かべる。

「刀のことだよ」

言いやがる。屁理屈小僧が。

遥か後方から伸ばされたベルナルドの槍《やり》が、俺たちを狙って振り下ろされたオーガの鉄塊の軌道を、甲高い音を立てて弾《はじ》き逸《そ》らした。

「待たせた。リーダー」

のっそりと現れたベルナルドが、槍を構えたままイルガの隣についた。イルガが鉄塊を躱しロングソードを振るいながら早口で尋ねる。

「後方のオーガは仕留めたか？」

「斃《たお》した。一体だけだったからな。五人がかりで囲んで袋叩きだ」

どうやら三体目の処理も終えたようだ。

イルガが鉄塊の振り下ろしを避けて、ロングソードでオーガを引っ掻いた。すかさずベルナルドが追撃の槍を放つ。だがオーガはそれを鉄塊で防ぐと、再び振りかぶる。

「はは、袋叩きか。それはいい」

少し遅れて、レティスを含む二班全員が並んだ。

イルガが口をすぼめて、勢いよく息を吐く。そうして胸を張り、大声を出した。

「よし！ ならば一班は再度横列に展開、ベル以外の二班は後方から補佐につけ！ ここから立て直すぞっ!!」

「おお！」

学生が吼《ほ》える。

どうにか持ち直したようだ。

剣戟《けんげき》の音が鳴り響く。どいつもこいつも表情が必死だ。オーガに負けないくらい血走った眼をかっ開き、歯を食いしばって剣を振り、血と汗を飛ばしている。

これは俺のおおよその予想を覆す状況だ。

一対一では、学生などオーガには到底敵《かな》わない。さらに数の利でも負けている。やつらの住処《すみか》では地の利もない。にもかかわらず、イルガを中心とした戦術で、誰ひとりとして欠けることなく戦い続けられている。

なかなかやるものだ。

「く……っ、予備隊、前に出ろ！」

「おお！」

それぞれが連携を取り、前列の者が体勢を崩されれば後列が前に出て入れ替わることで、どうにか凌《しの》いでいる。それどころか横列を中央を前後させ、あえて誘い込んだ一体へと四名がかりで斬りつけたりもしている。

「硬いよ……！　刃が入らない！」

「構わん、続けろ。小傷でいい。いずれは失血死する」

レティスの嘆きに、ベルナルドが冷静に返す。

「うおおおお！」

「斬れ斬れ斬れ斬れ！」

「足を止めるな！　常に揺れ続けろ！」

綱渡り状態ではあるが、実に素晴らしい。一班二班ともに、戦いの中で急激に成長している。それが実感できる。そして彼らを動かしているのはイルガだ。

「予備隊、左の補佐だ！」

だがそれでも。かろうじて。かろうじて、だ。

ほんのひとつでも判断を誤れば、すべてが崩れる。

レティスがショートソードを振り切った体勢で叫んだ。

「この――――ッいい加減にしてよ！　いつ倒れるんだよ、こいつら！」

こちら側の決め手にも欠けている。

オーガの硬く分厚い皮膚を貫くほどの威力があるのは、ベルナルドの放つ槍だけだ。オーガどももそれに気づいたのだろう。ベルナルドから視線を離さなくなった。

さらに輪を掛けて厄介なのは、オーガの持つ武器だ。

「ぐあ……っ」

鉄塊の一撃を受けてしまった生徒の剣が宙を舞い、壁へと叩きつけられて地面に転がった。すぐさま後列の生徒が前に出て牽制し、その隙に武器を落とした生徒は拾いに走る。

だが、剣はすでに曲がってしまっている。それでも使うしかない。

俺は叫ぶ。

「剣で受けるな！　刀身が保《も》たん！　避けられなければせめて流せ！」

「があ……！」

隣にいた男子生徒が後方へと吹っ飛ばされた。後列の生徒を巻き込んで地面に転がる。横列が崩された。

舌打ちをして、俺は単身でオーガどもの足下へと潜り込む。やつらの視線が俺へと移った。

岩斬りを繰り出す暇などない。オウジン同様、この技に慣れていない俺には溜《た》めが必要だ。ゆえに、ちょこまかと走り回りながら脹《ふく》ら脛《はぎ》を引っ掻く。

ぶよぶよと弾力のある手応えはあるが、やはり刃は肉を裂ききれない。

厄介な。

「エレミア！」

オウジンの鋭い声に、俺は側方へと転がった。

その直後、俺のいた場所へと鉄塊が叩き落とされ、ダンジョンの地面が飛礫《つぶて》となって爆《は》ぜた。飛礫を全身で受けながら、俺は低く跳ねて後退する。

横列の再形成まで時間を稼いだだけだ。

陣形が崩されるたびに、俺かオウジンがやつらに斬り込んで時間を稼ぐ。それを何度も繰り返してきた。

だが、イルガたちの疲弊具合からして、それもそろそろ限界だ。彼らが流した汗と血は、ダンジョンの地面に無数の染みとなって残っている。呼吸も荒く、そこかしこからまるで病人のような喘鳴《ぜんめい》が聞こえていた。

学校では鍛え続けているのだ。彼らに体力がないわけではない。だが実戦における消耗度合いは、命の危険のない鍛錬時とはまるで違う。

そう学んだだろう。だから。

「オウジン。これでは埒《らち》が明かん」

「そうだな」

先ほど俺は、決め手となるのはベルナルドの槍だけだと言った。だが正確には違う。針の穴を通すように難しいことだが、イルガの刺突は先ほどオーガの眼球を貫いたし、剣でつけられる小傷であっても度を超えればオーガとて血を流し膝をつく。

俺たちはすでに六体のオーガを斃している。だが、残るはその倍近く。さすがに酷というもの。一班二班はこの死線をくぐり、十分に成長しただろう。今日いまからの彼らにこれ以上を望めば、誰かが犠牲となる。

それに、決め手となる者はまだ二名いる。

当然、俺たちだ。

「そろそろやるよ、エレミア」

「ああ。やつらは十分に戦った。犠牲まで払う必要はない。生きていればこその成長だ」

オウジンが刀で鉄塊を静かにシャラと払いながら、息を吸う。

器用なものだ。俺には刀であの鉄塊を払うことなど到底できそうにない。空振一刀流は本当にすごいな。

「リオナさんがここにいたら、また歴戦のおっさんみたいなこと言ってるって言われるよ」

「やかましいっ」

オウジンが少し笑った。

そうして、ゴブリンの群れから一組を救ったときのように、十代中盤にしては小さな肉体から、轟《とどろ》くような大声を出す。

「イルガ！　ベルナルド！　横列を解き、防御陣を敷け！　盾持ち、前へ！」

「――!?」

イルガが戸惑ったような視線をオウジンへと向けた。その隙を突いて、鉄塊の一撃がイルガの頭部へと迫る。

だがそれが届く直前、ベルナルドが槍をくるりと取り回し、その柄尻《つかじり》で鉄塊を突いた。

「ぬんッ!!」

イルガの頭部横で轟音《ごうおん》と火花が爆ぜる。すぐさまレティスがオーガへと剣を突き立てる。切っ先は入っても、致命傷には至らない。オーガはそれを嫌がり、後退はしたが。

だが、イルガは微塵《みじん》も臆することなく。

「待て！　そんな陣形を組んでもじり貧になるだけだ！」

俺は鉄塊を避けながら、視線をイルガへと向けた。

「問題ない。俺とオウジンで斬り込む。だがすべてのオーガを防ぐことはできん。数体はそちらに流れる。しばらくの間で構わん。耐えていろ」

ちなみに嘘《うそ》だ。

守るものを捨てて自在に動き回れるならば、一体たりとて討ち漏らさない自信がある。少なくともオウジンと一緒ならば。だが俺たちがすべて斃してしまっては、イルガたち一班二班の成長には繋《つな》がらない。

あえて数体、後方へと流す。限界を超えさせて本日の授業の総仕上げだ。

ブライズ流の授業はリリのそれほどは優しくない。

オウジンと目を見合わせ、うなずき合う。

その直後、俺たちは競い合うように同時に地を蹴った。振り抜かれる鉄塊をかいくぐり、獣臭と熱気の漂うオーガどもの真っ只中へと躍り込む。

——ギ……!?

それまで頑《かたく》なに横列陣を守り通していた小さな者が、あっさりとそれを捨てて懐に潜り込む。その行動はオーガの脳をほんの一瞬、混乱させる。混乱は肉体の停止を呼ぶ。

やつらの視線を切った瞬間、長刀と脇差しが銀閃《ぎんせん》を描いた。遅れて真っ赤な血の花びらが飛散する。

一瞬の後にはもうオーガの群れの最後尾からふたりして飛び出し、やつらが振り返る瞬間には再び斬り込んでいる。

「鈍いな」

俺の身長や手足の長さ、脇差しという武器の短さでは、やつらの頸部を断つことはできない。そもそも届かないからだ。だからすり抜け様に、足を重点的に斬っていく。ずぐり、ずぐりと、両腕に確かな手応えを感じる。

「こっちだ」

密集している敵ほど、己の足下には意識を向けづらい。この小さな肉体を不利な要素ではなく有利な要素として使うんだ。

岩斬り、岩斬り、岩斬り。群れの中央からオーガが次々とバランスを崩していく。そこに剣舞と見紛《まが》うほどに優雅に、緩急自在の剣術でオウジンが斬り込んでくる。

「先行しすぎだぞ、エレミア！」

まさに撫《な》で切《ぎ》りだ。

やつの剣は実に正確で、狙いを定められれば何者も逃れることは至難の業となる。どれだけオーガが動こうとも自在に軌跡を変えて追尾し、かならずその命にまで届く。

おもしろい。実におもしろい。一度放った剣がその軌跡を変えるだなどと。さらには緩急自在ときたもんだ。これでは防ぐに防げず、避けるに避けれん。オーガどもにしてみれば、たまったものではないだろう。

嬉《うれ》しくなって、俺は叫んだ。

「おまえがしっかりついてこい！　それくらいはできるはずだ！」

俺は熱くなっているのに、オウジンは冷静だ。

「はぁ。無茶を言うなよ。僕はキミほど小さくはない」

俺は足を止め、オウジンに振り向いて怒鳴りつけてやった。

「お、お、俺は小さくなんてないっ!!　すぐに大きくなるっ!!」

「後ろ！　後ろきてる！　後ろを見るんだ！」

「おまえがよく見ろォ！　俺は小さくな――？」

オーガがすでに鉄塊を振りかぶって――いや、振り下ろしていた。

巨大な影が俺の全身を呑《の》み込む。

――ガアアアァァァァァアアーーーーーーーーーーッ!!

「ぬあーっ!?」

夜空に浮かぶ三日月のようなポーズを取って、俺は鉄塊をかろうじて躱す。

地面に叩きつけられた鉄塊が硬い石床を破壊し、飛礫を飛ばした。俺は掘り出された芋のように転がって距離を開け、膝を立てる。

「オウジン貴様、俺を殺す気か!?」

「むしろ助けたろ!?」

俺たちを中心として、周辺一帯に血の霧が立ちこめていく。足下には無数のオーガの足が、頭部が、すでにいくつも転がっている。

二体、俺たちに背中を向けてイルガたちの方へと向かったが、あの程度であれば問題はないだろう。

やがて、俺とオウジンが約半数、およそ十体ほどのオーガを沈める頃、やつらはじりじりと踵《かかと》を引き摺りながら後退を始めた。

もはや完全に戦意を喪失している。

数歩後退したところで踵《きびす》を返し、オーガどもはダンジョンの奥深くへと逃げ去っていった。

「エレミア、追うなよ」

オウジンが刀に付着した血糊《ちのり》を手ぬぐいで拭って、腰の鞘《さや》へと収める。

チン、と鯉口《こいぐち》が鳴った。

「いちいち言われなくてもわかっている！　俺は犬か！」

「似たようなものだと思ってた。キミは野生児だからやりかねないだろ」

「失礼だな、おまえ……」

俺が王族だって知っているくせに。

喉元まで出かかった言葉は、かろうじて呑み込んだ。

ふぅと息を吐く。

俺たちの周囲に五体満足で動いているオーガの姿はもういない。這《は》いずりながら逃げようとするやつの首筋へと、俺は脇差しを突き下ろす。

「……」

血を払って、刃を鞘へと収めた。

一班二班の集団の前にも、二体のオーガが転がっている。どうやらイルガやベルナルドらが斃したようだ。

やはり成長している。

本来であれば戦場での成長とは犠牲を伴いながら果たしていくものではあるが、今回はどうやらリリの目論見《もくろみ》見通り無難に終えることができたようだ。

少なくとも、貴族チームはな。

オウジンが俺に囁く。

「嫌われたかもしれないね」

「仕方があるまい。危機を煽《あお》るためだけに力を隠していたのだからな。だが最初から俺たちが全力で戦っては、あいつらのためにはならん。今日を越えられても、次のカリキュラムでは命を落とすやつが必ず出てくる」

「わかってはいるんだけど、損な役回りだな」

俺は肩をすくめて見せた。

「まあ、パーティから追い出されるならそれはそれで構わん。堂々とあちら側に戻れる」

「前向きなのは大いに結構だけど、キミが個人的に引き請けた任務を投げ出して、イトゥカ教官にはどう言い訳するつもりだ？」

「う……」

あいつが自分の言葉通り、師《ブライズ》からされたことを忠実にしてくるとするなら、俺《エレミア》はおそらく尻を叩かれるだろう。

弟子に尻を叩かれるだなどと、これ以上ない屈辱だ。

オウジンが半笑いを浮かべる。

「いっそ謝るかい？」

「リリにか？」

無駄だ。きっと叩かれる。なぜなら俺は叩いたからだ。謝ってきたリリの尻を。

「イルガにだよ」

「笑えん冗談だ」

「だよな」

俺とオウジンがイルガたちの方へと歩き、戻っていく。

足取りが重く感じられるのは、靴裏にニチャニチャと張り付くオーガの血だまりのせいだけではない。

罵詈雑言《ばりぞうごん》くらいは覚悟するべきだろうな。

イルガもベルナルドもレティスも、俺たちを凝視していた。俺はあえて彼らの心情を読めないふりをして、口を開く。

「そちらも片付いたようだな」

「……」

何か言ってくれ。

ただ無言で睨《にら》まれては、さすがに居づらい。

「エレミアとリョウカは、最初から俺たちに歩調を合わせていたのか？」

イルガがぽつりとそうつぶやいた。危機は脱したというのに、笑顔ひとつない真顔でだ。

ため息が出る。

「ああ、そうだ。だがそれは――」

口を開いた俺を手で制して、オウジンが進み出た。

「そうしなければ、いずれキミたちはこのダンジョンに呑まれる。ゴブリンやホムンクルスと交戦したとき、僕らはそう判断した。だからあえて死線を作り出し、乗り越えてもらった」

オウジンの言葉に、ざわと熱気が高まった気がした。むろん、悪い意味での熱気だ。頭に血が上った状態の。顔つきを見ればそれくらいはわかる。ベルナルドだけは表情を変えず、大木のようにぬぼっと立ったままだが。

オウジンが続けた。

「それは四班五班で構成されたあちらのパーティも同じだ。今頃向こう側では、ヴォイドとリオナさんが似たような状況を作っているはずだ」

「……ふざけんなよ、やりすぎだろ……」

二班の男子生徒がボソリと吐き捨てた。

次の瞬間、一班の別の生徒が怒声を上げる。

「何様だ、おまえら！　ちょっと腕が立つだけでそんなにえらいのか!?」

「俺たちは死ぬところだったんだぞっ！　おまえらが最初から戦ってくれていれば、こんな状況にならずに済んだのに！」

こんな状況？　こんな状況とは何だ？

俺が抱いた疑問を、オウジンは平然と口に出す。

「こんな状況とは何のことだ？　ここでは誰も死んでいない。生きるに支障を来《きた》すほどのケガもなかった。その上で貴重な経験を得ることができた。何の問題があるんだ？」

一班の女子が表情を強《こわ》ばらせる。前髪が目元まで覆っている少女だ。

「そんな言い方は……」

「ああ、勘違いはしないでくれ。別に言い訳をするつもりはない。キミたちはあまりにも未熟だ。だから力を底上げするために鍛えさせてもらった。それは事実だ」

先ほどの男子が大声を張った。

「そういうところが傲慢《ごうまん》だって言うんだ！　おまえらにとっては何でもないことかもしれないが、俺たちは死にかけたんだぞ！」

「危険から遠ざかりたければ、そもそも騎士など目指すべきじゃないだろ。違うか？」

はっきり言いやがった。

オウジンは誠実だ。嘘などつかない。だが、いや、だからこそだろうか。一班二班からは言い返すことのできない鬱憤《うっぷん》のようなものが吹き溜まっていく様がわかる。

相変わらずベルナルドだけはぬぼーっとしたままだが。

「キミたちは何か勘違いをしていないか？　授業だから、まだ学生だから安全だとでも思ったのか？」

オウジンは激昂《げきこう》することなく、静かに淡々と続ける。

「ホムンクルス戦では僕らも死にかけた。あのときはイトゥカ教官に偶然救われたが、今日ここに戦姫はいないぞ。次のカリキュラムでもだ。その先も、その先もいない。再びホムンクルスのような強い魔物が現れたらどうなる？　僕らだけでは対処できない」

怖いな、オウジンのやつ。静かなのが余計に怖い。

「僕ら三班も含めて、ここにいる全員が強くなるしかないんだ。こんなの十歳の子供でもわかる理屈だろう」

人生を合計すれば中身はもはや五十路《いそじ》近くだが、軽口を挟めるような空気ではないな。

自分が叱られているわけではないのに、なぜか動悸《どうき》が収まらない。

「そ、れは……」

「僕やエレミアが気にくわなければパーティから追放してくれて構わない。次のカリキュラムでも自力で生き残れる自信があるなら好きにしたらいい」

ちょっと待って、オウジン？　その場合、俺の尻はどうなるんだ？　やっぱりリリに叩かれて腫《は》れるのか？

「それとも騎士など目指すのをやめて、ダンジョンの隅で時間が過ぎるのを震えて待つか？」

口を挟めない。挟めそうにない。

奇妙な気分だ。ブライズだった頃は他人の怒りを買おうがまるで気にならなかったというのに、若いエレミーの肉体はどうやらそれをひどく恐れているようだ。誰かに嫌われることを極端に恐れている。

　魂が肉体に引っ張られている。最近よくそれを痛感する。魂は同じだとしても、やはり俺はもうブライズではないのだろうな。

　それに比して、オウジンの覚悟たるや。こいつはこいつで十代のものではない。

「生半可な覚悟なら、剣なんて持つべきじゃない。これは忠告だ。今日を生きても、明日は死ぬよ。いますぐ学校を辞めて去った方がいい」

　それまで黙って立っていたベルナルドが、何ら変わらぬ穏やかな声でオウジンに尋ねた。

「ならばオウジン。おまえには、どのような覚悟があるのだ？　なぜ、海を越えてまで、この学校にやってきた？」

　オウジンの左目が、わずかにぴくりと動く。

　だが、次の瞬間やつから放たれた言葉は、俺の想像を遥かに超えたとんでもないものだった。

「ヒノモトに帰り父を斬るためだ。僕はそのために刀を握り続けている」

「――っ!?」

　絶句した。俺を含め、その場の誰もがだ。

　オウジンは誠実だ。嘘などつかない。だがその理由、あの屋上での会話と照らし合わせると。

「オウジン……おまえ……」

　思わずつぶやいてしまった言葉に、オウジンが俺に寂しげな微笑《ほほえ》みを向けた。

「……僕はキミが、陛下《キミ》とエレミー《たち》がうらやましいよ……」

　俺は初めて知った。こいつが〝剣鬼〟の子であることを。だが、子が父を殺さねばならない理由とは何なんだ。

俺には考えが及びもつかないほどの事態の渦中に、オウジンは立っていたのか。道理で並外れて強いわけだ。そしてそれ以上に、強さに貪欲になっているわけだ。

いつかこいつは、その理由を俺たちに語ってくれるのだろうか。

オウジンが童顔に似合わぬ目で、大きなベルナルドを見上げた。いつもと何ら変わらぬ柔和な表情で。

「少し長くなってしまうが、細かい事情まで話す必要はあるか、ベル？」

ベルナルドがゆっくりと首を左右に振った。

そしていつもと変わらぬ太く重い声で、静かにつぶやく。

「…………いいや、必要ない。理解した。――それでいいか、リーダー？」

イルガがパンと一度手を打って、この場の全員の視線を集めた。

「おいおい、俺の役割を取らないでくれよ、ベル。そもそも俺はオウジンやエレミアには怒ってなんていない。むしろ感謝すらしているくらいだ」

「感謝？」

不思議になって、俺は尋ねてみた。

イルガが笑みを消して、己の両手に視線を下げる。

「みんな、考えてもみてくれ。俺たちは自分の剣で、ヒトに仇《あだ》なす魔物を討伐できたのだぞ。騎士ですらない学生の身でありながら、正騎士の役割を見事に果たせた。たとえ故意に作られた状況であったとしても、俺には正騎士に近づけた実感がある」

視線を上げて拳を握りしめ、今度は一班二班を振り返って語った。

「戦えた。正騎士でさえ手こずるようなオーガと互角にだ。俺は騎士学校にそういうことを教わりにきている」

そうしてイルガはやや大仰《おおぎょう》に、俺とオウジンを指し示すように手を向ける。

「教えてくれたのが教官ではなく、同窓の仲間であっただけのことだ。――なあ、違うか、みんな？」

全員が口をつぐんで黙り込んだ。だが不満な顔ではなく、戸惑っているような様子だ。

イルガはひとりひとりに視線を向けて、ゆっくり続ける。

「ここにいるみんなは貴族だ。貴族とは戦いに赴くもの。貴族である限り戦いから逃れることはできない。ならばいつかはこのような危機も訪れる。それを今日、この場で、ふたりの手練《てだ》れに守られながら経験できたことは、俺たちの今後の人生においてとてつもなく得難い出来事だったんじゃないか」

相変わらずぬぼっているベルナルドを除いて、一班二班の全員はもちろん、俺やオウジンも呆《ほう》けた表情でイルガを見ていた。

このイルガ・フレージスが何を考えていたのか、いまその一端を垣間見《かいまみ》れた気がする。

そう。貴族とは国家国民を守るため、戦時に戦う存在のことを言う。平民以下は徴兵制度でもない限りは取捨が可能だが、貴族にはそれが与えられていない。その対価こそが、特権階級と言って過言ではない爵位だ。

レティスがつぶやいた。

「そ、そっか。言われてみれば……そうだよ、な。三班が教官じゃないから助けてもらうのが当然なんて理屈、冷静に考えたらだいぶおかしいな。意味わかんない」

他の生徒たちの怒りの熱量のようなものが静かに収まっていくのを感じる。それどころか、それぞれが戸惑いながらも俺たちに謝罪や感謝の言葉を述べ始めた。おそらくまだ、腹の底から納得したわけではないだろうが、それでも。

悪意に晒《さら》されずに済んだ俺は、ようやく安堵《あんど》の息を吐くことができた。

「……」

だが、逆に大きな違和感ができた。先ほどのイルガの言葉は、俺に引っかかりを残した。

貴族と平民以下を分けて考える人間が、教官《リリ》と生徒《俺たち》の関係には分け隔てがない。それほど身分にこだわっているわけではないのだろうか。

俺はイルガの横顔をそっと盗み見る。

ああ、わからん。ますますこの男のことがわからなくなる。

そんな俺の内心を知ってか知らずか、イルガはみなに微笑みかける。

「よし。ではそろそろ探索を再開しよう。隊列は先ほどまでと同じく、俺とリョウカが先頭で一班二班の順に続き、ベルとエレミアが最後尾だ」

「待て。その前に、小休止だ、リーダー。傷の処置をせねば、小傷であっても、大病に繋がる」

ベルナルドの言葉に、イルガがうなずいた。

「そうか。そうだな。少し休憩を挟もう。各自、薬は持ってきているな」

全員がうなずく。

ベルナルドが壁際に座ると、レティスを含む二班の全員が彼の周囲に座った。ずいぶんと慕われているようだ。まるで二班全員の父親のようだ、などとくだらないことを考える。

一班は割と自由気ままだ。それぞれが思い思いの場所に座り、バックパックから食糧や飲み物を取り出したり、互いの傷を洗浄して薬を塗り込んだりしている。

魔物を相手にした戦いの場合、牙や爪に毒があることが多い。そうでなくとも衛生面に問題があり、傷から大病へと変わることも少なくない。

ベルナルドの言う通り、消毒は大切だ。

ふと気づくと、イルガだけが少し進んだ先でひとり、見張りに立っていた。

俺は何気なく近づいていく。

「イルガ。おまえも少し休んだ方がいい。見張りなら俺がやっておく」

「いや、平気だ。立ったままでも補給くらいはできる。これくらいはさせてくれよ。またおまえたちに借りができてしまったのだからな」

イルガが袋に入った野戦食《レーション》クッキーを、俺の目の高さに下げてきた。どうやら分けてくれるらしい。

俺はひとつ貰《もら》って口に投げ入れた。

リオナのものとは違って、甘さの中に塩気も混じっている。どうやらビスケットだったようだ。味は完敗だが、こうも血や汗が流れる状況での塩分補給はありがたい。

俺は持ってきた革袋の水でそれを流し込む。

「また？」

「ホムンクルス戦に続いてだ。俺は真っ先に倒されていて、何の役にも立てなかった。その上、みんなには命を救われたのに何も覚えていない。情けない話だ」

「悲観するな。あんなバケモノが相手では仕方があるまい。三班とて四人がかりでもどうにもならん相手だった」

「悲観なんてしていないぞ」

魔導灯の光のさらに先、どこまでも続く通路の闇を見つめながらイルガはこう言った。ほんの少しだけ、口元に笑みを浮かべて。

「いいか、エレミア。せいぜい学生のうちに、この俺に多くの貸しを作っておくことだ。俺は必ず正騎士となり、フレージス家を継いで侯爵となる。そのときに必ず返す。恩は忘れない」

「律儀だな。その程度のことを借りだと言ってくれるなら、いますぐに返してくれても構わないのだぞ」

「……？」

全員が少し離れた位置にいることを確認してから、俺はイルガに尋ねる。

「どうしてそんなに貴族にこだわるんだ？　どのみち、レアン騎士学校を卒業したら、みんな揃《そろ》って騎士爵だ。準とはいえど、貴族みたいなものだろう」

レアン騎士学校では卒業と同時に騎士爵を得ることができる。これは準貴族、つまり一代限りの貴族であることを証明する爵位だ。むろん、取得と引き換えに戦時には戦場へと駆り出されることになってしまうのだが。

ちなみに取捨は卒業時に自身で決めることができる。取得を選ばなかったとしても、騎士学校を卒業すればそれなりの職業につくことが可能だ。それを目的にしている生徒も、平民以下には少なからずいるだろう。

「俺には現時点のクラス内で平民と貴族を分けようとする理由がどうしてもわからん。おまえは何を考えているんだ」

ちなみに俺の選択は〝捨〟だ。

堅苦しい貴族にも、自由を縛られた正騎士にも興味はない。当然、王族にも、将来的にキルプスから叙爵させられるであろう公爵位にもだ。

目指すは自由の剣を確約された〝剣聖〟のみ。

俺が誰のために剣を振るうかは俺自身が決める。前世でキルプスだけに剣を捧《ささ》げたようにな。

「もちろん、言いたくなければ将来的に返済する方向でも構わんが」

「……」

イルガは壁にもたれ、無言で闇を見ている。魔導灯の光すら届かない、闇の向こう側を。

どうやら応える気はなさそうだ。俺は小さく唸《うな》ってからイルガに背を向けた。だが一歩、足を出したとき。

「……俺は養子だった」

養子。それは俺が思いもつかなかった言葉だった。

だがイルガは闇を見つめながら、確かにそうつぶやいた。俺の聞き間違いでなければな。

振り返り、問い返す。

「養子？　おまえが？」

「ああ。庶子でさえない。俺には貴族の血など一滴たりとも流れていない。フレージス家の嫡子イルガ・フレージスは別にいた」

頭が混乱する。

リオナが名乗ったミク・オルンカイムでもあるまいに。

「ああ……？　意味がわからんぞ」

「何のことはない。本物のイルガ・フレージスは、例の戦争で殉死していた。初陣《ういじん》だったそうだ。俺はその代わりにフレージス家に迎え入れられた出生不明の孤児だった」

言葉もない。

イルガは闇を見つめたまま、唇だけを動かす。

「フレージス侯爵にとっては、失われた子の代わりだったのだろうな。あるいは侯爵夫人の涙を止めるためのコルク栓だったのか。……笑えるぞ、本物とは年齢すら違ったのだからな。ただ、俺の髪色と顔つきが、幼い頃のイルガ・フレージスと少し似ていただけのようだ」

フレージス侯爵によって貧しい孤児院から連れ出された子供は、イルガと改名され、夫婦に可愛《かわい》がられた。子供が本物のイルガとは違う行動を取っても、彼らは微笑みながら本当の我が子であるかのように見守ってくれた。

俺は尋ねる。

「おまえは自分が……その、ああ……。引き取られた当時から知っていたのか？」

「俺が代替品にすぎなかったということをか？」

皮肉の混じった言い方に、うなずくことすら躊躇《ためら》われた。

だがイルガは構わず続ける。一切こちらに目を合わさずに闇を眺めながら。

「当然、最初は知らなかった。フレージス夫妻も教えてはくれなかったからな。いや、認めたくはなかったのだろうな。俺が偽物であることを」

「そう……か」

「とにかく俺は何も知らないまま侯爵家に迎え入れられ、衣食住に困ることのない幸せな毎日を過ごさせてもらった。だから自分は運良く神に愛されたのだと思っていた。彼らを本当の両親であるかのように愛した」

けれどもある日、使用人のひとりが口を滑らせた。夫妻が少年にだけ巧妙に隠していた、本物の実子――少年が自身に与えられた名前と同じ名を持つイルガ・フレージスのことを。

そこから自力で調べ、少年はイルガ・フレージスに辿《たど》り着いた。

少年は知った。

夫妻から与えられた自分の部屋には、かつて本物のイルガが住んでいたことを。

成長過程において夫人から与えられてきた服は、かつて本物のイルガが身につけていたものであることを。

この優しい両親に本当に愛されていたのは名もなき少年ではなく、本物のイルガであることを。

——俺は、ただの身代わりにすぎなかった。

夫妻が自身に向けてくれていた愛は、すべて仮初めのものだった。姿が似てさえいれば、その役割は己でなくともよかったのだ。誰でもよかったのだ。

なぜなら、本来それを受け取るべきだった存在は、もうこの世にはいないのだから。

「膝から崩れ落ちたよ」

「ご両親を憎んだか？」

イルガが鼻で笑った。

「まさか。いまさら彼らを憎むことなどできはしない。俺が彼らからどれだけ多くのものを与えられてきたことか。でも、それでも、俺は、彼らに……名もなき少年である俺自身を見て欲しかった」

イルガは老人のように、疲れたため息をつく。

虚空《こくう》を見つめて。

「ただ、もう、仮初めの愛ならいらない。だから俺は本物のイルガ以上に、イルガ・フレージスになることにした。ガリアの誇る名門貴族であること。勇敢なる正騎士であること。血統や才などなくとも、俺にはそれらが必要なんだ」

「……」

「クラスをふたつに割ったと言ったな。ノブレス・オブリージュ。貴族には貴族の成すべきことがある。少なくとも四班五班の彼らはまだ騎士爵ではない。戦いの義務を背負うのは、正騎士である貴族のみだ」

闇を見つめた少年は、最後に付け加えた。

俺に笑顔を向けてだ。

「だが、先ほどのリョウカのご高説はもっともだ。彼らが本当に騎士を目指してレアン騎士学校に入学したのかまでは知らないが、生き残るためには戦いから遠ざけるのではなく、俺たちも彼らも、もう少し強くなるべきなのだろうな」

俺が無言でかろうじてうなずくと、イルガが続ける。

「何が貴族の義務だ。偉そうなことを言ったところで、俺の力では何も果たせやしない。もっと強くならねば。一刻も早く。本物にならなければ」

「……」

「おまえやリョウカはもちろん、スケイルやベルツハインのように、強くだ。ああ、実のところ、もう少しくらいは自分自身でもやれる男だと思っていたのだが、ここにきて、不甲斐《ふがい》なさばかりが露呈して、情けなくなった」

ようやくだ。ようやく、イルガと視線が合った気がした。

何も言えずにただ呆けている俺を見て、やつの笑みが苦いものへと変化する。

「俺は弱いなあ」

それは弱さではない。剣ではない。血統でもない。おまえの強さは別にある。

精神力だ。だから弱さを認められる。そう言ってやりたいのに、間抜けな俺は喉が詰まって声が出せない。

イルガが指先で頬《ほお》を掻く。気まずそうな表情でだ。

「要するにだ。俺はただ養父母から愛されたかった。侯爵夫妻が俺に与えてくれたものよりも大きな幸せを、本物のイルガが養父母に贈るはずだったものよりも大きな幸福を、俺から父様や母様に贈りたいと思ったんだ。いつか彼らが俺のことを誇り〝おまえは本物の息子だ〟と言ってもらえるように」

それが貴族であること。立派な正騎士であること。そして彼らよりも長く生きること。

すべては本物のイルガを超えるために。仮初めではない愛を得るために。

俺は喉から声を絞り出す。細く震えた声を。

「……本物以上に、本物になろうとしていたのだな……」

「ああ」

「……だったら、死んでいる場合ではないだろう……」

利用しろ。俺たちを。ヴォイドやリオナや平民も利用しろ。

目的を達成するために。

「ふふ、そうとも。だから本当はスケイルやベルツハインにも感謝している。あんな態度を取ってしまったけどな。ただ、貴族ではない彼らが命をかけて俺を守るようなことは二度とあってはならない。俺が誇り高き貴族で、勇敢なる騎士で、そして何よりイルガ・フレージスでいるために」

ふぅと、イルガが今度は爽やかに長い息を吐いた。

「平民に守られるくらいであれば、煙たがられた方がまだマシというものだ。だから俺は彼らを遠ざけた。本気で腹を立てていたのは、弱い自分自身に対してだ」

胸に詰まっていたものをすべて吐き出したからだろうか。イルガの表情が少し晴れたように見えた。

「それだけなんだ。ただの甘ったれだよ。――どうだ、これで半分くらいの借りは返せたか？」

「……もう、十分だ……」

イルガが懐から取り出したチーフを、俺の頭の上にポンとのせる。

「だったらさっさと泣きやんでくれ、エレミア。勘弁しろよ。みんなに見られたら俺が何かしでかしたみたいだろ」

人の過去など、そう簡単にほじくるものではない。オウジンのことも、イルガのことも。

借りたチーフは鼻水まみれにしてやった。

ブライズは何も教えない。ただ剣を振るだけ。

けれどもその剣に兄さんたちやわたしが対応できるようになるまで、何度も何度も同じように振り下ろしてくれる。

ようやくその剣を捌けるようになったら、今度は変化をつける。兄さんたちやわたしがその変化に対応できるまで、やっぱり何度も何度も同じように剣を振る。

口で教えてくれたら早いのに……。

第五章 暗闇の奥に潜むもの

オーガと戦った場所から離れ、俺たちは六層を彷徨《さまよ》う。

よほど広く、そして複雑な迷宮なのだろう。これほどのものは前世でも潜ったことがない。そこに加えて、六層は五層以上の階層よりも遥《はる》かに広くなっている。これは断じて気のせいではない。

つまりレアンダンジョンは、潜れば潜るほど広く複雑化していく。

やはり危険だ。学生に探索させるような規模のダンジョンではない。

「深層に向かえばさらに広くなるぞ……」

「うむ」

何気ないつぶやきに、ベルナルドが相づちを打った。

これだけ歩いているのに、平民パーティと遭遇することが一度もない。だが、やつらが通ったと思《おぼ》しき足跡や、壁に彫られた道順を示す数字つきの矢印などは度々目撃していた。

その下に俺たちの進む方角の矢印を彫る。先に通った方が上だ。矢印が二本描き込まれた壁のある通路は、共通路となる。そして上側の矢印とは反対の方角へ歩を進めることで未踏領域を減らしていくと同時に、帰り道に迷わぬようにする。ゆえに数字は所属班を表している。この場合、セネカの5だ。

大型ダンジョンを複数パーティで探索する際の知恵だ。

度々目撃するのは、それだけではない。ヴォイドたちが交戦したと思しきオーガどもの死骸もだ。

どうやらあちら側もオーガと戦いながら進んでいるようだ。もっとも、俺たちほどまとまった数とは遭遇していないらしく、死骸の数は多く点在していても、それらが固まって転がっていることはなかった。

しかし――。

案外わかるものだな。誰が手を下したのか。

正確にはヴォイドとリオナのつけた傷だけは判別できる。

刃《やいば》とは思えないほどに荒々しく抉《えぐ》られたような痕はヴォイドの仕業《しわざ》だろうし、反対にリオナのものは必要最低限。大半が喉に横一線の斬り傷か、同じく喉に小さな穴を空けられているだけのものだ。

死骸の形が、まるで眠っているかのように綺麗《きれい》に保たれている。

正反対だが、どちらも手癖だな。殺し方が猟兵と暗殺者そのものだ。まあ、この分であればあちらも無事だろう。

他の学生らの傷は、いかにも稚拙《ちせつ》に剣を振り回したものであるとわかる。唯一わからんのは半端に焦げているやつだ。フィクスが魔術を使い出したのだろうか。

死骸を見ながら通り過ぎていると、唐突に頭上から男の声が降ってきた。

「エルたん、らぶ」

低く野太い声に振り向くと、ベルナルドが真摯《しんし》な瞳で俺を見つめていた。

え、何？　怖……。え？　幻聴？　頼む！　幻聴であってくれぇーーーっ！

戸惑っていると、ベルナルドが俺の肩越しに壁を指さす。

「書いてあるぞ。割と、大きくな」

「ああ？」

こっわ。壁ドンされるかと思った。心臓に悪い。

振り返ると、そこには平民パーティが進んだ方角に矢印とメッセージが添えられていた。数字は3。ちょうど進行方向の道が左右に分かれる三叉路《さんさろ》だ。

死骸に目を取られていて、メモを見逃すところだった。

ベルナルドがやはり低く野太い声でつぶやく。

「浮気は、だめよ。愛してるわ」

「自分で読めるから、いちいち朗読するな！　おまえの声で言われると寒気がする！」

「ふむ」

どう見てもリオナのメッセージだな。そこまで彫るなら数字はいらんだろ。

だが、これは。初めての文字つきだ。どうやら俺たちの前を行く一班二班のやつらも、死骸に目を取られてしまっていて気づかなかったようだ。

ベルナルドはブライズ並みに背が高いから、視野が一般の学生よりも遥かに広いのだろう。意識して考えたこともなかったが、俺もブライズだった頃は他者よりよく状況を把握できていた気がする。

「レティス、イルガとオウジンを呼んできてくれ」

「あいよー」

レティスが走り、イルガたち先頭の足を止めた。しばらくすると、三名でこちらに引き返してくる。

前方の見張りは二列目の一班男子ふたりだ。

「どうしたんだ、エレミア？」

「これを見ろ」

イルガが口に出す。

「エルたん、らぶ。浮気はだめよ。愛してるわ……？」

「何ッでおまえらはいちいち朗読するんだ！　寒気がするからやめろ！」

「何だ、これは？　俺ってモテるんだぞアピールか？　これだから子供は……」

糞《くそ》、イルガのやつ。ちょっと話せるようになったら、いちいちからかいやがって。

俺が応《こた》えるより先に、オウジンが口を開いた。

「リオナさんのメッセージだな。見るべきはその下だ」

石で引《ひ》っ掻《か》いたような白い線が何本かあり、それぞれが秩序だって直角に交差している。表すところは当然、第六層の地図だ――が、一部だけだな。

×印がつけられている三叉路がここを表している。

イルガやオウジンが進んでいた方角は左手側。だがその先の線は別の短い線でぶった切られていて続きはない。行き止まりなのか、あるいは崩れていて通過できないといったところだろう。

右側通路には〇印が残されている。

俺はオウジンに尋ねた。

「左の方角に四班五班の足跡はあったか？」

俺とベルナルドは最後尾だ。平民パーティの足跡があったとしても、そこに着く頃には貴族パーティの前衛中衛のもので踏み潰されてしまって判別できない。

オウジンが首を振った。

「いや、それが途中からオーガのものが混ざり始めていて、足跡で判断するのはあきらめたんだ」

「その割にはオーガに遭遇しないな」

俺のつぶやきに、イルガがうなずく。

「オーガの足跡は方角もバラバラだ。まるで散り散りになって逃げ出したかのように。俺たちが追い払った群れかもしれない。混乱しているように見えた」

リオナの簡易地図によれば、右側通路へ向かうしかないということになる。平民パーティはそこを先行しているはずだ。こちらはオーガの群れとの戦いのせいで、少し遅れてしまっている。

右側通路を見ても、方向すらぐちゃぐちゃになった大きな足跡ばかりで何もわからない。ぽっかりと口を開けた闇だ。

「……」

俺は闇の先を見つめる。

チリチリと皮膚が毛を逆立てている。この感覚には覚えがある。ブライズはこれを回避することで、何度か命拾いをしてきた。しかし、四班五班はすでに進んでいる。

オウジンが俺の顔を覗《のぞ》き込む。

「エレミア？」

「何でもない。進むぞ」

何だ、これは。何か、闇の向こうに。

気配ではない。静かな闇しかつかめない。

だが、いる。オーガの腹を喰《く》い破ったやつが。

レティスが地面を眺めながら言った。

「四班と五班の子たち、ここでわたしらみたくオーガと大きな交戦をしたのかな？」

ベルナルドが首を振る。

「大地を穢《けが》す血飛沫《ちしぶき》が、ない」

「そっか。ならよかった」

中にいればわかる。貴族パーティには平民パーティに対して腹の底から悪意を持っている者は誰もいない。みんなイルガの言った〝貴族の義務《ノブレス・オブリージュ》〟に引《ひ》き摺《ず》られているだけだ。貴族である彼らのおそらく全員が、正騎士となる使命を持って生まれてきたのだから。

もはや合流しても問題はなさそうだが、それでも共同歩調を取るという選択肢は、イルガが納得しないだろう。むろん、ヴォイドを始めとする守られる側である平民たちも、その立場をよしとはしない。難しい問題だ。

イルガが視線を上げた。

「少し急いだ方がよさそうだな。不本意ながら、また平民たちに先を越されてしまったようだ」

事情を知らないオウジンが、表情を曇らせる。

俺は慌てて言葉を付け加えてやった。

「イルガ、それではただの意地や競争意識にしか取られんぞ」

「俺はそれでも別に構わないさ」

まったく。面倒な貴族だ。

ええい、なぜ俺がこんなフォローなど入れねばならないのだ。

ため息をつきながら、俺はオウジンを見上げた。

「オウジン、心配するな。意訳するとだな、こいつはただ戦うことは貴族の責務だから、間違っても善良な平民を前線などに立たせるべきではないと言っているだけだ。あ～、なんだ、まあ、ひねくれ具合はヴォイドの同族か何かだと思え」

オウジンが眉間に皺《しわ》を寄せ、イルガに視線を向ける。

「そうなのか？」

「余計なことを言ってくれる」

イルガが頭をガシガシと掻いた。

「ま、いまさら隠しても仕方がないな」

胸を張り、イルガは堂々と告げる。

「貴族とは、平民を守り戦うために存在している特権階級だ。義務を放棄し、甘い汁だけを享受するようなやつらは貴族であると俺は認めない。ゆえに俺たち一班二班は四班五班のために戦うが、彼らが俺たちのために命をかけるのは間違いだ」

正論ではある。だが、平民がそれを望むかどうかが欠けている。ともに剣を持ち、戦ってもよいではないか。俺はそう思う。実際にブライズはそうしてきたのだから。

しばらく目を丸くしていたオウジンが、呆《あき》れたように言った。

「なら、キミはもう少し、物の言い方というものを考えた方がいい」

今度はイルガの方が、呆れたような表情で両手を腰に当てた。

「おいおい、どの口が言うんだ、リョウカ。先ほどのオーガ戦後のご高説、キミらはもう少しで一班二班の全員から反感を買うところだったのだぞ。正直、肝が冷えたよ。物の言い方は考えた方がいいぞ」

「う……」

「まあ、お互いに、だな」

互いに苦い表情をしてから、同時に苦笑している。案外、悪くない相性に見える。

考えてみれば不思議でもなんでもない。オウジンは当初、イルガと似た性質のヴォイドともぶつかり合っていたのだから。誤解が解けたあとは、背中を預ける相棒だ。

ベルナルドがなぜか俺の背を軽く叩《たた》いた。

「うむ。よし」

軽く、だったはずなのに、肺の中の空気の大半を追い出されてしまった俺は、前によろけて咳《せ》き込んだ。

この怪力大男め。

「まあ、そんな理由で、先を急ぐなら右側通路を進んだ方がいいぞ、イルガ」

「そうだな」

イルガがその場の全員を見回し、悪巧みでもするような顔で朗々と告げる。

「――これより一班二班は平民たちの残したメッセージをありがたぁ～く利用させてもらおうではないか。その上でまた先を越してやろう。彼らが危機に陥れば手を差し伸べてはやるが、そうでなければ先を行く。切り開くのは俺たち貴族だ」

「だからキミは言い方をだな……」

オウジンがため息をつくと、ちょっとした笑いが巻き起こった。

ベルナルドが俺の頭にでかい手を置く。

「うむ。これはこれで、よし」

「いいのか？」

言っていることは正しいが、いちいち癪《しゃく》に障《さわ》る言い方をする。やはりこいつはヴォイドと似ている。

実力差だけはいかんともしがたいところではあるが。

港湾都市エルヴァを統《す》べる領主は、本来こういう貴族であるべきだったのだろうな。ならばきっと、貧困にあえぐスラムなど生まれはしなかっただろうに。

イルガが指示出しをした。

「縦列を組み直せ。進むぞ、みんな」

「おお！」

一班二班が縦列を組み、イルガは再びオウジンと先頭に立って歩き出す。

俺はその背中を眺めながら思う。

俺が死んだり転生したりしている間に、最近のガキというのは、ずいぶんと頭で考えるようになったものだ。

昔のリリは違った。素直なもので、実にわかりやすかった。

いや、しかし。

考えてみれば、俺が毎回騙《だま》されていたからこそ、あいつは戦場にまでついてきてしまっていたのだった。案外あの頃の俺の察しが悪かっただけで、リリも色々と考えていたのかもしれない。

今度、リリに直接聞いてみるか。

ブライズとともに駆け抜けた時代を、おまえはどう思っていたのか、と。

エレミーに転生してから不便なことばかりが増えたと思っていたが、考えることが増えたということは、俺にもまだ精神的な成長の余地が残されているのかもしれない。

最後尾、ベルナルドが俺を見下ろし尋ねる。

「どうした、エレミア？　笑っているぞ？」

「ん、ああ。いや。昔のことを少しだけ思い出していたんだ」

「昔を思い出すような、年齢ではないだろう」

おっと、そうだった。俺はまだ十歳だ。

俺は適当に誤魔化《ごまか》す。

「まあ、色々あってな」

「そうか。まるで年寄りのようなことを言う」

だが、二度の人生でしみじみ思うんだ。学生たちを見ていると、どうしてもその青さに触発されてしまう。これがまた悪くない。

「なあ、ベル」

「なんだ?」

「若さというのは、眩《まぶ》しいものだな」

ベルナルドの表情が珍しく曇った。

「……同意を求めるな。こう見えて、おれはまだ、十代半ばだ」

「ああ、言われてみればそうだったな」

無駄にでかすぎるんだ、ベルナルドは。並べばヴォイドですら小柄に見えるくらいだ。髭が生えていても不思議ではない顔つきをしている。

「少し、傷ついた」

「はっはっは、すまんすまん!」

でかい背中を小さな手でバシバシと叩いて、俺たちは闇を歩く。

しばらく進むと、再びリオナの地図を見かけた。今度も行き止まりのマークつきだ。あと、余計な愛のメッセージもな。

イルガがニヤつきながら口に出す。

「オープンテラスのカフェでデートしよっ、か……」

「朗読はやめろっ」

セネカのやつ、なぜリオナにメッセージ役を任せたんだ。

イルガが口元に手をやって目を閉じ、顔を上に向けた。

「ふぅむ。しかしこれは悪いことをしたな。エレミアとベルツハインがそういう関係なのであれば、将来は男爵家入りだ。彼女もこちらのパーティに誘うべきだったか」

「おまえ、いい加減ぶっ飛ばすぞ」

キルプスの決めた国家機密だから口には出せないが、ノイ家は架空《エア》男爵だ。

しかし、リオナには着々と外堀を埋められているのを感じる。暗殺者より工作員の方が向いていたのではないか。

「いずれは無礼に対する謝罪もせねばぱか」

「それはすぐにでもやっとけ。いや、待て。ヴォイドにだけ謝罪ナシではさらに揉《も》めかねん。ああ、ややこしい！」

俺は髪を掻《か》き毟《むし》る。

「エレミアは十歳にして苦労性だな」

「おまえのせいだっ!!　ど阿呆《あほう》貴族がっ!!」

「ははは」

「笑うな！」

そのようなことよりも。

壁に地図などを彫る余裕があるのだから、どうやらだいぶ先を越されているようだ。行き止まりを確認し、わざわざ通路を引き返してからご丁寧《ていねい》に痕跡を残してくれているのだから。

イルガではないが、少し焦《あせ》ってしまうな。危険に飛び込まなければいいのだが。

野太い声が降ってくる。

「うむ。エレミア」

ベルナルドの視線の先にはオーガの死骸が数体転がっていた。

腹を喰い破られたものではなく、ほぼすべてが斬り殺されているものだ。おそらくヴォイドたちの――四班五班の仕業だろう。

地面にはオーガの足跡と人間の足跡が入り乱れるように混在している。

「彼らは、順当に進んでいるようだな」

「ああ」

「安心したか？」

「最初から心配などしていない……が、まあ、そうだな」

俺が言い淀《よど》んで舌打ちをすると、ベルナルドが少し笑った。

「素直では、ない」

「うるさい！」

イルガが告げる。

「そろそろ進むぞ」

以降、先頭のイルガとオウジンは、オーガの死骸では足を止めなくなった。四班五班が一度通った道であれば、当面は安全だ。だから少しばかり進行速度を速めたくらいだ。

焦りがあるのだろう。イルガにも。

だが、何度目かの三叉路まで来たとき、再びイルガの足が止まった。レティスが先頭の様子を窺《うかが》って、小走りで戻ってくる。

「一旦みんな集まってくれってさ」

俺たちは先頭のふたりのところまで走った。

「イルガ、オウジン、何かあったのか？」

「これを見ろ」

イルガが足下を指さした。

「これは……」

足跡がない。いや、塗り潰されている。何か大きなものを引き摺ったような痕跡によって。壁の地図もない。

俺は地面や壁に鼻を近づける。

臭いは……残っていない。オーガやゴブリン特有の獣臭はない。

「何かを発見して引き摺ったのか？」

「違う。それにしては大きすぎる痕跡だ。こっちを見るんだ」

オウジンが俺を壁際へと手招きする。壁際の地面には、巨大な足跡があった。

「――！」

でかい。足跡ひとつで俺の全身ほどの直径がある。

オウジンが足跡の前で屈《かが》みながら、口を開いた。

「同じ足跡が反対側の壁際にもある。それも正対象だから一体のものだと思う。地精《ベヒーモス》か？」

ベルナルドが即座に否定する。

「違う。おれたちヤーシャ族は、地精を崇めている。地精であれば、おれが判断できる」

だが、俺にはこの足跡に見覚えがあった。むろん前世でだ。

嫌な汗が頬を伝う。

「そんな馬鹿な……」

まさか。いや、しかし。この底知れぬレアンダンジョンであれば、それがいても不自然ではない。

イルガが俺に尋ねてきた。

「エレミアはこの足跡の持ち主がわかるのか？」

レアンダンジョン六層の通路は、成人男性が両腕を広げて五人、あるいは六人分ほどの余裕がある広さだ。その端と端に正対象の足跡が残されているということは、それだけの体躯《たいく》の幅を持つ魔物ということだ。

おそらくこの大陸には魔物が未発見のものを合わせて数百、数千種はいるだろうが、そんな体躯を持った魔物は限られている。もしもそうだとするなら、これでもかなり小型の部類だ。

「竜だ……」

思わずつぶやいた言葉に、全員がどよめいた。

これはまずいぞ。とんでもないことになった。ドラゴンと呼ばれる古竜だろうが、ワイバーンなどの亜竜だろうが、学生などには逆立ちしたって太刀打ちできる相手ではない。

さらにいえば古竜《ドラゴン》だった場合、このレアンダンジョンにはとんでもない宝物が隠されているということになる。古竜とは本来、先史文明の宝物を守る番人なのだから。

そしてもし彼らが守る宝物に触れてしまった場合には、ガリア王国そのものが滅ぼされる恐れさえある。実際に古竜に手を出した国家が滅ぶ様を、この大陸の人々は見てきている。

これはホムンクルスどころの危険度ではない。

「それは間違いないのか？」

「ああ。いや、おそらくだ。古竜にしては小さい。年若い古竜か、あるいは亜竜かまではわからん……」

額から滲《にじ》み出た汗が伝った。

かつてブライズは一体の竜を屠《ほふ》った。古竜だ。その際に犠牲となった騎士の数はおよそ一千と二百名。特大の石弩《バリスタ》で不意を突き、杭《くい》で翼を射貫《いぬ》いて墜落させてからの犠牲者数がそれだ。空から一方的に攻撃をされたわけではない。そうさせないための石弩での不意打ちだ。

王国、共和国を含む複数国家で編成された総動員数一万からなる連合軍だった。たとえ戦時下にあっても国同士が手を取り合うのは、大陸全土に波及しかねない竜被害を防ぐための国際法によるものだ。

当時まだ名もなき傭兵《ようへい》だった俺も、馬を駆って戦った。

そうして絶望的な光景を見ることになる。

地に落ちた古竜から吐き出されるブレスは数百からなる騎士の鎧《よろい》をも一撃で溶かし、人体など一瞬で灰燼《かいじん》に帰した。骨の欠片《かけら》すら残らない。大地は高熱で硝子《ガラス》となって砕け、その咆吼《ほうこう》は国をも震わせた。

断続的に縄付きの石弩で射貫き、徐々に動きを封じていく。やつは薙《な》ぎ払《はら》うように広範囲のブレスを吐いてそれに抗《あらが》い、すべての石弩が潰されたところで、俺の剣はようやく竜の頭に届いた。

キルプスとの縁は、それからだ。

オーガを喰らったのが何者であったか、ようやくわかった。

「亜竜であることを祈るしかない……」

ダンジョン内で遭遇した場合、古竜が吐くブレスの炎は隅々まで行き渡るだろう。生き残れるやつなどいない。竈《かまど》の中にいるようなものだ。

決して手を出してはならない。やるならばキルプスに要請して石弩をダンジョン周辺に設置させ、空へとおびき出してからだ。

一方で、亜竜ならばブレスを吐かれても耐えきれる。だがそれも、鉄の大盾でもあればの話だ。残念ながら大盾を持つ学生などいない。彼らが持っているのは、あくまでもその場しのぎにしか使えない普通サイズの盾だ。

しかし、一体なんなのだ、このダンジョンは。

「エレミア！」

オウジンに呼ばれて視線を上げる。

やつが指し示す先には、彫りかけの文字が残されていた。彫りかけだ。俺の名前を彫りかけて、途中で投げ出した痕跡だ。

それがつまり何を意味しているかなど、もはや明白だった。

……遭遇してしまったのか……。

じわりと、背中に冷たい汗が滲んだ。

どうしても思い出してしまうのだ。ブライズだった頃に参加した古竜狩りを。

各国の竜碩学《せきがく》どもが頭をひねって綿密なる計画を立て、数ヶ月を対古竜用大型兵器《バリスタ》の開発と連合軍結成の準備期間に費やし、待ち構えて不意打ちをして、ようやっとあの犠牲者数に抑えられた。

再びあれと戦うのか？　こんな最悪の状況で？

だが四班五班は竜に追われた。あるいは竜から逃げている。

いくらヴォイドでも守れはしないだろう。せめて竜狩りの知識と経験のある人間がいなければ、戦うにせよ逃げるにせよ絶望的だ。

ああ、糞《くそ》。考えている暇もない。

俺は視線を上げた。

「イルガ。みなを引き連れて地上へ戻れ。そしてリリに知らせろ。俺は竜を追う」

「いいや、断る。平民を守ることが貴族の義務だ。そう言ったろう。俺は救出に向かう」

苛立《いらだ》ち、怒鳴りつける。

「おまえな、もはや問答をしている場合では――！」

「ベルナルド、一班二班のみんなを引き連れ、すぐに地上を目指せ。俺はエレミアとともに行く」

ほんの一瞬、返事に窮したベルナルドだったが、すぐにうなずく。

「……了承した。こちらは任せておけ。イトゥカ教官を連れてすぐに戻る」

ベルナルドの口調が普段よりも早い。

イルガがうなずいた。

「頼む」

この馬鹿どもが！　事態を理解していないのか！

この痕跡が古竜のものであるとすれば、たとえ〝戦姫〟でも、ひとりで覆せるものではない。あれはそういうものではないのだ。

「だめだ！　はっきり言うが足手まといだ！　みんな戻って一刻も早くリリを――！」

イルガが冷静に俺の言葉を遮る。

「問答をしている時間はないのではないか。俺は退《ひ》かないぞ、エレミア。絶対にだ。おまえにはわかるはずだ。すべてを話したのだから」

やつは俺を見つめ、張った胸に手を置いた。

「俺は義務から逃げない。何があろうとも、誰が相手であろうともだ」

「それでもだめだ！　おまえは夫妻のために、イ――」

言いかけて歯がみし、そして言い直す。

「あいつより長生きせねばならんのだろうッ!!」

「おまえがそうやってここで怒鳴っているなら、俺は先に進ませてもらうぞ。いまこそ貴族の義務を果たすべきとき。ここで背を向ければ、俺はフレージス家の嫡子として顔を上げられなくなる。冗談ではない」

「～っ」

糞！　時間がない！

俺は頭を掻き毟って再びイルガへと怒鳴った。

「だったらもう好きにしろ！　……だが、相手が相手だ。今度は守れないからな」

「そうさせてもらうとも」

何を笑ってやがるんだ、この糞貴族は。

俺はあらためて、オウジンに向き直った。

「オウジン。悪いが、おまえには付き合ってもらう」

「最初からそのつもりだよ」

理想は竜の隙を突いて、四班五班を回収して逃走することだ。だが、ダンジョンという閉ざされた環境では逃走経路の確保は非常に難しい。袋小路になど突っ込んでしまえば、磨《す》り潰《つぶ》されるか灰となるかの二択だ。

その点、オウジンのマッピング能力があれば迷わずに済む。

それに――。

最悪の状況に陥り、もしも戦闘をせざるを得なくなった場合、とてつもなく硬い竜の鱗《うろこ》を破るための何かが必要だ。

ブライズだった頃はクレイモアとツヴァイヘンダーの刃を潰しながらも強引に竜鱗を叩き割って肉を貫くことができたが、エレミーの肉体では絶対に不可能だ。

あの硬く分厚い鱗を貫ける可能性があるとすれば岩斬りだけだろうが、残念ながら脇差しでの岩斬りではあまりにも浅い。鱗の分厚さ次第では、肉にすら届かない恐れがある。

悔しいが、戦うにせよ逃げるにせよ、今回はオウジンが切り札だ。

「すまんな、オウジン。本来ならば竜退治など、学生に助力を乞《こ》うようなことではないのだが、いまの俺には無理だ」

「はは、また歴戦のおっさんみたいなことを言ってるぞ、エレミア」

ああ、糞。

俺自身も焦りによって、多少混乱しているようだ。もう少しで思考が完全にブライズに戻ってしまうところだった。

「そう……だな。いくか」

「いつでも」

俺はオウジンとうなずき合い、竜を追ってその場から全速力で走り出した。少し遅れてイルガの足音が追従してきたが、いまは構っていられる状況にはなかった。

振り切るほどのペースで疾走する……つもりだったが、やはり十歳のエレミーの足ではそうもいかない。六つの年齢差はいかんともしがたい。

せめてオウジンやイルガに後れは取らないようにしなければと、俺はグラディウスを投げ捨てた。

走りながら、オウジンが尋ねてきた。

「いいのか？　僕が持っても構わないが」

「いや、必要ない。重いし、それにどうせ配布用のなまくらでは通用せん」

わずかに身体《からだ》が軽くなる。

走るほどにオーガの死骸が増えていく。四班五班によって斃《たお》されたものではなく、巨大なものに轢《ひ》き潰《つぶ》されたような死骸だ。

オウジンが振り返ってイルガに忠告した。

「イルガ、血や肉に足を取られるなよ。これから増えていく」

「わ、わかった」

そうか。俺は慣れているから当たり前のように血や肉片の上を走っていたが、イルガはこのような状況は初めてだ。

オウジンが冷静で助かる。

「怖いのか？」

「……った、多少はな。だが、俺は正騎士となる男だ。臆病風に吹かれてはいられない」

「イルガ。臆病であることは悪いことではないよ。意味もなく死ぬよりは遥かにマシだ。それは悲しみしか遺《のこ》さない。僕らについてくるなら、それだけは肝に銘じておいてくれ」

「わかった。……いや、わかっている。十分に、俺は」

同時に、オウジンが血に足を取られるような状況を経験していることに驚いた。やつの父親〝剣鬼〟は、オウジンにいったい何をしたのだろうか。

横顔からは何も察せない。

しばらく走ると、分かれ道に出た。

突き当たりの壁に彫られた地図はない。当然だ。

先を走っていたオウジンとイルガが足を止めた。

「どっちだ？」

「竜の足跡が両方ともについているぞ。ここがやつの縄張りなのか？」

遅れてきた俺は、地面に両手をついて鼻先を近づけ、左方向へと指し示した。

「こっちだ。ついてこい」

迷いなく走り出すと、オウジンもイルガも何も言わずに続いてくれた。理由を説明している時間はなかったが、ずいぶんと信頼されたものだ。

血と臓物と排泄物《はいせつ》の臭気が地面に残っているんだ。

おそらくオーガのものだろう。たとえ竜に染みついた血が乾いて引き摺る赤い線は残らずとも、臭気までは完全に消せはしない。むろんそれは、やつが通過してまもなくの状態であればだが。

つまり、だ。

「――近いぞ。油断するな。速度を落として足音を消せ」

「わかった」

「りょ、了解だ」

この通路の突き当たりが、暗闇に包まれた開けた場所になっていた。

俺たちはそこに飛び込んだ途端、息を呑んだ。

そこには、我が目を疑うような醜悪な光景が広がっていた。思わず足を止める。

魔導灯で照らし出される範囲はせいぜいが二十歩程度。だがその範囲内だけでも、肉片や死骸がいくつも転がっている。

「う……」

吐き気を催す臭気に、イルガが口元を押さえた。

「ここは……」

魔導灯の光が広間の端まで届いていない。

だが色々なものがある。鉄でできた武具に、木彫りの食器らしきもの、何かの毛皮は腰巻きだろうか。

獣臭と臓物臭、そして所々焦げた臭いが漂っている。

オウジンがつぶやいた。

「オーガの居住区のようだな。すでに壊滅しているみたいだけれど」

そうだ。武具の他に生活用品が転がっている。

俺たちは壁伝いに歩を進める。端の方には小さな骨がいくつも転がっている。頭蓋の大きさは、ちょうどいまの俺の頭部くらいだ。

イルガが息を呑んだ。

「こ、これは……？」

俺は骨を蹴飛ばして応える。

「心配するな。ヒトではない。ゴブリンの頭蓋だ。オーガの食糧にされたのだろう」

ゴブリンは虫でも草でも食って生きる雑食性の弱小種族だ。多産でなければ簡単に滅ぼされてしまう。ゆえに一度の出産で犬猫以上に殖《ふ》える。子供攫《さら》いのオーガ族としては、家畜化するには実に都合のいい種族だ。ダンジョンという閉ざされた空間に生きるならばなおさらのこと。

しかしそのオーガを喰らった竜がいる。

いや、新たに現れた、だな。あるいは棲《す》み着いたか。

オウジンが小さく唸《うな》った。

「これだけの居住区ができあがっていたのであれば、ここは本来オーガ族にとって安全な地だったはずだ。おそらく最近までは」

「ああ。俺たちがダンジョンに潜り始めてすぐにホムンクルスが現れ、そして今日また新たに竜が現れたのだとすると……」

ひどく気持ちの悪い話だ。

俺たちのカリキュラムが始まるまでは、オーガにとっては安住の地だった。ゴブリンという食糧にも恵まれ、原始的ではあるが、ある程度の文化的生活ができていたと思われる。

イルガがつぶやいた。

「それは、人為的な――作為的なものが感じられるということか？」

「わからん。だが、もしかしたら俺たちがレアンダンジョンに入らなければ、オーガやゴブリンはこれまでと同じく閉ざされたダンジョン内で平穏に生きていたのかもしれん」

オウジンがうなずく。

「あくまでも可能性だけどね。この生活圏を見ればそう思える」

ここにはイルガがいるから口には出せないことだが、実際にホムンクルスの出現には共和国が関わっていたことが判明している。だが今回は竜だ。やつらは古竜、亜竜にかかわらず、人には従わない。卵から孵《かえ》したわけでもなければな。

ダンジョンに竜を人為的に放つことなど、できるはずがない。それでも完全に切り離して考えるには、あまりにもタイミングがよすぎる。

「エレミア！」

オウジンの声に視線を跳ね上げる。

その指さす先――。

「……っ」

ぐじゅっと心臓が妙な跳ね方をした。

ブンディ・ダガーだ。血まみれのブンディ・ダガーが肉片とともに転がっている。片方だけだ。オウジンが拾い上げて裏返す。

そこにはレアン騎士学校の校章が放り込まれている。

「糞馬鹿が……！」

幅広の刃は先端が折れ曲がり、手甲部分はへこんでいる。もはや武器としての体《てい》はなしていない。粘つく血液は中に張り付いていた。

ヴォイドのものだ。他にブンディ・ダガーなどを選ぶ物好きはいない。

よく見ればその一角には、オーガ族が使用していた鉄塊とはまるで違う、騎士学校の備品である剣や槍《やり》がいくつか転がっていた。

交戦したんだ。ここで。

オウジンが静かにつぶやく。

「死体はない。一体もだ」

「ああそうだろうよッ、喰われたのでなければなッ！」

俺は知っている。竜が人を喰らうことを。

ブンディ・ダガーをオウジンから奪い取り、苛立ちをぶつけるように血まみれのフロアへと叩きつけた。

ブンディ・ダガーは甲高い音を響かせて跳ね上がり、フロアを滑る。

「未踏ダンジョンの探索だぞ!?　こんな安物など使わせるからだ！」

「落ち着け、エレミア。声が大きい」

視界が滲んだ。

情けない。この肉体になってから、何度涙を流したことか。激情がまるで制御できない。ブライズは、こんなみっともなく喚《わめ》いたりしなかったのに。

「教官どもはほとんどが正騎士だろう！　戦いを生業《なりわい》とする者が揃いも揃ってこの程度のことも予想できなかったというのか！　この時代に生きる騎士はどうかしているぞ！」

まともなのはリリだけだ。

俺《ブライズ》とともに戦場を駆けてきたあいつだけが、戦いの恐ろしさを識《し》っている。

「エレミア！」

イルガが背後から俺の口を手で塞いだ。

「なん――っ!?」

「静かにしろっ」

何かが近づいてきている。気配を探るまでもなくそいつは湿った足音を響かせて、真正面から俺たちの方へと。血生臭い息を吐きながら。

しまった。ここまで接近を許していたとは。激情に駆られて気配を読むことさえできていなかった。

オウジンが無言で抜刀した。

イルガが慌てて尋ねる。

「やるのか⁉　あ、相手は竜なのだろう⁉」

「すでに捕捉されている。もう逃げ切れない」

その言葉が何を意味しているか、俺にはわかる。

オウジンは優しさと厳しさを同時に併せ持っている。歯に衣を着せることもない。それこそヴォイド以上に遠慮というものがない。

つまりいまのは、迂闊《うかつ》に大声を出し、物音を立ててしまった俺に対する痛烈な皮肉だ。俺にはそれで通じるとわかった上で言った。

加えて俺の足は遅い。どれだけ必死になって走ろうが、オウジンやイルガと比べ、およそ六年もの年齢差はいかんともし難《がた》い。

逃げ切れないのは俺を抱えているからだ。

理想は四班五班を回収して、竜に見つからぬようにダンジョンから脱出することだと、俺が一番わかっていたのに。

「ここで迎撃するよ、エレミア」

「……すまん……っ。……だがおまえらには生きて果たすべき目的がある。最悪の場合は俺を置いて走ってくれ。必ず時間は稼ぐ」

「はは、子供だからといって、そんなに駄々をこねるなよ」

糞。まさかこの俺が足手まといになるとは。

俺は急いで腰の魔導灯を外し、抜刀した脇差しの柄《つか》でたたき割る。けたたましい音が鳴り響いたせいか、イルガが慌てて俺に尋ねた。

「エレミア⁉　何をしているんだ⁉」

取り出したのは光晶石だ。魔力を宿す晶石のうち、光に分類されるもの。

魔導灯の傘や調整機能を失った光晶石は、目が眩《くら》むほどの光を放った。

その他の部品は後方へと投げ捨てる。俺は拳大の光晶石をさらに足下へと叩きつけて砕き、今度は散らばったその欠片をひとつひとつ拾い集めた。

意図に気づいたらしいオウジンが俺に手を貸してくれた。

「ふ、ふたりとも何をしているんだ？　逃げるならいましかないのだぞ⁉」

イルガが焦りを滲ませた声で囁《ささや》く。

声を落としても無駄だ。どのみちもう捕捉されているのだから。

オウジンがすぐに返した。

「もう逃げ切れないと言ったろ。残るならキミも手伝え」

「何をすれば……？」

「このフロア全体に光晶石の欠片を撒《ま》く。そうだな、エレミア？」

「ああ」

ここを戦場にする。幸いにも広間だ。通路ならばその突進を躱《かわ》すスペースは確保できなくとも、オーガの居住区であるここならば自在に空間を利用できる。

だが、俺たちはゴブリンでもオーガでもない。光がなくば視界は閉ざされる。光晶石は割っても光を失わない。むろん欠片が小さくなれば発生する光は陰る……が、薄暗くともその範囲はさほど変わらない。

「オウジンは左側を頼む。徐々に前方に向けながら、なるべく等間隔に壁までだ。光が届く範囲なら な」

「わかった」

俺とオウジンは拾った欠片を広間中に投げ落としていく。足下にも、左右にも、一定間隔で広がるように。

暗黒に包まれていた広間に、薄暗い光が広がっていく。左右の壁までは光は届かない。オーガの居住区はやはりずいぶんと広い。数多くの石柱が建っており、それらが天井を支えているようだ。

イルガが焦燥感に駆られたような表情で喚いた。

「だが、魔導灯をそのようにしてしまっては、この広間からうまく脱出できたとしてもエレミアは逃げることができなくなるぞ⁉ 光がなければダンジョンからの脱出は――」

「エレミアは僕が連れて帰る。イルガ、キミはやはり先に撤退しろ」

ずるり、ずるりと、何かを引き摺るような音がしている。近づいてきている。血液で汚れた石の上を引き摺っているためか、時折粘着質な音が混じる。

血と臓物臭が強くなった。

俺はひときわ大きな光晶石の欠片を右手に持つ。

「僕らはもう戦うと決めた。撤退するかどうかは一戦交えた後で判断する。敵わないと判断した場合には、僕がエレミアの首根っこをつかんで引き摺ってでも撤退させるから、キミは先に行け。逃げ腰になっている人間は足手まといにしかならない」

「～ッ」

幼い顔つきをしているくせに、ズバズバとはっきり言うもんだ。

一方でイルガは。

眉間に皺を寄せて苦悶《くもん》の表情を浮かべ、歯を食いしばっていた。だが、やがて。長い息を吐いたイルガが、ロングソードを抜剣する。

「退けるわけがないだろ……」

「僕らは守れないぞ」

「わかっている！　いま腹を括《くく》った！　たかが十歳の子供に後れを取る騎士がいてたまるものかよ！」

山ほどいるぞ。ローレンス・ギーヴリーのような愚図がな。どうもイルガは騎士に夢を見すぎているようだ。

とは思ったが、口には出さない。

代わりに、俺はニヤけ面《づら》で言ってやった。

「逃げ回っていても構わんぞ。せいぜい生き残れ」

「あたりまえだ！　俺が死ねば父様や母様を再び泣かせることになる！」

そう言われてしまっては、こっちはからかうこともできん。

俺はオウジンと目を見合わせて、うなずき合った。

「投げるぞ。ご開帳だ」

「了解だ。やってやるっ、やってやるともっ」

「いつでも」

イルガがロングソードを眼前に立て、直立の構えを取る。オウジンは左脚を前に出して身を低くし、身をよじりながら刀を後方へと引いた。

「――ッ」

俺は力一杯、ひときわ大きな光晶石の欠片を前方へと投げた。

強い光が闇を切り裂いて天井付近をすれすれに飛ぶ。弧を描く光晶石の欠片が、徐々に降下していく。やがて、カン、と音を立てて地面に落ちた。

白くぼんやりとした光が、闇の奥で広がる。

その範囲内に踏み入る者、それは。

俺ですら、その全容には困惑する。

「な……んだ、あれは……？」

オウジンもイルガも言葉を失っていた。

長い首に、退化してはいるが翼らしきものはある。顔つきや肉体の特徴も竜と一致する。にもかかわらず、初見で俺はこいつを竜と認識できなかった。

歪《いびつ》なのだ。生命として。高い天井に頭を擦《こす》りそうなほどの巨体ですら、歪だった。

竜ならばその竜鱗は等間隔に並び、美しさすら醸し出すものだ。だが、目の前のやつの鱗は腐敗し、溶けかけているかのように見える。形状も一定ではない。大きいの、小さいの、でたらめに積まれた石垣のようだ。

そして隻眼《せきがん》。片方を潰されたわけではなく最初から存在していた痕跡すらない。単眼のように中央にあるわけでもないというのに。

竜であれば前脚となる腕は比較的退化しているはずだが、やつには鱗ではなく黒い毛に覆われた、まるで人のそれのような形状のものが生えている。

翼は左右で大きさが違うし、右側だけが二枚生えている。鋭い牙の半分は失われ、体中から体液のようなものが滲み出ているのか、オイルのようなてらてらとした光沢を放っていた。

筆舌尽くし難き異形。他に形容のしようもない。まるで竜になり損なった別の何かだ。

その見てくれに嫌悪した。全身に鳥肌が立った。

イルガが口元を押さえる。

「う……」

腐臭だ。オーガの臓物臭など消し去るほどの腐臭がしている。あの体液か。

「エレミア、あれはなんだ?」

「わからん。ドラゴンゾンビかとも思ったが、それとも違うな」

ドラゴンゾンビは死んだ竜が体機能を失いながらも、肉体に残された魔力によって朽ちるまでの長期間活動する魔物のことを言う。竜の生きる死者《リビングデッド》だ。

「あいつは生きている。やつからは……なんというか、歪ながら、生命の息吹を感じる」

「確かに、僕も意思のようなものを感じる。殺意だ」

そいつは涎《よだれ》を垂らして、隻眼で俺たちを睥睨《へいげい》した。眼球は右のみ。ゆえに俺たちを見るときは首を左に向ける。

瞬間――。

――ギャアアアアアアアアアアア――――――――――――――ッ!!

大音量の咆吼をあげた。

空間を震わせ、迫り来る音波が俺たちの全身を貫く。

「……ぎ……ッ」

「……っ!?」

「～～ッ」

それは痛みすら感じるほどの衝撃だった。まるで突風でもあてられたかのような。

竜の咆吼——！

思わず耳を塞ぐ。そうしなければ鼓膜が破れそうなほどの咆吼だったのだ。さらに閉ざされたダンジョンという場所では反響する。頭蓋が軋《きし》み、視界が歪《ゆが》んだ。

直後、やつはもう俺たちへと躍りかかっていた。

跳躍、襲撃する竜の口が迫った。視界が牙と口内に覆われる。

目は閉じない。頭蓋が痛むほどの咆吼の中であろうとも。

視界の隅でオウジンがイルガを蹴り飛ばしながら側方へと転がるのが見えた。俺は地面を蹴って空中に浮く竜の下へと走り込み、着地するやつの脚をくぐり抜けるように前転する。

後方で凄《すさ》まじい重量が着地する音が響き、ダンジョンのフロアが悲鳴を上げた。

膝を立て、振り返って竜の背部を凝視する。

「でかい……が！」

俺の知る古竜と比べればずいぶんと小型だ。半分どころか三割程度。若い個体だろうか。それだけでずいぶんと希望が持てる。

やつは着地と同時に全身から黒い脂のようなものを飛ばし、黒い毛に覆われた豪腕を振り向きざまに薙《な》ぎ払《はら》った。

「……なんだッ、その腕は……ッ!?」

俺の知る竜の腕ではない。あきらかに別種の腕だ。それがくっついている。

爪がダンジョンの石床を引っ掻いて火花を散らしながら迫り、俺はさらに転がりながら距離を取った。

「う、おおお⁉」

抉り飛ばされた石床が飛礫《つぶて》となり、石柱にぶつかって砕ける。

勘弁してくれ……。あまりやりすぎると、五層が落ちてくるぞ……。

ふと気づく。

「――イルガッ！」

イルガはやつの眼前にいた。腰砕けになり、怯《おび》えた目でバケモノを見上げている。

オウジンが蹴って離さなければ、きっと最初の一撃で血肉の敷物にされていただろう。バケモノを見上げてはいるが、すでに目の焦点が定まっていない。

だが、竜は。

「あの馬鹿野郎が！」

己の足下でへたり込むイルガには目もくれず、今度は左方へと逃れたオウジンへと腕を振り下ろす。

発見した小虫でも叩き潰すかのように。

オウジンが後退して躱《かわ》すと、やつの豪腕が石床へとめり込み、轟音《ごうおん》を響かせた。

イルガを無視した――⁉

そうか。やつは隻眼だ。左の眼球がない。運良くイルガの姿が見えていなかったんだ。

オウジンは竜を引き付けるように後退する。それを確認した俺はイルガのもとへと走り、両手で顔面を挟み込んで視線を合わせた。

「立て！」

「う、うう……」

「おい、俺の目を見ろ！」

だめだ。やはり焦点が合わない。眼球が微細に左右に揺れている。

俺ではなく、俺の遥か後方でオウジンへと襲いかかっている、あの竜のなり損ないを見ている。

糞！　やむを得ん！

「イルガ・フレージス！　歯を食いしばれ！」

俺は拳を握りしめて、全力でイルガの頬を殴りつける。ガツンと骨に衝撃が走り、イルガが横倒しに転がった。

そこでようやく、イルガの視線が俺へと向けられる。

「あ……ぐ……？」

「よし、俺を見たな」

俺はイルガの胸ぐらをつかみ、引き起こして顔面を付き合わせる。

「戦えないなら、いますぐに剣など捨てて消えろ、腑抜《ふぬ》けがッ！　貴族も騎士もやめて、どこぞで野垂れ死んでしまえ！」

「……！」

「貴様が死ねば、涙を流す人間がいるのだろう！　――男なら吼《ほ》えてみろッ!!」

イルガの表情が徐々に変化していく。

涙さえ浮かべて呆然《ぼうぜん》とした顔から、恥じるように、次の瞬間には怒りに変わって。

やがてイルガは俺の両手を乱暴に払いのけて、自らの足で立ち上がった。

「……ッ、このイルガ・フレージスを、あまり見損なわないで貰《もら》おうか！」

「いいぞ、そういう虚勢は最初から張っておけ、この愚図が。やつを沈めるまで一瞬たりとも切らすな」

イルガが引《ひ》き攣《つ》った笑みで俺に吐き捨てる。

「いまの侮辱、必ず後悔させてみせるぞ、エレミア」

「ああ、是非ともそうしてくれ。楽しみにしている」

俺は脇差しを右下段に構えて走る。

オウジンは——逃げ回っている。当然だ。竜の攻撃を捌くことなど誰にもできない。あのとってつけたような腕ですら、ほんの一振りで広間の石柱を砕く威力だ。掠《かす》めるだけで吹っ飛ばされ、へたをすれば即死する。

だが、それ以上に。

揺らぐ。視界が。竜を中心として陽炎《かげろう》が発生している。

やつの胸部が大きく膨らみ、体温が急上昇している。鱗の隙間が赤く輝き、全身から煙を立ち上らせ。

——来る！

「オウジン！　石柱に身を隠せぇぇーーーーーーーーーーーーっ！」

「——っ」

あらん限りの声で叫んだ直後、やつの口蓋がガパリと開いた。

中には真っ赤な炎が渦巻いていた。

やつが古竜だった場合、オウジンはもちろん、やつの背後にいる俺たちも死ぬ。このダンジョン六層は炎が隅々まで行き渡り、誰も生き残ることはできない。

ゆえに、ここが運命の分岐点だ。

俺は脇差しを構えたまま疾走する。獣のように身を低くして、あらん限りの速さで。

――ガアアアァァァァァァーーーーーーーーーーーッ‼

やつの口から渦巻く炎があふれ出す。それはオウジンが身を隠した石柱を飲み込み、光晶石の欠片の届かぬ闇をも赤く照らし出して、広大とも言える広間の全容を映し出した。

次の瞬間、さらに濁流のように威力を強めて広間中央から端までを炎の海に沈める。居住区に遺《のこ》されたすべての骨やガラクタを呑み込んで。

わざとらしく振りまいていたあの臭い黒色の体液は油か……！

後方にいたにもかかわらず、炎は体液を伝ってさざ波のように俺の足下にも這《は》い回った。ちなみに竜も炎に包まれたが、それは一瞬で鎮火した。どうやら油は自在に操れるようだ。

だが、それがどうした。もう届いたぞ。

俺はやつの背中を目がけて跳躍していた。

確信を得た。古竜ではない。ならば諦める必要はない。その腹を斬り裂き、中に何が詰まっているかを確認してやる。

「おおおおおおおおおおお！」

やつの翼をつかんで背中に取り付き、脇差しの切っ先を鱗の隙間へと突き立てる。ギギと音を立てた刃が、わずかに潜る。

が、次の瞬間、両腕を振り回した竜によって俺は払われ、宙を舞っていた。

――ガアアアァァァァァァーーーーーーーーーーーーッ‼

地面を転がった俺を飛び越えて、今度はイルガがロングソードを突き立てる。

「うおおおお！」

だが切っ先は入らず、カァンという音とともに弾かれた。いや、滑った。切っ先が鱗の上を滑ったんだ。

「な――っ!?」

そのイルガの頭部を目がけて、竜が大口を開けて喰らいつく。寸前、竜の背後から飛び出してきたオウジンがイルガに体当たりをして、ふたりして転がった。間一髪だ。

「逃げ――！」

とっさに叫びかけた俺へと向けて、オウジンが自らの唇の前で人差し指を立てる。もう片方の手でイルガの口も押さえながらだ。

竜は彼らを追撃することなく、長い首を左右に振っていた。鼻をひくつかせ、何かを探すようにだ。隻眼ゆえに、見失ったようだ。死角となっているのはやつの左脚あたりか。オウジンめ、それを見抜いての行動だったか。なんと小癪《こしゃく》な。

オウジンとイルガが、忍び足で距離を取る。ある程度距離が取れたところで竜はふたりを発見し、再び地面を揺らしながらオウジンたちを追った。

ふたりを追うその竜の背中を、俺は走って追いかける。

「イルガ！　まともにやっても竜鱗には刺さらん！　鱗の隙間を狙え！　そこがやつの鎧の継ぎ目だ！」

「……ッわかった！」

とはいえ、動き続ける的だ。それとて簡単なことではない。

それに。

俺は脇差しの刃を確認する。指でなぞりながらだ。

突いたおかげで欠けたわけではない。切っ先もまだ生きている。だが、ああ。

舌打ちをした。

「厄介な……」

血液がまったく付着していないのだ。

俺が刃を入れることのできた長さは、ちょうど俺の手首から中指までの長さと同程度だ。そこまで入れて血液がついていないということは、やつの鱗の分厚さは、それこそ教官連中によってダンジョンに設置された鉄扉《てっぴ》並みということになる。

「翼が退化しているわけだ」

やつは飛べない。自重がネックになっている。

だがその鱗の分厚さは、俺の記憶違いでなければ以前戦った古竜と同程度だ。体躯の差から届くかとも思ったが、どうやら認識が甘かったようだ。やはり脇差しではどう足掻《あが》いても斃せそうにない。

やはりオウジンの岩斬りにかけるしかなさそうだ。

オウジンとイルガのふたりを再び見失った竜の隻眼が、今度は俺へと向けられた。途端に大地を下顎で抉りながら、やつの牙が迫る。

後退はしない。俺はやつの左脚を目がけてあえて自ら前進し、口蓋を避けて死角の足下へと転がり込む。

「オウジン！　俺がしばらく引き付ける！　おまえが斬れ！」

左脚が上がった。俺を踏み潰すように。床から上方へと放たれる光晶石の光が、天井に巨大な影を作り出す。

どうやら耳は健在のようだ。音で俺の位置を判断された。それだけわかればいい。

身を翻《ひるがえ》し、俺は竜の踏みつけを回避する。ズン、という音と振動がダンジョンを揺らした。

構わず叫ぶ。

「竜はブレスを吐くときに、必ず翼と首以外の動きが止まる！　岩斬りを名中させられるとすれば――」

今度は豪腕の薙ぎ払いだ。必死で後退して躱すと、暴風に煽《あお》られて背中から転がった。

「エレミア！」

「くるな！　俺のことはいい！　黙って聞け！」

これは織り込み済みだ。転んだのではなく、あえて自ら転がっただけだ。

膝を立て、そのまま更に後退する。叩き下ろされた掌《てのひら》が、大地を陥没させた。地面にあった炭化したオーガの肉体が爆散し、俺は舌打ちをして目を覆う。

暴風にのって飛来した灰と炭が腕にあたった。

「やつの動きが止まるのはブレス中だけだ！　そしてブレスは――」

ちょこまかと己の鼻先で逃げ回る虫けらに焦《じ》れたのか、竜は豪腕で石柱をつかむと、強引に引っ張って破壊し、その瓦礫《がれき》を俺へと叩きつける。

だが、あの頃の戦場で不意に撃たれる弓矢の速度に比べれば。

臆することなく前進してかいくぐり、再度やつの死角、左の足下へと滑り込む。

岩斬り。だが、感触はやはり肉ではない。竜鱗に阻まれ届いていていない。

「ブレスはどのような竜であっても連発できるものではない！　いいか、俺が必ず隙を作る！　おまえはよく刮目《かつもく》しておけ！　機会を逃すんじゃあないぞ！」

　再び竜の脚が持ち上げられた。

「エレ――ッ」

「集中しろ！」

　すぐさま身を引くと、大地を抉るような踏みつけが繰り出される。着地と同時に速効で距離を詰め、死角となる左脚へと、俺は岩斬りを繰り出す。

　何度も。何度も。刃は潜る。だが、浅い。この傷をヒトに喩《たと》えるならば、皮膚のみを裂いているに過ぎない。つまり痛くも痒《かゆ》くもない。

　脇差しの長さが絶対的に足りない。せめて竜鱗に覆われていない腕を狙えればよいのだが、身長がまるで足りていない。

　こればっかりは己の肉体の成長を待つ他ない。

――ガアアアアアアアアア――――――――――――――ッ!!

「ああ、歯がゆい」

　大地を引っ掻く爪を、後退して躱す。すぐさま左脚に取り付こうとした瞬間、長い首をねじるようにして地面を見つめる隻眼と目が合った。

――……ッ！

「～っ」

　さすがに学んだか……！　糞、出来損ないだけあって、ブレスの再チャージが遅い……！

　左右から交互に繰り出される引っ掻きを、今度はひたすら後退して躱す。ガツン、と音がしてこめかみに痛みが走った。

視界が歪む。

「――ッ」

やつの爪で弾き出される小さな飛礫だけでも、この肉体には大ダメージだ。頭を振って目を開けた瞬間、俺はやつの全身を見失っていた。

問題ない。こういう場合は背後か上空の二択。ブライズ時代の経験則だ。

上……！

その直後、俺は横から飛び込んできたイルガに抱えられて臭い地面を転がっていた。先ほどまで立っていた場所に、大地を揺らして竜が着地する。

同時に膝を立て、俺はイルガを睨んだ。

「イルガ、おまえ！」

やつは悪びれた様子もなく、ロングソードを片手で眼前に立てて構えた。

由緒正しき騎士剣術の構えだ。

「フ、礼ならいらないぞ。借りを返したまでだ」

「この戯《たわ》けが！　何を頓珍漢《とんちんかん》なことを抜かしている！　俺の邪魔をするな！」

「ええ～……そ、ええ～……」

なんだその面。笑えるな。

助けなど余計な世話というものだ。あれくらい自力で避けられる。まったく。

やつが大口を開けて突っ込んできた。大地ごと喰らい尽くすような噛《か》みつき攻撃に、俺たちは左右に散って走る。

「やる気が出たのであれば、おまえは腕を狙え！　竜鱗のないそこなら斬撃が通るかもしれん！」

「わか……ったぁあぁ!?」

転びやがった。手間のかかるやつだ……が、ちょうどいい。利用させてもらおう。

竜がイルガに視線を向けた瞬間、俺は竜の尾に足をかけて背中まで一気に駆け上がる。エレミーのこの軽い肉体だ。硬く、そして感覚の鈍い竜鱗の上からでは、俺が取り付いたことにもやつは気づかないだろう。騎士鎧の上から子供が撫《な》でるようなものだからな。

竜が右の豪腕を持ち上げる。むろん、イルガに叩き下ろすためだろう。

——喜べ、イルガ。貴様は囮《おとり》程度には役に立ったぞ。

狙うは腕。断てぬまでも、使用できぬ深手を負わせる程度ならば——!

「おおおおおおっ!!」

背中から翼の付け根を蹴って、俺は脇差しを振り上げながら宙を舞う。イルガが必死で地面を転がり、竜がその爪をやつに叩き落とすまさにその瞬間。

——岩斬り!

俺は中空から脇差しを静かに振り下ろしていた。黒い剛毛に覆われた腕へと刃が垂直にあてられ、同時に挽く。

ずぶり、と刃が肉に食い込む感触が両腕に伝わってきた。

——入った!

柄を握る手応えが変化した。こつ、と刃が骨にあたる。同時に俺は竜の腕を蹴って脇差しを引き抜きながら離脱していた。

地面に足をつけて後方に滑って振り返り、目を見開く。

やつが垂れ下がった右の豪腕に意識を取られた瞬間を狙って、オウジンは崩された石柱を足場に、すでに宙を舞っていた。

「シ――ッ」

音もなく刀が振り下ろされる。鋭く、速く。

ひゅ――。

着地と同時にオウジンは滑りながら、俺の隣で足を止める。

――ギィイアアアァァァァ――――――――――――――ッ!?

竜が咆吼する。いいや、違う。悲鳴だ。悲鳴を上げた。苦悶するように長い首を振って、バランスを失いよろめきながら。

右腕は力なく垂れ下がり、左腕は――どさりと、フロアに落ちる。

斬った。斬りやがった。やはりこいつはとんでもないやつだ。ブレス時以外は指示すら与えていなかったのに、竜にできたわずかな隙を見逃さなかった。

学生にできる行動ではない。最高だ。

「――?」

だが、何か。何か様子がおかしい。手応えがなかったのだろうか。

オウジンは眉を寄せて首を傾《かし》げている。

その違和感に、俺も気づいた。

「――!」

血が、血が出ていないぞ……？　どういうことだ!?

俺が肘あたりを斬った右腕からは血液の代わりに黒い体液が出ているが、オウジンが付け根から斬った左腕からは何も出てはいない。

さらに――。

オウジンが喉を詰まらせながらつぶやいた。

「……エレミア、あれは竜にとっては、普通のことか……？」

オウジンが斬り落とした竜の左腕が。

うぞうぞと、落ちた左腕が動いていた。まるで独立した生物であるかのように。切り離された肉体が動いている。目も口もないのに。

ぞわっと、鳥肌が立った。

おぞましい。俺はこのとき初めて、生命に対してそう感じていた。

「……馬鹿を言え……そんな生物がいてたまるか……」

「なら、あれはなんだ？」

竜はひとしきり悲鳴を上げた後、自らの長い首を折り曲げるようにして、垂れ下がるだけとなった右腕へと喰らいついた。

「――っ!?」

そうして力任せに引き千切り、骨ごと噛み砕く。歪に並んだ牙の隙間から黒い油のような体液が弾けて飛散し、周囲を穢した。

イルガが喉から声を絞り出す。

「じ、自分の……腕を……？」

「……」

わけがわからない。何なのだ、こいつは。

あの腕は独立した生物だったとでも言うつもりか。いや、もはやそうであるとしか考えられない。

共生していたのだ。あの腕と竜は。

「――く！　確かめるぞ、エレミア！」

オウジンが走った。唖然《あぜん》としてその光景を見ていた俺も慌てて続く。

いま、ここで、仕留めなければ。そんな気がした。あれが何かはわからない。だが、いまは逃してはならない機会だ。

「おお！」

オウジンは駆け抜け様に、豪腕を失った竜の右脚付け根へと岩斬りを繰り出した。俺は半歩遅れて左脚の足首だ。

手応えは硬い。先ほどと同じだ。竜鱗に阻《はば》まれ肉まで届いていない。だが、オウジンの斬った方は届いたようだ。やつは右脚の付け根から血液をわずかに流した。赤い血だ。

「赤!?　黒い血が流れているわけではないのか!?」

「気をつけろ、オウジン！」

竜が怒り狂い、後退するオウジンを追って走る。先ほどまでの動きとはまるで違う。前傾姿勢を取り足音を響かせ、涎を垂らしながら牙を剥《む》いてオウジンへと喰らいつく――寸前、俺は側方から滑り込みながらその喉を浅く斬り裂いた。

「こっちだ、薄鈍《うすのろ》！」

脇差しの刃では血管や内臓はおろか、肉にすら届かない。怒り狂う竜の瞳が今度は俺へと向けられる。

「オウジン、一旦離脱しろ！　作戦通りもう一度俺が引き付けて、おまえが斬――!?」

竜の踏みつけを転がりながら避けてオウジンに視線を向けたとき、俺は驚愕《きょうがく》に目を見開いていた。

腕だ。先ほどオウジンが斬り落とした竜の左腕が、こちらに視線を向けながら走っていたオウジンの背後から、覆い被さるように飛びかかってきていた。

「オウジン!!」

「え……!?」

おそらく俺と同様に、オウジンもそんな可能性は考えてもなかったのだろう。上空から迫った中指の爪をかろうじて刃の腹で防ぎ、そのまま押し倒されてしまった。

ゴッ、と頭を打つ鈍い音が響く。

「ぐっ」

「オウジン！」

信じられない。あんなもの、誰が予想できたというのだ。取れた腕が独自に攻撃してくるだなどと。

四本の爪をダンジョンの床に突き刺して拘束し、残る中指の爪がじわじわとオウジンの喉元へと迫っていく。受け止めた刀身が徐々に曲がり始めた。

無理だ。刀の薄い刃では。

「く……ぅぅ……ッ!!」

「待っていろ！　すぐに――ッ」

そちらに視線を取られた瞬間、俺は竜の突進を躱し損ね、肩口に竜鱗をぶつけられていた。とてつもない衝撃が全身を貫く。

俺は抗いようもない力の奔流に吹っ飛ばされ、薄汚い地面に落ち、跳ね上がって叩きつけられ、さらに何度も転がった。

ぐわあ……と視界が歪み、意識が急速に遠のいていく。

闇に呑まれる寸前、俺は幻聴を聞いた。

――立て、己を鼓舞しろ！　必ず帰ると約束したばかりだろうッ‼

頭に浮かんだ叫び声は、エレミーの声ではなかった。思考ですらなかった。古く、旧《ふる》い、記憶。

俺《ブライズ》は赤く染まった空を見上げて吼えていた。

これはブライズの記憶か……？

帰る……？　どこへ……？　約束……？　誰とだ……？

全身を走る痛みは、エレミーのものか、あるいはブライズのものか。

空が赤い理由は夕刻だからではない。朝焼けでもなく、それは炎ですらなかった。血だ。

――果たせもしない約束に、何の意味があったの？

弱く震えるリリの声が混じった。まだ幼さの残っていた頃の声だ。

エレミーではなくブライズが聞いていた声。視界は真っ赤な空のまま。明滅する。心臓の音がうるさい。

「……リリ……。……心配するな……。……どこ……に……いて……も……捜す……から……」

自然と、口から声が漏れた。エレミーの声だ。

ああ、そうか。だから俺は扉を開けた。

そうだ。帰ってきたぞ。俺は。ずいぶんと時間がかかったが、約束を果たすために帰ってきた。

ぼんやりと浮かぶふたつの景色が重なる。

エレミーの見るおぞましい竜と、ブライズが最期に見た真っ赤な空。やがて空は消え、異形の竜だけが残った。

第六章 地底深くの総力戦

ブライズはいつもわたしたちの先を走る。大きな剣で戦線を強引に切り開き、その広い背中を、後続のわたしたちに見せつける。

進め、進め、進め。

鉄も炎も恐れるな。獣の牙を突き立てろ。

カーツ兄さんもケリィ兄さんも、その背や言葉を疑わない。他の兄さんたちもそう。誰もがブライズを信じてる。

でもね。でも。

……その背中が時々ひどく儚く見えるから、わたしは不安になる。

「――ッ」

意識を呼び覚ませ。

竜が口を開いている。立たねば。大丈夫だ。まだやれる。俺は帰る。

出迎えてくれるリリの姿が脳裏に浮かんだ。今度は大人《おとな》のリリだ。

身を起こして脇差しを杖《つえ》のように地面に突き立てるも、膝が震えて伸びない。己の荒い呼吸と脈動だけがやけにうるさい。

「おお……っ」

何度も何度も己を鼓舞する。今度は俺《エレミー》自身の声でだ。

立て、立て、立て！

だが一向に膝は伸びずに、俺は再び転がってしまう。

すぐに膝を立て、再び脇差しを地面に突き立てる。竜はもはや目と鼻の先だ。ガパリと大きな口を開けている。

エレミーの声が脳裏で叫んでいた。

おまえは帰るのだろう！　ブライズ！

竜の焦げ臭い息に全身が呑《の》まれた。すでに上顎《うわあご》と下顎は、俺を挟み込む位置にあった。口を閉ざすだけで俺の全身はもうバラバラだ。

後退だ！　後退しろ！　早く！

エレミーがブライズに叫んでいる。

そこに混じる声があった。己の脳裏より発生したものではなく、耳から入ったその声に、俺は。

――ぐるあああぁぁぁぁーーーーーーーーーーーーッ!!

全身が痺《しび》れた。粟立《あわだ》った。頭から落ちた衝撃が肉体を貫き、つま先まで迸《ほとばし》る。その声にはそれだけの力があった。

雷轟《らいごう》のごとき檄《げき》、あるいはたった一名のみの鬨《とき》の声だ。

「――っ」

そう認識した瞬間、ブライズとエレミーの狭間《はざま》で彷徨《さまよ》っていた意識が完全に晴れた。

そして俺へと食らいつきかけていた竜もまた、轟《とどろ》くその声に動きを止めた。

走り込んできたそいつは己の身長ほどもある巨大な鉄塊――オーガの剣を両手でつかみ、俺を喰《く》らうべく頭を下げていた竜の額へと、それを叩《たた》きつける。

「おおおおおおッらあああああッ!!」

技も何もなく、ただただ力任せにだ。

直後――!

大質量のもの同士がぶつかり合う、とてつもない轟音《ごうおん》が鳴り響いた。

空間を揺らすほどの衝撃がビリビリと走る。巨大な竜頭が、長い首を反らせて大きく跳ね上がった。

額の竜鱗が砕け、空中に散る。

そして竜は身をよじり、悲鳴を上げた。

――ギィアアアアァァァァーーーーーーーーーーーッ!?

「ハッ、悪かねえ。ブンディよか使えんじゃねえか」

信じられん。何という剛力か。

竜が数歩、よろめきながら後退した。その姿を遮るように立つ背中がひとつ。耳にはいくつかのピアス、学生にしては大きな背中。

そいつは肩にのせた得物《えもの》をぐるりと取り回し、もはや切っ先とも呼べぬ鉄塊の剣の先端を、大地に力強く置く。

ゴン、と重い音がして、ダンジョンのフロアにひびが入った。

「よお、エレミア。まだ生きてっかぁ？」

ヴォイドだ。

「ああ」

「ちょいと目ぇ離した隙に、勝手に死にかけてんじゃねえぞ。まだまだてめえの親父《おやじ》からは護衛料をふんだくるつもりだからよ」

相変わらずのその言い草よ……。

「んーで、何だぁ、そのへっぴり腰は？　おら、まだ立てんだろーが。サボってんじゃねえぞ」

「あたりまえだ！　いや、俺より先にオウジンを――――！」

視線を向けると、イルガが先ほどまで竜のものだった右腕をロングソードで貫き、強引にひっくり返しているところだった。

「させるものかよ！　ぐ、おおおおお！」

指を動かし暴れる腕へと、イルガは何度も刃を突き下ろす。やがて黒色の油のような体液を大量に流すと、竜の腕はぐったりと伸びて動かなくなった。

イルガが荒い呼吸を整える。

「はぁ、はぁ、はぁ……」

オウジンが顔をしかめながら起き上がった。喉から血が垂れてはいるが傷は浅そうだ。

「助かったよ、イルガ」

「まだだろ、リョウカ。助かったかどうかは、あの竜に勝ってから決めるべきところだぞ」

「そうだな」

ヴォイドがイルガを見て舌打ちをする。

「野郎も生きてやがったかよ。真っ先にくたばる死にたがりかと思ってたんだがな」

イルガのためにもヴォイドのためにも誤解は解いておきたいところだが、さすがにいまはそんなことをしていられる状況ではない。

「ヴォイド、四班五班はどうした⁉　リオナは⁉」

悶《もだ》える竜に視線を向けたまま、ヴォイドが親指で後方を指さす。

そちらを振り返ると、セネカを先頭にして四班五班が――いや、その後ろからは一班二班も続いている。

「合流したぜ。お互い撤退中にな」

「そう……か。よかった」

一組のクラスメイトたちが、オーガの居住区となっていたこの広間に次々と雪崩《なだ》れ込んできた。

竜を見るのが初の貴族パーティはギョッと目を見開きこそしたが、おそらく二度目の交戦となる平民パーティの足は止まらない。どうやらセネカたちは勢いのまま仕掛けるつもりのようだ。

セネカが叫ぶ。

「足を止めないでっ！　このままぶちかますよっ‼」

「おおおおおっ！」

それに引《ひ》き摺《ず》られるように、貴族パーティたちも声を上げながら続いた。

本来ならば大慌てで止めに入らねばならないところだが、竜はヴォイドの一撃がよほど効いたらしく、両腕部を失って傷む額を押さえることもできず、ほとんど恐慌状態に陥っている。

――ガアアッ、グギィアアアアッ!!

いまはよろけてぶつかった柱に噛《か》みついている最中だ。

あれならば、よほどの間抜けでもなければ捕まることはないだろう。俺やオウジンには、しばしの回復が必要だ。せめて手足の感覚が戻るまで。

セネカたちが俺とヴォイドを追い越して竜へと走る。すり抜け様に肩や頭を色々なやつらに軽く叩かれて、小さな俺はよろけた。まだ踏ん張りが利かないんだ。

「少し休んでて！　時間は稼ぐから！」

「よく頑張った」

「すごいぞ、ノイ！」

だがその一発一発が活《かつ》となり、俺の手足に感覚を戻していく。不思議な気分だ。見送る四班五班の未熟な背中が、いまは少しばかり心強い。

ヴォイドの手が俺の頭をつかんで、ぐいと首をねじられる。その方角には。

「二班によ、あのクソでけーおっさんみたいな野郎がいんだろ。最後尾のあいつだ」

ヴォイドの指さす先には、複合パーティの最後尾を走って近づいてきているベルナルドがいた。

このようなときであるにもかかわらず、少し笑えた。やはり他の生徒から見ても、おっさんみたいに見えるようだ。

一班の全員が通り過ぎ、次に二班のレティスが俺に手を振りながら通り過ぎていった。

「おっす、エレミア。うちのリーダー守ってくれてありがとなっ」

うなずきで返す。

ベルナルドがのっしのっしと走って近づいてくる。遅い。馬上槍術《そうじゅつ》が得意なわけだ。

俺はヴォイドにつぶやく。

「あいつはヤーシャ族のベルナルド・バルキンだ」

「そのバルキンがよ、おめえとオウジンが余計な世話を焼いて俺らを捜しにいったっつーから、こっちはいったりきたりの大迷惑ってわけよ。まったく、面倒な手間ぁかけさせやがって」

どうやら俺たちは、お互いにお互いを助けるつもりで、六層の深部に戻ってきてしまったようだ。

平民パーティにとっても貴族パーティにとっても、痛恨の行き違いだった。

だが、助かった。

俺はヴォイドの鼻先を指さす。

「何が大迷惑だ。おまえもいま俺たちを助けにきただろうが。間抜けめ」

「バァ～カ、俺はおめえらと違って金のためだ」

ヴォイドがあくどい顔をして、指先で輪っかを作った。

「大切なお仲間を大量に引き連れてか？」

「大切な？　仲間ぁ？　やつらは勝手についてきただけだぜ？　ククク」

「おまえ……」

どれだけひねくれているんだ。

だが、わかる。わかるぞ。なぜなら弟子に対する俺《プライズ》の物言いと同じだったからだ。何というか、やはりこいつは若い頃のブライズに似ている。だからこそ、ぐうの音も出なくなった。実にひねくれている。

己の善意を他者に知られるというのは、照れくさいものだよな。うんうん。

「おめえ、何をしたり顔でうなずいてやがんだ」

「別に」

「護衛対象に死なれちゃ猟兵業が成り立たねえ。それと、おめえの親父に睨《にら》まれんのも後々やりづれえからな。一組《やつら》はそこに便乗してきやがっただけだ。ついでだ、ついで」

嘘《うそ》をつけ。このお人好《ひとよ》しめ。

まあ、キルプスに睨まれたら活動に支障が出るという部分だけは本音なのだろうが。

「その割によく口が回るな」

「ヘッ。俺はおめえらと違って頭の回転がいいもんでよ」

そこだけは認めてやるよ。まったく。

四班五班に続いて、一班二班の大半が俺やヴォイドの横を走り抜け、額を割られて悶え苦しんでいる竜へと突撃していく。遅れてひとりで最後尾を走っていたベルナルドが、こちらに歯を見せて笑った。

俺が軽く手をあげると、ベルナルドの大きな手が俺の手を軽く叩いて通り過ぎていく。

「頼む」

「任せておけ」

先頭のセネカはすでに竜と接敵している。生徒たちが次々に力任せに剣を叩きつける。それぞれ己の得物を振り回してはいるが、大半が竜鱗に弾《はじ》かれていて、あれでは有効打はなさそうだ。

そんなことはおそらく彼らもわかっている。ただ、時間を稼いでくれているんだ。

セネカが叫ぶ。

「一班二班はそのまま竜の背後に回って！　四班五班は正面で引き付ける！　できるだけ長くよ！」

「おお！」

だが、ああ。うまいな。

竜が両腕を失ったいま、噛みつき攻撃にだけ気を払えばいい。セネカの指示で四班五班が前方からまとまって攻撃をして、竜の視線が向けばすぐさま後退し、今度は後方側から一班二班が背中を攻撃する。それを交代交代に繰り返している。

有効打はなくとも、竜は右往左往だ。

「一班二班、尾に気をつけて！」

セネカが叫んだ瞬間、振り回された尾に一班二班の数名が弾き飛ばされた。だがすぐに身を起こし、再びその背にとりつく。

時間稼ぎにしかならないだろうが、いまはそれがありがたい。足の感覚がようやくまともに戻ってきた。地面を踏みしめる感触がある。

「ぬんっ!!」

ひとりだけ竜が嫌がる攻撃を放つやつがいた。

ベルナルドだ。その巨体を利用し、他の生徒では剣の切っ先ですら届かない割れた竜の額へと、的確に槍《やり》の穂先を突き刺している。だが、いくら巨体のベルナルドが長柄《ながえ》の槍を握ったとしても、竜の頭部はギリギリで届く高さだ。貫くだけの威力はない。

それでも竜は額を突かれるたび、ギィと呻《うめ》いて嫌がるそぶりを見せている。

ふと気づく。あの中には彼女だけがいない。

「おい、リオナがいないぞ！」

「うん、さっきからここにいるからねえ？」

「うわっ!?」

すでに背後に立っていた。

リオナが嬉《うれ》しそうに俺を見下ろす。

「そんなに驚かなくてもぉ。でも、心配してくれてありがとっ」

「け、気配を断って背後に立つな！　暗殺者《おまえ》のそれはシャレにならん！」

ブライズ時代であれば、反射的に斬りかかっていたかもしれない。

「心配しないで。エルたんを暗殺するくらいなら、あたし、自分の腕を斬り落とすもん。これがあたしの愛だよ」

楽しそうに両腕を広げるリオナに、俺は濁った瞳でつぶやいた。

「……重いなあ、重い……」

「そんなあ～……」

だがリオナだ。呆《あき》れるほどいつも通りのリオナがいる。制服は返り血や跳ねた泥で汚れているが、傷はなさそうだ。

安堵《あんど》に胸をなで下ろす。

「無事か？　ケガなどしていないか？」

「うん」

微笑《ほほえ》みながら嬉しそうにうなずく仕草に、不覚にも胸が熱くなった。いかんいかん、歳《とし》を重ねると涙もろくなる。十歳なのに。いや、子供だからこそか。

何にせよ、恥を掻《か》きたくなければ涙腺は引き締めておかねば。

「ねえ、それよりエルたん、メッセージ見てくれた？　帰ったらカフェでデートしよっ」

「……その話、いまじゃなければダメか……!?」

「あとでもいーよっ」

ともあれ、どうやら全員無事のようだ。

「ヴォイド、リオナ。おまえら、あれと一度戦ってるんだよな？」

ヴォイドが肩をすくめた。

「あー。まーな。ブンディがろくすっぽ突き刺さりゃしねえ」

「あたしの攻撃なんて言わずもがなぁ～。だから他の子たちには先に五層前まで撤退してもらって、あたしと不良で適当に引き付けてから撒《ま》いてきたのよ」

ああ、なるほど。

ヴォイドはさておき、リオナの隠形術《おんぎょう》があれば、竜の追撃を撒くことも難しくはないのかもしれない。リオナは平然としているが、ずいぶんと危ない橋を渡ったようだ。

ヴォイドがリオナの言葉を継ぐ。

「そんときによ、ちょうど逃走経路に腹を喰われたオーガの死骸があってなァ。そこの壁にこいつがあったってわけよ」

この不良はオーガの鉄塊剣を軽々と持ち上げる。

そう言えば最初に発見した鉄塊剣を、イルガが壁に置いていたか。

形状こそ剣をかたどってはいるが、これはもはや鈍器の類《たぐい》だ。糞重い金属の塊に、柄とも呼べない粗末な持ち手があるだけの原始的な代物。だがゆえに欠けることも折れることもない。

しかし、よくもまあ学生の身でこんなものを振り回せるものだ。ヴォイドを見ていると、やはりどうしても若かりし頃の俺《プライズ》を想起させられる。

ヴォイドが不敵に笑った。

「自在に振り回すにゃちと重てえが、効果は抜群ってな。ククク」

イルガが竜の後方に立つ一班二班に合流し、セネカに負けじとロングソードを振るいながら指示を出し始めた。相性の悪そうなふたりだが、さすがに窮地でぶつかり合うことはないだろう。

オウジンが走り寄ってきた。

「ヴォイド、リオナさん。生きててよかった」

「アホ。俺が死ぬかよ」

だったら血まみれのブンディ・ダガーを捨てていくな。勘違いしただろうが。

「あたしはエルたんをリリちゃんから寝取るまで死ねないんだぁ」

「おい、やめろ」

オウジンの表情が、一瞬にして朱色に染まった。

「えっ？　や、やっぱりイトゥカ教官とエレミアって、そ、そ、そういう大人の関係だったのか!?　まだ十歳なのに!?」

こいつ、実はムッツリなのではないだろうか。

俺はオウジンにがなり立てる。

「おまえも、いちいちこいつの言うことを真に受けるな」

「にゃははは」

「……あ。だ、だよな。はは」

リオナが意地の悪い笑みを浮かべた。

「リョウカちゃんは相変わらず純粋だねえ。隠れファンが多そう。そういう純粋な男子を狙ってる女の子、結構多いんだよぉ」

「や、やめてくれよ……。最近もう女子からの視線が怖いんだ……」

ヴォイドが噴き出す。

「ぶはっ、ククク！　おめえ、重症どころか悪化してんじゃねえか。やっぱエルヴァのスラム街で遊べや、な？　いい女紹介してやるからよ」

「うう……、そ、その方が……いいのかな？」

俺は真顔でつぶやいてやった。

「あたりまえだ。剣も強くなるぞ」

「え⁉　そ、そうなのか⁉」

「必須だ。剣士とは、愛の深さの分だけ力を宿すものだ」

我ながら意味がわからない。

だが。

オウジンは弱々しく声を震わせる。

「う、うう……。……た、確かに精神の修行には……なりそうだ……」

勝手に曲解して勝手に信じやがった。驚きの純粋さだ。

リオナがオウジンの背中を叩いた。

「あっは、嘘だよぉ～。エルたんひどぉ～い」

「な――っ!? さてはキミたち、ぼ、僕で遊んでるな!?」

「バレたか」

俺とヴォイドとリオナが同時に笑った。少し遅れてオウジンも笑い出す。

ともあれ、これで三班も無事に再集結だ。

「よ～し、無駄口は終わりだ。そろそろ回復したかよ、クソガキ?」

おっと。俺に気を遣って雑談に時間を割《さ》いていたのか。油断も隙もないな。

ヴォイドの言葉に、俺は歯を剥いた。

「なめるな、あたりまえだ。俺ならとっくに戦える。オウジンはどうだ?」

「問題ないよ」

俺たちはうなずき合い、同時に視線を竜へと向ける。

「んじゃま、そろそろやるぜー」

「対亜竜だ。貴様ら、遅れるなよ」

「はいはぁ～い」

「よし、行こう」

そうして歩き出す。徐々に足を速めて。

不思議ともう、負ける気がしない。


俺たちは竜へと距離を詰めていく。

隣を走るオウジンが口を開いた。

「エレミア。僕の岩斬りはもう使えないぞ。刃が曲がった」

そうか。そうだった。

俺は前を行くヴォイドに尋ねる。

「ヴォイド。おまえとその鉄塊剣なら竜鱗を割れるんだな？」

「さてな。だが少なくとも額はかち割ってやったぜ」

「よし。ならばオウジン、作戦変更だ。俺とオウジンとリオナはヴォイドが割った竜鱗の下を抉《えぐ》る。ヴォイドが先陣だ。どこでもいい。足でも腹でも尾でも、竜鱗の上からガンッガン叩いていけ」

「クク、雑な作戦ありがとよ。んじゃま、お先に鬱憤《うっぷん》を晴らさせてもらうぜッ!!」

俺とオウジン、そしてリオナを突き放すように、ヴォイドが竜へと向けて一気に加速した。

ヴォイドが叫ぶ。

「てめえら、道空けろや!!」

振り向いた一班二班がギョッと目を見開いた。その点、四班五班は行動が早い。平民パーティとして行動をともに取ったおかげで、ヴォイドの特性を理解していたからだろう。

鉄塊剣の先端で地面を擦りながら疾走するヴォイドへと、セネカたちが一斉に道を空けた。

そこにできた隙間を走り抜け、ヴォイドはすれ違い様に竜の下腹部へと鉄塊剣を叩きつける。

「おらああああーーーーーーッ!!」

超重量の物体同士がぶつかり合う凄《すさ》まじい轟音を響かせて、竜がうずくまった。遅れて、砕けた竜鱗の欠片《かけら》が竜の足下へとキラキラと落ちていく。

やりやがる――――！

オウジンが下がった竜の額へと、刀を突いた。だが刃は衝撃に耐えきれず、さらに曲がって深くまでは刺さらない。

俺はリオナとともに竜の顎下をくぐり抜け、下腹部へと刃を突き立てる。ブシュっと音がして、真っ赤な血液が噴出した。

手応《てごた》えありだ――！

――ギャアアアアアアァァァァァーーーーーーーーーーーッ!?

次の瞬間、竜は苦悶の声を上げながら全身を回転させ、尻尾で全方位を薙《な》ぎ払《はら》う。

「避《よ》けろ！」

「――っ!?」

小さな俺と重い鉄塊剣を持つヴォイドはとっさに下をかいくぐり、オウジンは瓦礫《がれき》を足場に跳躍した。リオナに至っては迫り来る尾に手をついて、ひらりと躱《かわ》す曲芸的回避だ。

だが、周囲にいた一組の生徒らは反応できず、平民も貴族も問わず一斉に弾き飛ばされた。

「があっ!?」

「ぐ……！」

その回転を、ベルナルドが槍の柄で受け止める。

「ぬぅうううあああああ――っ！」

両足を踏ん張って押し込まれ、長い柄を直角に曲げられながらもだ。その陰からイルガが飛び出し、ロングソードで竜の下腹部を引っ掻く。

「うおおおお！」

竜がわずかに後方へとよろめいた。

イルガが叫んだ。

「いまだみんな！　押し込めぇぇぇぇ！」

体勢を崩した竜の下腹部へと貴族パーティの生徒らが走り、うずくまって下がった竜の額へは平民パーティの生徒らが詰め、一斉に数十本もの刃を突き立てる。

静かに刻《とき》が止まった。

全員が動きを止めた。竜は微動だにしない。だが倒れてもいない。

イルガがつぶやく。

「や、やった……のか？」

ざわり、背筋《せすじ》に悪寒が走った。

無数の刃を下腹部と額に突き立てられた竜が──ぷくり、唐突に膨れ上がる。

竜鱗の隙間を真っ赤に染めて、周囲を陽炎《かげろう》に包み込み、体熱を一気に引き上げながら。

俺はあらん限りの大声で叫んでいた。

「全員ッ、待避しろぉぉぉぉぉ──────────────────ッ!!」

ブレスがくる。

ガパリ。

無数の剣の突き立てられた竜首を真下に向けながら、竜が口を開いた。

真下にブレスを吐かれれば全方位に広がる。退避は間に合わない。反応の早い者はすでに距離を取っているが、およそ半数は戸惑っている。間抜けどもに至ってはまだ攻撃中だ。

「柱の裏へ走れ──ッ!!」

ヴォイドは鉄塊剣を捨て、手当たり次第といった感じで棒立ちしていた名も知らない女子生徒と男子生徒の襟首をつかんで引き摺った。一度あのブレスを見ているオウジンは、リオナの袖をつかんですぐさま竜から距離を取らせている。

同じくあのブレスの脅威を知っているイルガもまた、隣にいた者の背中を押しながら走った。それを見たベルナルドは、折れた槍を瞬時に捨て、側にいたレティスを含む二班数名を両腕で抱えて走り出す。

それでもダメだ。

全員は救えない。

己がブライズであれば竜の頸《くび》を断ちにかかりブレスの指向性を作って被害を最小限に抑えるところだ。あるいはその瞬間、顎下を狙って頭部をかち上げ、上空に吐かせることもできただろう。

だが、エレミーの肉体では。ヴォイドであっても、ベルナルドであっても不可能だ。

「エレミア!?」

「エルたんッ！　早く！」

あきらめろ。待避だ。待避しなければ。

もう救えない。わかっているはずだ。見捨てるしかない。割り切れ。

なのに、なぜ足が動かない。

ヴォイドの怒声が響く。

「エレミア、てめえ！」

そのときだ。

呆然《ぼうぜん》と立ち尽くす俺の横を抜け、待避の流れに逆らって竜へと走り込むやつがいた。

騎士を目指すにしては痩せていて、身長もオウジンと変わらぬほどの小柄。それに一組の大半が実戦に適した武器へと持ち替えたいまも、未《いま》だに貴族剣術で扱う刺突剣を腰に佩《は》く、クラスでも目立たない少年だ。

だが、俺はやつの能力を知っている。

「フィクス⁉」

フィクス・オウガスだ。

一組唯一の魔術師。ホムンクルスとの激闘を繰り広げている間でも、一時たりとも絶やすことなく、イルガの命を魔術で繋《つな》ぎ止めていた気弱な学生だ。

俺は反射的にやつを追っていた。

「方法があるのか⁉」

「ブ、ブレスなら、ぼくがなんとかできる――かも」

竜が破裂せんばかりに膨らんでいる。喉の火袋だけではない。もはや全身、まるで玉コロだ。なのにさらに膨らみ続けている。自爆でもするつもりか。

周囲はすでに火で炙《あぶ》られているかのような熱さだ。先ほど俺やオウジン、イルガが喰らったブレスとは比較にならないものがくる。それが肌で感じ取れる。

フィクスが、ようやく竜の側から逃走を始めた鈍い生徒にぶつかってよろけ、背後に倒れかけた。

「あ……！」

俺は転びかけたフィクスの脇に入って支え、立ち上がらせる。

「あ、ありが――」

「やれるんだなッ⁉」

「た、たぶん」

たぶん、か。

命をかけるには頼りない言葉だが、事ここに至っては。

やつの刺突剣の刃には、古代文字らしきものが彫り込まれている。学校支給品の刺突剣ではあるが、どうやら自分で削って彫ったようだ。

リリに叱られても知らんぞ。

竜の膨らみが止まった。

くる――！

「くるぞ！　どうすれば止められる⁉」

「止められない。だから――」

フィクスの言葉が終わる前に、竜が己の足下へと向けてブレスを吐いた。

――ガアアアアアアアアーーーーーーーーーーーッ‼

瞬間、窯《かま》の中にでもいるかのように熱量が一気に上昇する。

竜を中心として炎が円状に広がっていく。俺たちの足下をあっという間に呑み込み、逃げ遅れていた生徒らの背中へも襲いかかり――かけて、強い風にでも吹かれたかのようにその進行方向を変えた。

「こうするんだ……！」

俺には魔術というものがよくわからん。戦場で数発喰らったことはあるが、どういう理屈でそうなっているのかなどさっぱりだ。

だが、とにかくだ。

俺は目を見開いて、その光景を見上げていた。

「ううう……！」

生徒らを呑み込まんとした炎はねじ曲がり、円の中心部へと押し戻され、竜を呑み込んで天井を這《は》う。一瞬は足を炎の波に呑まれたはずだが、俺の足には炎が移る時間もなかった。

すべての炎が集約されて竜へと戻り、一匹の大蛇のようにその全身に巻き付き、天井へと向かっている。やがて炎は大炎柱となって竜を灼《や》き始めた。

「う、うまく、いった……みたい」

フィクスが震え声でつぶやく。

なんてやつだ。

「お、おまえ、すごいな……」

呆然とつぶやくと、フィクスは慌てて首を振る。そして自信なさげに言った。

「や、いや、ぼ、ぼくじゃないんだ。ぼくは、あんなすごい炎は生み出せなくて、ただ、魔力の流れを操ることしかできない……から」

十分だろう。

それはつまりこちらが炎を熾《おこ》して用意さえしてやれば、フィクスはそのすべてを操ることができるということだ。考えてみれば、これほど恐ろしいことはない。威力に上限がないのだから。

それに俺の知っている戦場では、そのような芸当のできる魔術師はいなかった。みな自身で生み出せる範囲での火や氷を、得意げに敵へと放っていただけだ。

「フィクス、おまえ、なぜ魔術学校ではなく騎士学校を選んだんだ……」

「あ……うん。ぼくは、兄弟たちの間では、魔力の少ない落ちこぼれだったから……、自分では火や水はほとんど出せなくて……、だからせめて自在に操れるようにと、独学でいろんな魔術書や魔導書を読みあさって、知識ばかり詰め込んでたんだ……」

独学……？

言いにくそうに口ごもってから、フィクスは苦笑する。

「でも、本当はぼくが騎士学校を選んだんじゃないんだ。魔術師学校では魔力の少ない生徒はいらないって、試験でお断りされただけで。あはは……」

自信なさげに言うことではないだろうが、この阿呆《あほう》。いや、もはや一周回って天才だ。

それは途方もない努力の結果に得ることのできた、唯一無二の力だろう。

「不合格だったのか」

「ああ、うん……。恥ずかしながら、ね。実は騎士学校も補欠合格だったんだけど」

よかった。男子寮が一部屋も空いていなくて。もしも空いていてそこに俺が入れていたとしたら、フィクス・オウガスは今日この瞬間、一組にいなかったということになる。

もしかしたらこいつは、キルプスがブライズを例に出して言ったように、各分野を百年進められるだけの才能を持っている人物のひとりなのかもしれない。

魔術師学校の教官どもは実に愚かだ。試験という型にとらわれ、惜しい生徒を逃した。

「ぼくは、こんなことくらいしかできないから」

俺は拳を固めて、フィクスの胸をドンと叩く。

「馬鹿が。胸を張れ。誇れよ。前回も今回も、おまえが何人の命を救ったと思っているんだ」

「……ありがとう」

先ほどから大炎柱の中の竜が動いていない。

元々限界からの最期の足掻《あが》きだったのか、それともフィクスによって反《かえ》された炎に灼かれたことがトドメとなったのかまではわからない……が。

「炎を止められるか?」

「うん」

フィクスが古代文字の彫り込まれた刺突剣を振るう。瞬間、炎は弾けるように火花となって消滅する。まるで花が散るようにだ。

「おまえはここで待っていてくれ」

「うん」

そっと近づき、俺は竜を脇差しで突いた。

――……。

動かない。生命の息吹も感じられなくなった。

俺は焦げ臭い息をゆっくりと吐く。

「はぁ～……」

今回も疲れた。心労的にはホムンクルス戦よりもだ。

辺りには様々なものが焦げ付いた臭気が立ちこめている。

竜はうなだれたまま、すでに絶命していた。やはりあのブレスは最期の力を振り絞ったものだったようだ。だからこそ気になることがある。

野生動物や魔物は死を意識した際、残る力をすべて生存方向に使用するものだ。だがこの竜はホムンクルスと同様に、俺たちを道連れにすべく、すべての力を攻撃に使用した。

竜の抱く悪意の有無など俺にはわからないが、異形とも言える容貌、出現したタイミング、逃走ではなく道連れを選択したこと、何もかもが胡散臭《うさんくさ》く思えてくる。

考えすぎならばそれでいいのだが。

振り返ると、一組が喜びに湧いていた。約三名を除いて。

「おう、こら！」

「あだッ!?」

突然、拳骨を落とされた俺は、視線を上げた。

「痛《っ》う～……」

ヴォイドだ。顔が険しくなっている。ヴォイドだけではない。リオナも両腕を組んで俺を睨みつけ、オウジンは困り顔で俺を見下ろしていた。

「てめえで退避しろっつったくせに、なんでてめえが残ってんだァ？　ああ？」

「う……」

オウジンがつぶやく。

「感心しないな。自分が救えなかった者たちと心中でもするつもりだったのか？　そんなことは誰も望んでいないぞ」

「うう……」

まったくだ。俺でもそう思う。

割り切るべきだったんだ。あのときは。なのに足が動かなかった。ブライズ時代からは考えられない、それも恥ずべき青臭い失態だ。

リオナがため息交じりに言った。

「フィクスくんがいなかったら、どうなっていたと思う？　お願いだから、ちゃんと考えて行動して。本気で怒ってんだからね」

「すまん……」

これぱっかりは言い訳のしようもない。

ホムンクルス戦ではリリに助けられ、竜との戦いでは選択を誤ったあげくフィクスに助けられ、終われれば遥《はる》か年下のやつらに説教される。

最近では不甲斐《ふがい》ないことばかりだ。

うう、泣きそう。でもここで泣いたら本当の十歳ではないか。

うなだれると、今度は後頭部を軽く叩かれた。

「おら、へこんでんじゃねえ。さっさと地上に帰んぞ」

うぐう。ヴォイドめ、人の頭をポンポン叩きやがって。

ん？

俺は視線を上げる。

「地上？　戻るのか？　今日の探索は七層までの予定だっただろう」

顔を上げた瞬間、今度は後ろから膝でケツを蹴られた。

「うがっ！」

今度はオウジンだ。優等生がこんな行動に出るくらいだから、こいつも内心では相当腹を立てているようだ。

「ま、無事でよかったよ。でも、今後はあまり無茶をするなよ」

「わかった。約束するから尻を蹴るな。割れるだろ」

尻を押さえる俺に、オウジンが珍しく意地の悪い笑みを向けてから歩いていく。折れた刀の柄裏を俺に見せながらだ。

柄に彫られたレアン騎士学校の校章が光っている。よく見れば、俺の脇差しの柄の校章も光っていた。

「ああ、撤退サインがもう出ていたのか」

そんなに長い時間、ダンジョンにいたか。道理で疲れるわけだ。

周囲を見回せば、俺たち三班以外もどんどん撤退を始めていた。貴族や平民に偏ることなく、色々な組ができていて、情報交換などをしながらだ。

イルガもまた例に漏れず、平民パーティのリーダーであるセネカの隣を歩いている——が、セネカは何かを言い争っているかのような怒り顔だ。

…………帰るか。

「……」

ゾク……、と背筋に悪寒が走った。

背後からの視線。リオナだ。これ以上頭を叩かれたりケツを蹴られたりするのはさすがにご免だ——と、背後を振り返った俺だったが、その視界に彼女はいない。

「あれ？」

真横から、少女の吐息が耳にかかった。

気づいたときにはもう遅かった。俺の頬《ほお》に唇が押し当てられる。

「ん～」

「——んぃっ⁉」

俺が手で押して離そうとするより早く、リオナが距離を取って微笑んだ。

「へっへ。引っかかったぁ。ゴチ！」

「おまえっ！」

「にひひ、次は唇いくよぉ。覚悟しといて？」

「さすがに正面からなら防げるわ！」

糞《くそ》、暗殺者《アサシン》の技術を駆使してまですることがそれか。まあ、ヴォイドやオウジンのように説教やお叱りを貰うよりは――……説教やお叱りの方がマシか。

ああ、だが、なんか……いまの不意打ちで気が抜けたな。

「ふー……」

「お～い、置いてくよぉ、エルた～ん」

「ああ、いま行く」

そんなことを考えながら、俺はリオナの背中を追った。

こうして俺たちは、再び無事にダンジョンカリキュラムを終え、全員で地上へと帰還したのだった。


だが、ここで妙な事件が発生する。

俺たちは当然のようにカリキュラムで起こった出来事を、リリを始めとした教官たちに報告し、詳細を話して聞かせた。

このまま学生のみでレアンダンジョンの探索を続けるのには限界がある。死者が出る前に中止にすべきではないかという前提があっての報告だ。

しかしその翌日、事の真相を確かめるためにと、戦姫であるリリを含む教官数名のパーティが六層まで潜ったとき、オーガ居住区には戦った痕跡こそあったものの、俺たちが討ったはずの竜の死骸は、すでに影も形もなかった。それこそ竜鱗の一欠片さえもだ。

焦げ付いた当該広間には、砂と灰だけが残されていた。

もしも竜が灰と化したのであれば、それは竜自身のブレスよりも遥かに高熱の炎に灼かれたということになる。

後日、教官会議にて下された裁定は、証拠不十分。

ダンジョンカリキュラムを中止にするだけの理由には至らない、というものだった。

第七章　剣聖は学生の本分にも勤しむ

ブライズは、剣術や腕っ節以外はからっきし。

お酒を飲むとすぐに酔っ払うし、へ〜カが難しい話をし始めると、聞きながら座ったまま寝ちゃう。

食べ物は手づかみで食べるし、何だったら料理する前のナマでも塩だけ振ってガツガツ食べちゃう。

お部屋もすぐに汚くしちゃうし、剃った方がいいよって言ってあげないとお髭だらけになっちゃう。

ふう。わたしがいないと、ほんとだめだめだね。

俺たちが王立レアン騎士学校に入学してから、およそ二ヶ月が経過しようとしていた。

季節は徐々に移り変わり、一日のうち、空に太陽のある時間が延びていく。それに伴って気温は上昇し、学生たちの制服も半袖に切り替わりつつあった。

ダンジョンカリキュラムは月に一度実施される。三回目の実施まではまだしばらくの猶予があるが、結局のところ教官会議で下された結論は覆せそうにない。

リリにとっては頭の痛いところだろうが、俺たち学生にとってさらに頭を悩ませるべき別のイベントがあった。

いままさにその真っ最中である中間試験だ。

人生二周目といえども、基本的にブライズは脳筋だった。歴史や戦術史には強いが、算術となるとせいぜいが中等部レベルだ。それに体力面での成績も、足の遅さや筋力面といった基本的な能力では当然不利となる。

そちらの改善はもはや成長を待つしかない。

だが、算術は。このわけのわからん数字の羅列どもは。

「頑張って、エルたん！　できる、できるよ！」

「うぐぅ？」

「……ちーがーう！　さっき教えたじゃん！」

試験後、俺は教室に残って女教師リオナによる対面授業を受けていた。明日の試験が算術なのだ。

リオナは俺の机に尻を半分ほどのせて身をよじり、指先でノートをコツコツと叩《たた》く。

「ここ。よく見て」

「ふぐぅ？」

こんな、こんな小娘に偉そうに教えられるとは！　なんたる屈辱！　その尻に羽根ペンを突き刺してやりたくなる！

だが、だがそれでも！　弟子に教わるよりは……！　リリに教わるよりは！

「んぐう？」

授業ならば耐えられる。しかし一対一で教わった上に間違いなど指摘されては、ブライズの立つ瀬がない。ならばまだリオナの方がマシというもの。

むしろリリのやつ、ブライズからは勉学など一切教わっていなかったというのに、なぜあいつは教官職などに就けたんだ⁉

「はいそこダメー」

「ぐぅ！」

リオナがコテっと首を倒した。

「……さっきからうめき声しか聞こえないんだけど、もしかしてキレてる？」

「キレてないッ！」

「白目が赤くなってるけどー？」

「キレてないッ‼」

ちなみに教室の左前にある俺の席とは対角線上に位置する右後方の席では、オウジンが一心不乱に語学の勉強をしている。どうやらこちらの大陸公用語を喋《しゃべ》ることはできるが、書く方はあまり得意ではなかったようだ。

時折ノートを持ってこっちへきては、リオナに正解を聞いて戻っていく。いまも。

「リオナさん、ここ、合ってる？」

「合ってるよー。ほぼ完璧じゃん。リョウカちゃん勉強する必要あるの？」

「不安はできる限り払拭しておきたいんだ。万が一があるから。剣術だったらその万が一で命を落とすことだってある。――そうだよね、エレミア？」

ぐ……く……っ。

俺に……同意を求めるな……ッ。

「そ、う、だ」

この正論馬鹿が。

もはや歯ぎしりしすぎて俺の歯は砕けそうだ。

「はぇ～……。じゃあエルたんも頑張らないとだねっ。〝剣聖〟になるんだもんねっ」

「うぐう……！　がむばるぅ……ッ！」

……とまあ。

そんなことを試験前に行っていたおかげで、俺はどうにか補習を言い渡されることなく、中間試験を無事に乗り切ることができた。

最後の方は寝不足でほとんど赤く血走った白目を剥《む》いていたけどな。

ちなみに張り出された成績発表は――……。

高等部一年は俺込みで百と一名だ。

俺の順位は中の下、だが赤点はない。オウジンは中の上、リオナに至っては学年三位だった。

だが、そのリオナこそが、もっとも衝撃を受けていた。半開きの目で両手を震わせ、一位の欄に書かれた名前を凝視している。

「ヴォ、ヴォイ、ヴォイド・スケイル……。うそ……うそだぁ……」

気の毒に。リオナが痙攣《けいれん》している。

俺はオウジンに囁《ささや》いた。

「あいつ、授業などほとんど出ていなかったというのに、どうなっているんだ」

「すごいな。本当に特待生だったんだな」

オウジンが半笑いでうなずく。

ヴォイドは成績発表を見にきてすらいない。これが強者の余裕というやつか。

ちなみに四位のイルガから、ひとり飛ばして六位にはセネカが続いている。

俺の背後から成績表を覗《のぞ》き込んでいたイルガが、さらさらの髪を手ですっと掻《か》き上げながら、背の低いひとつ結びの少女セネカを見下ろしてつぶやいた。

「おや？　また俺の勝ちのようだな。まあ、キミも一庶民にしては、なかなか頑張ったんじゃないか」

「うっさいっ!!　実技さえなければ勝ってたのに！　次は見てなさいよ！　期末試験であんたの泣きっ面《つら》を絶対拝んでやるんだから！」

こいつらは俺たちの背後で、いまも言い争っている。というか、セネカが一方的にギャイギャイと噛《か》みついているように思える。反面、イルガは余裕を見せつけるように、いつも勝ち誇った顔で胸を張っている。

「はは。いつでも受けて立つぞ、セネカ・マージス。貴族の誇りにかけて逃げも隠れもしない。する必要性もないからね」

「ああそう。あんたが謝ってくるのを楽しみにしているわ」

最近よく話しているところを見かけるが、案外仲がいいのだろうか。

こちらとしても、貴族と平民でクラスを割って揉《も》められるよりは遥《はる》かにいいが。

ベルナルドは補習寸前の成績だったが、なぜか深くうなずいて「ヨシ」とつぶやいている。フィクスは残念ながら補習確定のようで、うなだれていた。やつの知識は魔術に偏りすぎているようだ。同じく補習確定のレティスは「たはは」と苦笑いだ。

こうして、俺たち学生にとって、ダンジョンカリキュラム以上に厄介で面倒だったイベントは終了したのだった。

ショックから抜けきれないリオナを引《ひ》き摺《ず》ってオウジンとともに寮へと帰ろうとした俺に声が掛けられる。

「エレミア」

呼ばれて振り返ると、成績発表の人だかりから少し離れたところにリリが立っていて、俺を手招きしていた。

ふらふらのリオナの袖をつかんだまま人混みを抜けて、俺はリリへと近づいていく。

「なんだ、リ——イトゥカ教官」

「少し時間をもらえるかしら」

オウジンと顔を見合わせてから、リリへと向き直る。

「それは構わんが。——オウジン、すまんが俺に代わってリオナを女子寮の入り口まで引き摺っていってくれないか。そこらへんで適当に投げ出して構わん。帰巣本能くらいはあるはずだ」

「ぼ、僕に女子寮に近づけっていうのか⁉」

オウジンにとって女子寮は、女郎蜘蛛《じょろうぐも》の巣みたいなものなのだろうか。竜と相対しても冷静だった男が、恐怖と羞恥に染まった顔を引き攣《ひつ》らせている。

大げさに考えすぎだろう、と思うものの、確かにあのあたりまで行ってしまえば、オウジンは女子に取り囲まれてしまいそうでもある。さすがに攻撃まではされないだろうが。

「大丈夫だ。心配するな」

「何が⁉　何を根拠に大丈夫って言ってるんだ⁉」

「大丈夫だから。行ってこい」

「嫌だ！　何が大丈夫なのか言わないと行かないぞ！」

「大丈夫だ。ほら」

リオナの腰を押してオウジンに押しつけようとしていると、リリが咳払《せきばら》いをひとつしてから、オウジンに言った。

「それには及ばないわ。ベルツハインとオウジンも来てちょうだい」

「……え？　僕らも、ですか？」

「ええ。時間が平気なら」

「も、もちろんです！」

オウジンは嬉《うれ》しそうにうなずく。

おそらくオウジンにとっての戦姫は、剣聖ブライズとともに憧憬の対象なのだろう。それに剣鬼を討つのであれば、少なくとも彼らと同等以上にならなくてはならない。

あるいは、女子寮に近づかずに済んだせいか。……こっちか。

「では、よろしくね」

リリがうなずいて歩き出すと、オウジンと俺は未《いま》だ立ち直っていないリオナの制服をつかんだまま、彼女を引き摺るように追った。

連れてこられた場所は、いつもの屋上だった。ちなみにレアン騎士学校本校舎の屋上は、基本的には封鎖されている。

にもかかわらず、リリが鍵でペントハウスのドアを開くと、ヴォイドがすでにそこで待っていた。

それを見たリリの目がじっとりと細められる。

「どうして先に来ているのかしら。立ち入り禁止なのだけれど」

「窓からだ」

悪びれた様子もなくこたえるヴォイドにため息をついて、リリは諦めたように「そう」とつぶやいただけだった。

どうやら猟兵ヴォイドが戦争に参加していた停戦までの一年間で、リリは相当こいつに手を焼かされていたようだ。光景が目に浮かぶ。

まあ、そのリリによって手を焼かされたのが、俺《ブライズ》なのだが。

ちなみに三班が屋上に集まるときは、なぜか不思議とヴォイドが持っている合鍵を使用しているのだが、これはリリには黙っておいた方が良さそうだ。

リリは俺たち全員が屋上に出たことを確かめて、ドアを閉ざした。

ヴォイドがリオナを指さして、俺に尋ねる。

「んだそりゃ？　そいつ、何かあったのか？」

「ああ、おまえに成績で負けたのがショックだったようだ」

ビクン、とリオナが震えた。静かに涙を流している。かわいそうに。よしよし。

ヴォイドが顔をしかめて吐き捨てた。

「くだらねー。わかりきってたことだろうが。——それよりイトゥカ。何の用か知らねえが、さっさと始めろや。こっちは暇じゃねえんだ」

おまえの用事など、どうせペントハウスの上で昼寝くらいだろうに。

リリが静かに窘《たしな》める。

「教官をつけなさい。スケイル」

「へいへい。イトゥカ教官殿」

少しだけ考えるようなそぶりを見せてから、リリは口を開いた。

「ダンジョンカリキュラムについての教官会議の結果は知っているわね」

俺たちは顔を見合わせてからうなずく。

端的に言えば、竜がいたという確認が取れなかったため探索続行だ。

「このままでは遅かれ早かれ死者が出てしまう。正直言えば、わたしがひとりで潜って七層以降の魔物を殲滅《せんめつ》させておくべきかを迷っていたの」

俺を除く全員が、唖然《あぜん》とした表情になった。

オウジンが口を開く。

「ちょ、ちょっと待ってください。いくらイトゥカ教官でも、それはむちゃくちゃだ」

「俺ぁ戦場であんたの強さはこの目で見てきたが、同時にホムンクルスや竜も見てきた。あんたはホムンクルスを斬ったが、ありゃあエレミアがお膳立てしたってのもあるんじゃねえのか」

ヴォイドやリオナでさえもだ。できるわけがない、おそらくそう考えて。

「リリちゃんはあの竜を見てないから……」

「イトゥカ教官と呼びなさい」

俺たちはホムンクルスのことも竜のことも、ゴブリンやオーガの斃《たお》した数についても事細かに報告をした。

おそらく居住区の広さから察するに、生き残って身を潜めているオーガはまだまだいる。ホムンクルスはさておき、あの異形の竜だって一体きりとは限らない。その竜を完全な灰にまでしたバケモノの存在も謎だ。

それにあの規模の広さのダンジョンだ。騎士団一個中隊を送り込んだって、簡単に制覇できるとは思えない。小隊をいくつか用意して、何年かに分けて深部を慎重に探るべき案件だ。

だが、そう。だが。

他の誰も理解を示さずとも、俺にはリリの言うことが理解できる。なぜなら戦場でのブライズは、数百もの敵を掻き分けて走る一匹の獣だったのだから。

もしもリリが本当にブライズと同等の存在なら、単独でのダンジョン攻略も可能かもしれない。出来損ないの竜やホムンクルスがいたとしてもだ。

「それにさ、そんな勝手なことをしたら、リリちゃんがクビになんない？」

リオナが尋ねる。

「平気よ。彼らにはわたしをクビにできない理由がある。それは陛下の意思に逆らうことになってしまうから」

「そう言えばおまえはキルプスの命令で仕方なく教官をやっていたのだったか」

「エレミア、ちゃんと陛下とお呼びしなさい」

わかってはいるが、親なんだよ。前世では友だったし。

あいつを陛下などと呼ぶのは慣れない。仕方がないことではあるのだが。

「それに万が一クビになっても別に構わないわ。元々退役後は軍関係から離れるつもりだったもの」

キルプスが足にすがりついて泣きそうなことを言っている。

まあ、誰がダンジョンを掃除したかなど、わざわざ教官連中に報告をあげる必要もない。黙っていれば済む話だ。もっとも、それでもそんなことが可能な人材は戦姫をおいて他にはいないと勘づかれはするだろうが。

だが、そのようなことは考えるに値しない。

なぜならば——。

「回りくどいぞ、イトゥカ教官。そんな簡単な話なら、おまえは誰にも相談などせず、夜中にでもひとりで済ませておけばよかったはずだ」

ブライズならそうした。

もちろん、その場合でも同居人《俺》は気づくだろうが。実際に前世でリリと暮らしていた間は、何度か夜中に抜け出そうとして気づかれたことがあった。

「要するに、おまえはそれをすることをやめたのだろう？」

リリが苦い表情をこちらに向けた。

「……エレミアは時々鋭いことを指摘するわね」

「時々とはなんだ。俺はいつだって優秀だ」

「そういうところが——」

何かを言いかけて、口を閉ざす。

ブライズに似ていると言いかけたようだ。まあいい。

「で、一組のお守りに引き続いて、今度は俺たちに何をさせたいんだ？」

どうやらまた図星のようだ。

リリが困ったような顔で俺を見て、苦笑しながら言った。

「部活動よ」

……はあ？


考えてみればわからないでもない。

共和国はいまも戦争の再開を企《たくら》み、国内外問わず理由作りに暗躍している。キルプスがいかに和平を望もうとも、ネセプ政権の嫌がらせが度を超えれば王国の民意とていずれは傾く。打倒エギル共和国にだ。

俺にはそれが、そう遠くない未来であるように思える。

当然、騎士学校を卒業して正騎士になる途《みち》を選んだやつらは、ダンジョンカリキュラムよりも遥かに危険な戦争へと赴くことになるだろう。

ブライズとして生きた経験上、人は死線を越えるたびに強くなることを俺は知っている。おそらくそれは、若くして戦場を駆け回っていたリリ自身も、身を以《もっ》て感じていたはずだ。

そして、一組には飛び抜けて優秀な学生が偶然にも揃《そろ》っている。いつか訪れる未来の戦場で初めて死線を味わうよりは、俺やヴォイド、オウジン、リオナがいる学生のうちに経験させておいた方がいい。それがリリの下した判断なのだろう。

おそらくその考えに至った理由は、俺たちからの報告が原因だ。

ホムンクルスはエギル共和国産であることがリオナによって確認されているが、異形の竜も両腕部から察するに、あきらかに人の手の入った合成獣《キメラ》だ。

オーガの生活圏の様子から察するに、件《くだん》の竜がつい最近発生したであろうことも合わせて考えると、どうしても陰謀めいたものを疑いたくなる。

せめて俺たちが卒業するまでは、開戦しないことを祈るばかりだ。

それはさておき、俺たちはこの学生時代からそんなものに対抗していかなければならない。死線が訪れるたびにいちいち誰かに守られていては、もはや切りがない。現状、一組はとんでもない頻度で危機に陥っている。

一刻も早く変わらなければならない。学生から騎士に、戦士に、強者に。

要するにリリは俺たちに、全員の能力の底上げをさせたかったようだ。

これは俺にとってもちょうど良い機会だと言える。

ようやくまともにリリと剣を合わせることができる。そこからリリの癖を学び取り込むことができれば、俺はまた少し〝剣聖〟に近づけるだろう。

ブライズを超える剣聖に。

そう考えていた。つい先ほどまでは。

「ハアァァ!」

正眼の構えから打ち下ろされたイルガの木剣を後退して躱《かわ》し、追撃に出てきたところを半身を引いて足を引っかける。

「うお⁉」

イルガが頭から勢いよく転がった。やつが膝を立てたところで、俺は木剣をイルガの首筋に添える。

「う……」

「騎士剣術とはずいぶんとお行儀のいい作法なのだな。もっと意外性を持って立ち回れ。隙を探せ。虚を突け。実戦なら貴様は三回は死んでいるぞ」

「くぅ～……！」

レアン騎士学校の修練場だ。

放課後、一組のおよそ半数はここに残って剣術の修練を積んでいる。部活動だ。だがもう半分がどこで何をしているのかは知らない。おそらくリオナに諜報《ちょうほう》、工作、暗殺に関わる歩方《ほほう》や気配察知などのやり方を教わっているとは思うのだが。

フィクスとベルナルドは図書室に籠もっている。フィクスの魔導技術とベルナルドの自然知識が組み合わされば、新たなる時代の力になるかもしれないと、俺がリリに進言した。

ちなみにヴォイドは自称帰宅部だそうだ。全寮制なのにどこに帰るんだよ、おまえ。

「ほら、立て。もう一度だ」

イルガの首筋から木剣を離して、真ん中分けの髪型の中央をコツンと叩く。

「屈辱だ……ッ！」

「だったらさっさと強くなって俺を見返せ。ほら、ほぉ～ら」

コツン、コツン。

イルガの顔面が真っ赤に染まり、獣のようなうなり声を上げながら俺の足を木の刃《やいば》で払った。もちろん軽く跳ねて躱す。

「ははは！　そうだ、それでいい！　調子が出てきたではないか！」

「があああああっ‼」

ぶぉん、とやつの木剣が連続で空振る。何度も、何度も。

避けて、真ん中分けの頭をコツン。

「俺を愚弄《ぐろう》するなぁぁ！」

「ふはは、いいぞ！　俺を叩き殺すつもりでこい、イルガ！」

俺は木剣で受けることも受け流すこともしない。

刃を合わせる必要さえないからだ。これでもイルガは学生たちの間ではマシな方なのだから、クラスメイトの底上げはなかなかどうして骨の折れる話だ。

「おっと、惜しい惜しい。ほら、こい」

全部避ける。最小限の動作でだ。

コツン。

そして頭頂部を叩く。右脳と左脳を切り分けるように。

「ふぬぐらああああ！」

それが癪《しゃく》に障《さわ》るのか、やつは恐ろしい形相《ぎょうそう》で打ち込んでくる。

まあ、あたらんが。割と整っている方だと思っていたが、イルガのやつ、おもしろい顔面になってきたな。

セネカがやつを指さして笑っている。いいぞ、次はおまえの顔面が崩壊する番だ。

俺の隣ではオウジンが、クラスメイトの男子ふたりを相手に危なげなく立ち回っている。木剣でひとりの脇腹をすり抜け様に軽くなぞり、側方からの斬撃をかいくぐって躱しながら、その足を木の刃ですぅっと撫《な》でる。

足を木剣で撫でられた男子が動きを止めて目を見開いた。そして興奮した様子でオウジンに尋ねる。

「い、いまの、どうやったんだ？　俺からはオウジンが消えたように見えたぞ⁉」

「意識の虚を突くんだ。次はこう動くと相手にわざと予想させるように動く。突然その逆をいくと、割と意識の外側にいける。すると相手からは消えたように見える」

「高度すぎてさっぱり意味がわからない。とにかくすごいな、留学生」

「ああ、いや。やり方はそんなに難しくなくて――」

そちらに視線を取られていると、白目を真っ赤に染めた恐ろしい形相でイルガが俺の視界を遮る。

顔こっわ……。

すでに木剣は背中に回るほど引かれている。

「いくら子供とて、これ以上の愚弄は容赦せんぞォォ！」

俺はため息をついてイルガの横薙《な》ぎを軽くかいくぐり、腕を伸ばして頭の真ん中分けに木剣を落とした。

コツン。

「ぐぎいいい！　同じところばかり狙うなァァ！」

隙だらけだから、つい。

「ならば学べ、この阿呆。敵が隙を見せたら黙って不意を突け。馬鹿正直に喚《わめ》くな。真正面に回って視界を遮ってから攻撃など、阿呆のすることだ」

「そのような卑怯《ひきょう》な真似《まね》ができるか！　俺は正騎士を目指してるんだ！　正々堂々と戦って勝ちたいんだ！」

阿呆が。

「おまえの腕では死ぬだけだ」

イルガが左手を胸に当て、誇らしげに反り返った。

「ふん、ならばこのイルガ・フレージス！　死なないくらい強くなってやるとも！」

「よーし、その意気だッ。さっさとこい、愚図がッ」

イルガは鼻息を荒げながらも、何度も俺へと木剣を振るう。真ん中分け部分がハゲるのが先か、強くなるのが先か。

だが――。

なんか。なぁ～んか違うんだよな。

「くたばれエレミア！」

「なんだそのへなちょこ剣は。ハエが止まるぞ」

コツン。

顧問を買って出たはずのリリは相手になってくれない。肩すかしもいいところだ。

「このクソガキィィ！」

「ふはは。お言葉遣いがお下品になっているぞ、お貴族様」

それに、オウジンは教えた学生から感謝と賞賛を浴びているというのに、俺には罵声《ばせい》と憎しみの眼だけが向けられている気がする。

なぜだ……。

一組のおよそ半数の相手を終えた俺は、ようやく修練場の壁際に腰を下ろした。

総当たりでクラスメイトらを相手にした俺とオウジン以外のやつらは、まだまだ元気だ。気合いの声を上げながら、互いに木剣を打ち合っている。

ここまでは前世で見ていた懐かしい光景とほぼ同じだ。リリの思惑通りにな。

この部活動でやっていることは、かつてブライズがやっていた道場そのものなのだから。

微妙に違う部分があるとすれば、俺の隣に腰を下ろしたオウジンへと、一名の女子が手ぬぐいを渡そうとしていることだ。

一組には四人の女子がいる。リオナ、セネカ、レティスと、そして俺が未だ名前も覚えていない一班所属の目立たない娘だ。

後ろ髪はもちろん、前髪まで目にかかるくらい長いせいか、表情がわかりづらい。

「使って」

オウジンは差し出された手ぬぐいを受けとりもせず、自らの懐から取り出した手ぬぐいを掲げた。

「自分で持ってるから不要だ」

「……」

女子が手ぬぐいを持つ手を下げた。

彼女は立ち去ろうとはせず、前髪の隙間からオウジンを見下ろしている。そいつは次に俺へと視線を向けた。

「ノイ、使う？」

「ああ」

「ん」

俺の頭に畳んだ手ぬぐいがのせられる。

その渡し方よ……。

「感謝する」

「うん」

彼女の視線はもう俺にはなく、オウジンに戻されていた。

何だ、このむず痒《がゆ》い空間は。俺はここにいていいのか。

女子が遠慮がちに唇を開く。

「あの、ありがとう」

「ん？」

「えっと、稽古をつけてくれて。とってもわかりやすかった……です。授業よりも」

オウジンがにべもなく返した。

「当然だ。そのための部活動だからね。気にしなくていい」

素っ気ない。

見ていてハラハラしてきた。

俺は汗を拭いながら見守る。

「わたしはモニカ・フリクセル」

「リョウカ・オウジンだ」

「俺はエレ――」

「――知ってる。東国のことはわからないけれど、綺麗《きれい》な名前だなって思ったから覚えてた」

いま俺も名乗ろうとしたのに、あきらかに遮られた。いや、遮ったのではない。モニカの眼中に俺がいなかっただけだ。うん。

フリクセル。確か、ガリア王国の東方に位置する海運都市ルイナリオを治めている子爵の姓だ。イルガ率いる一班に所属している時点で貴族であることはわかっていたが、これまたなかなかの大物だ。

フリクセル子爵とは前世での面識はない。彼は戦場に立つタイプではなく、他国との交易によってガリア王国に大きく貢献してきた一族だからだ。

ちなみにルイナリオはエルヴァの北に位置している。さほどの距離もない。そのせいか、スラムを有する不健全都市のエルヴァと健全都市のルイナリオは、よく比較対象にあげられる。

現状、より多くの金を生み出しているのはエルヴァなのだが、戦時にはこれが当然のようにひっくり返る。港湾という地を観光業に割り振ったエルヴァよりは、他国との交易によって太いパイプを持っているルイナリオの方が重要になるんだ。

「そうか。ありがとう」

オウジンは素っ気ない。モニカの唇が微《かす》かに曲げられた。

あ〜、むずむずする。

だが彼女は立ち去ることなく、何かを言いたげな表情で突っ立ったままだ。ふと、オウジンが彼女に視線を上げた。

そして男らしく口を開く。

「すまないが、そこにいられると練習が見えないんだが」

おい！　オウジン!?

それにしても珍しく強気だな。囲まれたり頭がパニックになっていないときは、どうやら女性の前でも冷静らしい。

「あ、そ、そうね。ごめんなさい、リョウカさん」

「その呼び方はやめてくれ。あまり好きじゃない」

故郷では女性名だからと俺たち三班はみんな知っているが、それを説明せずにそのような言い方をするとはな。俺ですら心配になってくる。

言葉に詰まったモニカが、しょんぼりとうなだれる。だが意を決したように顔を上げて、もう一度オウジンに話しかけた。

「あの、隣、座ってもいいかな？」

「……!?」

瞬間、オウジンがびくっと震えて彼女を見上げる。まるでいま初めて、モニカが女子であることを意識してしまったかのようにだ。

「俺の!?」

「う、うん」

「なんで!?」

なんだその質問は。おまえのことが好きだからに決まっているだろうが。俺《エレミー》でもわかるし、何だったら蛮族みたいな前世《プライス》の俺ですらわかるぞ。

「えっと、疲れたから……わたしも休みたいなって……」

「壁際に座りたいなら、他にもいっぱい空いてるだろ!?」

うわあ……。もう……。

他人の思春期など見てられん。

「リョ――オウジンさんの隣に座りたいなって……」

「なぜ!?」

「話とか、したいなって思って……。だ、だめかな？」

「だめではないが！　だが、えっと、僕は、ああ――！」

唐突にオウジンの首がグリンと回って、俺に向けられた。

ひっ⁉　怖っ！　その首の角度は大丈夫か⁉

「僕はこれからエレミアと稽古をするつもりだったから――」

続いてモニカの首がぐるんと回って、俺に視線が向けられる。

お願い、察して、そう言わんばかりの目の圧がすごい。まるでリリの剣圧のようだ。恋する乙女、恐るべし。

グビっと喉が鳴った。俺は立ち上がって尻を払う。

「俺は今度でもいいぞ。今日のところはお日柄もよく、若いふたりに任せて退散するとしよう。少々疲れた」

「おい！　エレミア！　待って！　キミの方が若いだろ⁉　疲れるような年齢でもないだろ⁉」

「阿呆。これは精神年齢の話だ」

正直言って、やまやまではある。俺もオウジンの空振一刀流と仕合いたい。ずっと長い間そう思ってきた。部活動は実にいい機会だ。

だが。

これから長くやっていく一組でクラスメイトの女子に嫌われては、俺の学校生活に支障が出てしまう。それに比べればオウジンのひとりやふたりの犠牲はやむなしだ。

――自分が救えなかった者たちと心中でもするつもりだったのか？

竜との戦いで俺をそう叱責したのはオウジン自身だ。残念ながら、俺にはおまえを救う勇気も知恵もない。わかってくれ。

それに、これから部活動は毎日平日に行われることになる。刃を合わせる機会ならば、いくらでもあるだろう。

「ではな、オウジン。――おまえに幸運が訪れんことを」

俺は右手の指を二本立て、ニヒルな感じで背中越しに振った。そうして修練場の出口へと向けて歩き出す。超がつくほど足早に。

「エレミアァァァァァ……！」

呪詛《じゅそ》の叫びが響いていた。

初日の部活動はこうして終了した。


別に誰がどこで何をしていようが、大抵のことに興味はない。そもそも誰にだって語ることのできない秘密のひとつやふたつはあるものだ。それすらない人生はつまらない。

脳天気な猫は出生に苦しめられていたし、生真面目《きまじめ》な優等生は親の命を奪うつもりでいるし、阿呆に見えた貴族のボンにだってその地位に相応《ふさわ》しい苦しみがあった。

学園都市レアンの夜。

寝静まった街並みを音を潜めて進みながら、俺は眠い目を擦《こす》って脳天気な猫を睨《にら》み上げた。

「くだらん。やつの隠し事など、どうせ不良同士の喧嘩《けんか》か揉め事だろう」

目の前に細い背中があるのに、不思議とその存在すら揺らぎそうな状態のリオナが、俺を見下ろしてニチャアと笑った。

「わっかんないよぉ？　いひっひ！　もしかしたらぁ、イケないお店に通ってるかもしんないじゃん？　んふふ、絶対に秘密をつかんで、いつも余裕ぶってるあの野犬をギャフンと言わせてやるんだから！　楽しみっ」

「ギャフンて……おまえ……」

そう。俺たちは、遥か先を歩く人影を追っていた。別に必死で追いかけているわけではない。つかず離れずの尾行だ。

「あ、だめだめ。エルたん、あたしの前には出ないでね。これ以上近づいちゃうと、あの犬には気づかれちゃうから。あたし自身がクリティカル距離。おっけー？」

「……へいへい……」

諜報、工作、暗殺。すべての技術を駆使してまですることが、他人の秘密暴きとは。睨まれると恐ろしい女だ。

「とにかく、イケないお店までカッチリ突き止めるよ！」

ことの発端は夜。騎士学校の寮から魔導灯の光が消え、都市が眠りにつく頃だった。

リオナが突然リリの部屋に訪れてきたかと思えば、ヴォイドが校門から抜け出したと密告してきたのだ。すでに寝間着姿だったリリは渋い顔でため息をついて、追いかけるための身支度を始めた——

のだが、ここでリオナが動いた。

——ヴォイドの素行を諫《いさ》めるにしても、教官であるリリちゃん自身がいきなり行うよりは、まずは三班で一度話し合ってみたいの。

その真摯《しんし》な瞳と口調で流暢《りゅうちょう》に吐き出される糞塗《くそまみ》れの欺瞞《ぎまん》に、リリが少し嬉しそうにうなずいたのが印象的だった。教え子の精神的な成長を喜ばしく思ったのだろう。

いや騙《だま》されてんだよ……。しっかりしてくれよ、弟子《リリ》ぃ……。俺は寝なければ身長が育たんのだぞぅ……。

とにもかくにもだ。

結果として俺は、ザ・寝間着に鞘《さや》ベルトだけを適当に巻き付けたという不格好な姿で付き合わされている。ああ、もちろん愛用のナイトキャップも被《かぶ》ったままだ。

そして俺の隣にはもうひとり、なぜかカッチリと制服を着込みフル装備でやってきたサムライ優等生がいる。

「う～ん、僕は娼館《しょうかん》はないと思うな。ここは健全な学園都市だ。そんないかがわしい店などあるわけがない」

「あたし、娼館なんて言ってないんですけどー？　リョウカちゃんったら、そんなこと想像しちゃってたんだぁ？　へぇ～？　頭の中いっぱいなの？」

リオナが振り返って再びニチャった。

「えっ⁉　だ、だ、ほ、他にそういう、その、いかがわしい店って表現、ないだろ⁉」

眠い。帰りたい。

俺はふらふらと左右に揺れながら歩く。

「声がでかいぞ～、オウジン。気づかれる。俺は宿酒場かと思った。酒だ、酒」

「あたしもー。で？　リョウカちゃんは？　娼……？　何だっけ？」

オウジンが固く目を閉じ、食いしばった歯の隙間から呻《うめ》いた。そうして刀の柄《つか》に手を伸ばす。

「……腹を切る！」

「――っ⁉」

俺はすかさずオウジンの足を蹴って止めた。

「やめろ！　目も覚めるわ！　これだから東方の戦士は恐ろしいんだ！　やつらときたら盾すら持たないというのに、死をも恐れず単騎で突っ込んできやがるし、苦労してようやく捕らえても隙を見せれば自ら腹を切る！　何度それで苦渋を味わったことか！」

当時はやつらが何者だったのかを知ることは結局なかったが、転生してようやっとわかった。

「……」

「……え？」

あ。ブライズの記憶だった。共和国の傭兵《ようへい》にいたんだ。糞、寝ぼけたか。

咳払いをひとつする。

「……と、ブライズの文献に書いてあったんだ。もっと命を大事にするべきだ、とな」

完璧な嘘だ。

オウジンが苦笑する。

「いや、あはは。さすがに僕でも、いまのでは腹は切らないよ。冗談だから。すまない」

「そうか。冗談か。ふふ」

静かにつぶやいてから、俺はくわっと目を見開く。

「――ぶち殺すぞ、おまえ」

「ついさっき熱弁してた命の大事さはっ⁉」

「言ったのはブライズで俺ではな――いむっ⁉」

リオナの背中に鼻からぶつかって止まった。

「痛……。今度はなんだ!?」

少し下がって視線を上げると、珍しくシュンとうなだれたリオナがオウジンの背後に逃げ込むように回った。

理由は明白。

顔面に血管を浮かせたヴォイドが、チンピラのような怒り肩のがに股歩きで、こちらに向かって戻ってきていたからだ。

尾行は失敗。どうやら見つかってしまったようだ。

何が諜報工作暗殺だ。未熟者め。撤退だ、撤退。さっさと帰って寝るべきだ。

リオナが唇を尖《とが》らせた。

「も～、エルたんの殺気が強すぎるからだよぉ」

あ。俺のせいか。これは申し訳ないな。

「いや、それこそ冗談の殺気だったのだが」

「あれでか。本当にキミは末恐ろしいな」

ヴォイドが俺たちの前で立ち止まった。

全員をまんべんなく見下ろしている。

「……」

「……」

「……」

「……言いてえことがあんなら言えや。聞いてやるからよ」

リオナがピっと右手を挙げた。

ヴォイドが顎でリオナを促す。

「リョウカちゃんがイケないお店に行くなら僕も連れてって欲しかったって言うから、あたしとエルたんはその付き合いで野犬を尾行してました！　ごめんなさいっ！」

すごい。設定から論理に至るまで、もはや何ひとつとして噛み合っていない。さすがに無理だ。通るわけがない。むしろ小馬鹿にしているようにしか聞こえないあたり、才能さえ感じる。

ヴォイドが歯を剥いて眉間に皺《しわ》を寄せた。

「レアンは学園都市だ！　んないかがわしい店あるわけねえだろうがッ、ボケッ！」

……俺もう帰っていいか？


学園都市レアンにいかがわしい店などあるわけがない。そう豪語したヴォイドに連れられて俺たちが訪れた場所は、十分にいかがわしい店の建ち並ぶ一角だった。

ただし、俺たちが想像していた酒や女といった方向性とはずいぶんと違うものだ。

店といっても露店とさえ形容することを躊躇《ためら》われるものばかりだ。粗末なシートに売り物を並べて置いてあるだけ。それ以上に異様なのは売り子たちの姿だった。

年齢は子供から大人《おとな》まで様々だが、共通している部分はほとんど全員がボロを纏《まと》っていて、肉体の一部を欠いていることだ。

「……戦傷者の闇市か」

「あー。ガキの分際で、相変わらず難しいこと知ってやがんな」

俺のぼやきにヴォイドがうなずく。

欠損の多くは腕と足だ。目が少ないのは、片目であってもまだ戦えるからだ。ここまで身をやつす必要はない。

客は疎《まば》らだ。活気もない。それに彼らの多くは何も買わずに帰っていく。稀《まれ》に旧《ふる》い魔導具や中古の晶石などが売れている程度だ。

ふいに若い女の声がした。

「ヴォイド、来ている？」

その女だけが両目を失っているのか、目隠しをしていた。左右の手それぞれに纏わり付いている子供は、おそらく彼女の杖代わりなのだろう。

ヴォイドがはっきりとした口調で返した。

「ああ。ここだ」

「そっちね」

やはり目は見えていないのか。

見たところリリよりは少々年上か。三十に届くか届かないか。ほつれた髪を一つ結びにして、他の売り子よりは多少マシな姿格好をしている。

どうやらこの一角の看板娘のようだ。あるいはリーダーそのものか、売り子らはみな彼女に道を譲っていた。

彼女は手を引いていた子供らに他の客の相手を命じると、闇を彷徨《さまよ》うようにふらふらとこちらに向けて歩き出した。

オウジンが慌てて駆け寄る。

「待ったっ、危ないっ」

彼女の足下には売り子が広げたシートと、売り物であるいくつかの旧式魔導灯が並べられていて

——オウジンが手を差し伸べようとした瞬間、けれども彼女はひょいと跳躍でそれらの商品を飛び越えて着地した。

そのまま歩いてヴォイドと俺、そして、なぜか気配を完全に消しているリオナの前までやってくる。

「……そちらはヴォイドの友達？」

「阿呆。んなわけねーだろ。勝手についてきやがった、た・だ・の、クラスメイトだ」

「うふふ。なら、とっても、た・い・せ・つ・な、級友ということね」

ヴォイドが頸部《けいぶ》に手を当てて顔をしかめる。

「なんでそうなる？」

「戦時中に、それと同じことを言っている人がいたからよ。よく似てるわ、あなたたち」

俺《ブライズ》だな……。

だが、俺は彼女を知らない。ブライズ時代の遺《のこ》る記憶をかき集めても、それらしい人物名さえ浮かんでこない。見覚えもなければ声を聞いてピンとくることさえない。

まあ、ブライズは〝剣聖〟だからな。一方的に知られていても不思議ではない。

ヴォイドが笑い飛ばしながら、俺を指さした。

「ヘッ、そうかよ。俺はあんなオヤジに興味はねえや。剣聖を目指すこいつと違ってな」

女が俺に目隠しの視線を向けた。

見えてはいないと思うのだが、先ほどの障害物を飛び越えたあたりからすでに怪しんでいる。物体に気配はないのだから。

だが、彼女の視線は俺の頭上の上だ。さすがに十歳児であることまではわからない。となると気配でつかんだか。

「こんばんは。学生さんで合ってる？」

「ああ」

そう応えた瞬間、視線が下がった。顔が驚愕《きょうがく》に満ちている。

「……初等部!?　声変わりもしていない子が、ダメよ、こんなところに来ていては！　ヴォイド、あなた！」

「心配するな。俺は高等部だ」

ヴォイドとオウジンが同時に笑った。

「え、そうなの？」

「ああ」

嘘ではない。十歳だが。

今度はオウジンの方を振り返り、女が挨拶する。

「そこのあなたも、さっきは手を差し伸べてくれてありがとう。けれど、心配はいらないわ。この商団はわたしがしきっているから、商品につまずくことはないの。露店の場所はすべて記憶しているもの」

「い、いえ、どういたしまして。僕の方こそ、勝手に触れそうになってしまって、その、すみません」

オウジンめ、女だからちょっと緊張しているな。

そういう正直すぎるところがモテてしまう秘訣《ひけつ》なのだと、なぜ気づかない。見ろ。この女はもう嬉しそうな顔をしているではないか。

「女性扱いされたのなんて、何年ぶりかしら」

「う……。ご、ごめんなさい」

「うふふ。嬉しいということよ。ありがとう、学生さん」

ヴォイドが耳の穴をかっぽじりながら切り出す。

「んで、ミリオラ、さっそく本題に――」

瞬間、女はヴォイドの言葉を遮るように掌《てのひら》を広げて、目隠しされた視線を、あろうことか完全に気配を消していたリオナへと向けた。

「～っ」

リオナが息を呑《の》む。顔色が真っ青だ。

俺たちでさえ存在を忘れてしまいそうなほど完璧に気配を断っていたというのに、女はまるで最初から知っていたかのように言葉を発した。

それも、とんでもない言葉をだ。

「こんばんは、暗殺者《アサシン》さん。あなた、どこの国から来たの？」

ざわ、と肌が粟立《あわだ》った。

オウジンも固まってしまっている。

これは、また……。

緊張と沈黙が場を支配する。

女は武装していない。殺意も殺気もない。それが余計に恐ろしい。

やがてリオナが声を絞り出すように言った。

「あ、暗殺者じゃ、ない……よ。いまは……だけど」

女が頬《ほお》に手を当てて、少し首を傾《かし》げる。

「じゃあ工作員かしら？　それとも諜報員？」

「そ、れも、違うよ……やめた……から」

「ほんとかなぁ～」

今度はヴォイドの方を向いている。

もはや見えているのと遜色のない態度だ。しかもたちの悪いことに、楽しんでいるかのような表情で。

ヴォイドはむしろ呆れ顔だが。

「そういうこった。こいつにゃもう危険はねえ。——こっちのガキが根元から切り離しちまいやがったからな」

ヴォイドが俺の背中を押し出した。

やめろ。なんかこの女は苦手だ。

値踏みするように俺を見下ろしている。目隠しされているのに視線が怖い。

「……それは了承済み？」

「ああ。その場に野郎もいたからな」

「そう。ならいいわ」

了承済み？　何の話だ？　まさかキルプスの了承という意味ではないだろうな。

ヴォイドを振り返ると、あからさまに視線を逸《そ》らされた。

「勘違いすんなよ、エレミア。俺ぁ喋ってねえ。だが、あきらめろ。この女の前で隠し事は無駄だ。余計なことさえしなけりゃ、こっちの猫と違って悪用されることはねえ」

隠し事など山ほどある。俺自身のことだ。そいつがキルプス関連と繋《つな》がっているとなれば、俺がエレミー・オウルディンガムであるということにも……いや、まさか。

しかし最初から白旗を揚げた状態とは、ヴォイドにしては珍しい態度だ。

そんなことを考えた瞬間、リオナが俺の耳元で囁いた。

「エルたん、エルたん、ダメダメ。もうほんとダメ。この人のこと知らない？」

「全然知らん」

ミリオラだったか。やはり聞いたこともない名だ。

「じゃあさ、じゃあさ。〝諜報将校ファネーレの物語〟は知ってる？」

「あたりまえだ。幼少期に母からよく寝物語として聞かされていた。王都民の間でも、何年にもわたって何度も繰り返されてきた観劇によって、かなりの人気作になっている。俺も何度か観にいったことがあるくらいだ」

若き女諜報員のヒロイック・ロマン活劇だ。

美しく儚《はかな》い少女のような容姿に、あの〝剣聖〟さえ舌を巻くと銘打たれた剣戟《けんげき》の物語は、王都に住む人々の心を熱狂させたものだ。

主人公の少女は諜報員として他国に入り込み、数ヶ月あるいは数年さえかけて周囲の信頼を築き上げ、敵性国家を丸裸にしてしまう、のみならず、時には悪の暗殺に、時には高官とのロマンスを、そして必要とあらば自ら剣を手に可憐《かれん》に戦うシリーズだ。

正直、俺自身も結構嵌《は》まった。

アリナ王妃と一緒に何度かお忍びで観劇にいったくらいだ。もっとも、母《ちゃん》ちゃんの目的は皮肉にも〝諜報将校〟ではなく〝剣聖〟の活劇の方だったのだが。ゆえにあの時間は俺にとって天国であり、地獄でもあった。

とはいえ昨今では退役後に作られたらしい新作〝戦姫〟も大人気になりつつある。まだ一度も観たことはなかったのだが、今度リリを観劇に誘ってみようか。どのような顔をするか楽しみだ。

ちなみに〝王壁〟の活劇はない。オルンカイム閣下は筋肉爺《じじい》だから民衆の人気がないし、あの規格外の肉体に嵌まる役者もいないからだ。

「だがそのようなもの、所詮〝諜報将校〟はフィクションだ。戦時中の民衆に希望を持たせるために作られた劇中内の人物に過ぎん。あのような完璧な女が実在してたまるか」

肩をちょいちょいと突《つつ》かれて、俺は視線を上げた。

ヴォイドが指さす先には、ミリオラが立っている。彼女は大きな胸で両腕を組み、むず痒そうな苦笑いを浮かべていた。まるで俺《エレミー》が俺《プライズ》の活劇を見せられていた時間のようにだ。

「ありゃあよ、実話を元にして作られたもんだ。数多く作られた〝剣聖〟の物語と同じくな。ただこの女の場合、存在自体が国家機密だったせいでフィクションに分類されちまってるってわけよ」

「逆転現象が起きてるんだよ、エルたん。剣聖、王壁、戦姫に並ぶ第四の英雄の存在は、王国内の民よりも、むしろ痛い目を見てきた諸外国の方が信じてるくらい」

え……？

「うふふ、少し照れるわね」

え……？

ヴォイドがミリオラに視線を向けた。

「それよか本題に入れや」

「そうね。じゃあ、みんなでついてきて」

俺たちは夜の露店街に広げられたシートを避けながら、危なっかしく歩くミリオラ――フアネーレの後をついていく。

オウジンはいつもと変わらないが、リオナの顔色はまるで死刑囚のようだ。よほど〝諜報将校〟が恐ろしいと見える。彼女はすべての諜報員・工作員・暗殺者の頂点にいるような人物だ。剣士が戦場で出遭う敵国の〝剣聖〟を恐れるようなものなのだろうか。

俺は隣を歩くヴォイドを見上げた。

「ヴォイド」

「あ？」

「結局おまえは何をしに闇市に来ていたんだ？　なじみの女に会いに来てたのか？」

「アホ。んなもん買い物に決まってんだろ」

シート上に並べられた新旧魔導灯を飛び越えて歩く。

「そもそもおまえ、フアネーレとはどういう関係だ？　この国の騎士は彼女が実在していることさえ知らんのだろう？」

一介の、それも騎士ですらない猟兵に過ぎなかったヴォイドが、なぜフアネーレと知り合いなのか。

「エルたん」

振り返ると、青白い顔でリオナが首を左右に振った。

「彼女のことは詮索しない方がいいよぉ……」

「ふふ」

今度は前方から含み笑いのような声が聞こえた。

俺は視線をフアネーレへと戻す。

「お嬢さん、それくらいの詮索なら許してあげる。わたしはブライズ様やマルド様ほど短気ではないから」

　失礼な。

「でも諜報員なら、知るときは知られるときでもあることを覚えておいた方がいいわね。知ることですべてを失うことも、暗殺者なら――」

「――ソ、ソデスカ。アタシハキキマセン」

　リオナがバチンと自らの耳を塞いだ。

　ヴォイドが盛大なため息をつく。

「めんどくせえ。いちいち威《おど》すなよ、ミリオラ」

「ふふ。教えてあげているだけよ。かわいらしい後輩に」

　俺を見下ろすヴォイドが、軽い調子で口を開いた。

「ミリオラはエルヴァのスラム出身だ。諜報員として生き始めるより先に、スラムでケチな情報屋をやってやがったのさ。観光を牛耳るあの嫌みったらしい貴族どもを相手にな。情報収集能力を買われて騎士団に雇われるまでは、だが」

「あら。汚い貴族たちのお金を、スラムに綺麗に流すためよ。それともヴォイドは、わたしも他の子たちのように別の方法を採った方がよかった？」

　ヴォイドが言葉に詰まり、目を閉じて舌打ちをした。

　身を売るか、情報を売るか。その選択だ。最終的に彼女が売ったのは、ある意味では俺やリリと同じ武や暴力なのだろうが。

「とにかく俺とこいつの関係は、スケイル孤児院で何年か一緒に生きた。そんだけだ」

「そうそ。ヴォイドにとってわたしは、ただの初恋相手だものね」

「——っ⁉」


「可愛《かわい》かったなあ、あの頃のヴォイド。クソナマイキだったけれどー」

「〜〜〜〜〜っ」

衝撃が走った。いや、もはや戦慄《せんりつ》だ。

息を呑んだヴォイドが天を仰ぎ、両手で目を覆っている。月明かりの下でもわかるほどに、顔が耳まで赤く染まっていた。

初めて見たぞ、こんな様子は。

オウジンも俺も、あんぐりと口を開けていた。ヴォイドを見ながら。そのただならぬ様子にリオナが反応する。

耳を塞いでいた手を離し、いまさら俺たちに尋ねてきた。

「え？　何？　いま何かあったの、リョウカちゃん？」

射殺《いころ》さんばかりの視線で、ヴォイドがオウジンを睨む。

口が裂けてもそいつにだけは言うんじゃねえぞ。そんな心の声が聞こえる。

「え、いや……その……。僕からは……なんとも……。説明は、エレミアに任せるよ……」

「おいっ」

殺気の含まれたヴォイドの視線と、好奇を宿したリオナの視線が、同時に俺へと向けられた。

「エルたん、教えてよぉ。こいつの弱味なんだよね？　ね？」

「てめえ、エレミア。わかってんだろうな」

ヴォイドの殺気ごときを恐れるわけではないが、一匹の男として、これをリオナに教えるのはあまりに酷というもの。

「ヴォイド。食堂で三食だ。それで忘れてやる」

ヴォイドが知っている俺の秘密は国家機密だからおいそれと他者には語れない。だが、俺が知ったヴォイドの秘密は、語ったところで痛くも痒くもない。この差は大きい。

初めて優位に立ってやったぞ。

ヴォイドが片手で顔を押さえたままうなだれる。

「……ぐ、く！　てめえ、覚えてやがれ！」

「ゴチ」

しかし、だから年上好きだったのか。それも各国を股にかけた傾国の美女が相手では、リオナのような小娘には反応すらしないわけだ。恐るべしは〝諜報将校〟だ。その瞳が光を失っていなければ、俺自身もどこまで知られていたことやら。

ふと気づけば、彼女の両手には先ほどまでいた子供らがついていた。

危なっかしく歩くファネーレを、子供たちは正確に導く。

ヴォイドが彼女に尋ねた。

「戦傷者やガキを集めて、孤児院の真似事か？」

「光を失ったいまのわたしには、もうこんなことくらいしかできないからよ」

「……そうかよ」

沈黙する。

すまないことをした。いまになって俺は少し悔いていた。

ついてくるべきではなかったのだ。やはり。俺たちがいては語れないことが、ふたりの間にはあったに違いない。

現にヴォイドに、いつものキレがない。

もしもいまでもまだヴォイドの気持ちがファネーレに残っているのであれば、闇市商団とかいう危ない橋など渡っていないで、己とともに生きろとこの瞬間にも言えたはずだ。

出歯亀で選択肢を奪ってしまった。すまん。

「こちらへ」

ファネーレの右手を引く男の子がそう言った。

俺と大して歳は変わらないが、やや下くらいだろう。左手を引く少女もだが、戦災孤児だろう。

俺たちは彼らの導きに従って、露店街の一角にあった建物へと入った。

そこには——。

「おお……」

「わあ」

「これは驚いたな」

「クク。助かるぜ、ミリオラ」

窓より射し込む月光を反射させるほどに美しく磨かれた武具の数々が、山のように積まれていた。

一目でわかる。並べられた武器には古代遺物のように魔術や聖術こそ宿ってはいないし、王国紋も刻まれてはいないようだが、どれもこれも名のある将や、王族の護衛騎士団《ロイヤルガード》が使うほどの逸品だ。本来ならば学生風情の手に渡るような代物ではない。

ヴォイドは無言ですでに武器を手に取っている。鞘から抜いて見定めて戻し、別の種類の武器に手を伸ばす。

だが。

一瞬は目を輝かせたオウジンやリオナも、おそらく俺と同じことを考えたのだろう。俺たちはファネーレの背後で立ち尽くしていた。

おそらく戸惑っている気配を読まれたのだろう。ファネーレが首を傾げて口を開く。

「あなたたちは見ないの？　そのために持ってきたんだけど」

疑問をオウジンが口に出した。

「……僕らだけが、手に入れてしまっていいのかな」

そうだ。俺たちと同じ危機に瀕《ひん》しながらも俺たちより遥かに未熟なやつらが、ナマクラ武器を手に戦うしかない状況で、俺たちだけがこれを手にするのは気が引ける。

むろん、俺たちがこれらの武器を扱えば、クラスメイト全体の死亡率はぐっと下げられる。ホムンクルスの一撃で砕かれなければ、竜の鱗《うろこ》を貫けていれば、状況はもっと変わっていたはずなんだ。

それに、もうひとつ。リオナが肩を落としてつぶやいた。

「あは。よく考えたらあたし、買うお金ないやぁ」

俺とてこの国の王子とはいえ、いまは田舎《いなか》貴族のふりをしている。キルプスに持たされたのは学費と食費がせいぜいだ。これらの武具は、一振りの剣だけでも平民の月収くらいはかかってしまう。

猟兵として進行形で俺の護衛任務に就いているヴォイドだけは、依頼主であるキルプスからいくらか引っ張れるだろうが、他の面子《メンツ》には無理だ。俺も含めてな。

ヴォイドが振り返る。

「金なら心配すんな。こいつはとある高貴な御方からの寄付だ。武器種を選ばなきゃ、高等部の学年分はあるはずだ。——だったよな、ミリオラ？」

「そうそ。うちの商会もちゃ～んと儲《もう》けさせていただいたことだしね」

リオナがぽつりとつぶやいた。

「もしかして、陛下？」

「知っていても知らないふりをしておいた方がいいこともあるのよ、未熟な暗殺者ちゃん。あなたには思ったことをすぐに口に出さないことをおすすめするわ」

「……ぅ……はい……」

やはり、と思う反面。

ダンジョンカリキュラムはキルプスでも止められなかったか。強権を発動させて止めれば、理事長の正体が知れ渡る恐れがあったということだろう。

関係者のポケットマネーではなく、あくまでも高貴な御方からの寄付でなくてはならない理由がそれだ。これだから政治は面倒なのだ。

オウジンがヴォイドに尋ねる。

「学校側の受け容れは決定しているのか？」

「いんや。まだ裏の段階だな」

「裏？」

ヴォイドがあくどい笑みを浮かべ、両手を腰にあてた。

「ああ。決定の採決は数日内に出る。予定調和でな」

「あ」

リオナが何かに気づいたかのように、人差し指を立てる。

「それは、さる高貴な御方が寄付をして、うちの理事長が受け取るから、だね？」

「そういうこった」

ファネーレとヴォイドが同時に吹き出した。

「クソウケるぜ、あの野郎。考えることがイカれてやがる。断る理由がねえ」

それはつまりキルプスの自作自演ということだ。自分で与えて自分で貰う。

「あなたたちの学校としても、ただで貰えるものを拒む理由はないわ。カリキュラム推進派と反対派、両方の教官にとってもよ。これを大真面目に一国の元首がやっているんだから、こんなにおかしい話があるかしら。ま、おかげでうちの商会はマージン取って潤ったけれどね」

ヴォイドとファネーレは互いの肩を叩き合って笑っている。こういうところはスラムの民だ。

それにしても仲がいいな。うちのオヤジの金で楽しみやがって、こいつら。俺の小遣いも増やしてくれよ。

ファネーレが悪戯《いたずら》な笑みを俺に向けた。

「ああ、でも。ついでに言うと、これは投資だから。レアンダンジョンから持ち出されるものには期待しているということよ。支持者の高貴な彼も、この商会としても」

「……わかった」

ならば遠慮は、むしろ無粋というもの。

俺たちは顔を見合わせてうなずき合う。オウジンがリオナに苦笑いを向けた。

「僕はこの国がちょっと怖くなったよ」

「ほんとよね。子供の発想をそのまま押し通されちゃう感じ。ケンカふっかけてるエギルに勝ち目なんて最初からないんじゃないかって思っちゃう」

「……」

しかし。

どいつもこいつも、うちのオヤジを変人扱いしないでもらいたいところだ……が、キルプスは確かに十分におかしいやつだ。

オウジンのような実直な糞真面目かと思えば、リオナのような小賢《こざか》しさでヴォイド以上にイカれた発想をして、俺以上の行動力で実現させてしまう。

あいつに剣才が備わらなかったのは、信じてはいないが神の采配というものだったのかもしれない。

誰の手にも負えなくなる。

そしてその無敵の状態こそが、キルプスとブライズの時代だったのだろうな。

「くく……」

「どしたの、エルたん？」

「いや、ちょっとな。そのようなことより、俺《た》たち《ち》も選ばせてもらおうか」

リオナとオウジンがうなずく。

「うん」

「そうだな。――あらためて、ありがとうございます。ファネーレさん」

「うん。そういうわけだから、現時点でカリキュラムの最大功労者であるキミたちが先に武器を選ぶことくらいは許されると思うわ。でも、今後わたしのことは本名で呼ぶこと。コードネームは国家機密だから、無闇に呼ぶと危険よ」

「わかりました」

ファネーレが両腕を広げて大きな胸を張った。

「じゃ、わかったところで、ど～ぞ、お好きに見てってちょうだいっ！」

俺たちはファネーレが見守る中、思い思いに歩いて武器を手に取る。

リリは今回の件には絡んでいなさそうだが、ヴォイドの夜遊び疑惑で説明は求められるだろう。まあ、リリにならば話しても問題はなさそうか。

武器の種類だけで言えば学校支給品の方が遥かに多いが、実用性のあるもののみに絞れば、さほど変わりはなさそうだ。

選択肢は十分にある。

「リョウカちゃん、これ、どう思う？　マンゴーシュの代わりになんだけど」

リオナがオウジンに尋ねている。

手にしているのは何の変哲もないダガーだ。ただし逸品の。

オウジンがリオナにうなずいてみせた。

「マンゴーシュよりはダンジョンカリキュラムに向いているね。あれはあくまで対人用だ。レアンダンジョンに出る敵は人間ではないから、ナックルガードはただの重量になってしまう」

「やっぱそっか。あたしの仕事はもう暗殺じゃないもんね」

「僕が見たところ、リオナさんの長所は剣戟ではなく敵の虚を突く正確無比な刺突だと思う。打ち合いを考えるよりはそちらに注力した方がいい」

「うん。ありがと。そうする。——となると～、メインの方も……」

さすがは優等生だ。こいつこそ教官に向いている気がする。部活動でも大人気だし。気合いと根性、そして容赦ない罵詈雑言《ばりぞうごん》の俺とは違ってな。

今度はヴォイドがオウジンの元へと行く。だがオウジンの視線からは逃れるように首を曲げ、唇を歪《ゆが》めながら口を開いた。

「……あー……なんだ。この前のオーガの鉄塊剣の見解を聞かせろや」

「僕の？」

「他にいるかよ」

「だったら重すぎるの一言に尽きる。巨大で大雑把《おおざっぱ》な竜のような魔物が相手なら使い勝手はいいのだろうが、ヴォイドの長所は膂力《りょりょく》以外にも戦場そのものの足場を臨機応変に活用する機転にある。斬打は好きに選べばいいが、機動力の低下はいただけないな。僕がキミならもう一度ブンディを選ぶ。こんな答えでいいか？」

「お、おお。助かったぜ」

　頼られている。なんだ、あいつ。俺を頼ってくれてもいいのに。ほぼ同じ意見だったのに。

　俺は何の変哲もないショートソードと、そして脇差しを迷うことなく選んだ。こちらに視線を向けたオウジンだったが、特に何も言うことはなかったようで視線を手元へと戻した。

　ショートソードはグラディウスよりも長く重い。まだ早いと言われるかとも思ったが、どうやら合っていたようだ。

　胸をなで下ろして気づく。

　――なんで俺があいつに気を遣わねばならんのだ……。剣聖だぞぅ……。

　睨んでやろうともう一度視線を向けて気がついた。オウジンの前、その視線の先には直剣が並べられている。

　おいおい……。

「ちょっと待て。おまえ馬鹿か。何を選ぶつもりだ」

「え？　ああ……。僕はこのままでいいのかと思ってね。空振一刀流を続ける限り、あいつの背中を見続けるしかないような気がして……」

こいつも悩んでいたのか。他人の相談に乗りながら。

あいつ、とは、もちろんオウジンの実父である〝剣鬼〟のことだろう。オウジンの目的は剣鬼を斬ることだ。理由は知らないが、聞くべきではないのだろう。

「僕は空振一刀流以外の戦い方を学ぶために、過去に〝剣聖〟を輩出し、そしていま〝戦姫〟を作りだしたこの国にやってきたんだ。だとすればもう、武器を持ち替えるべき時期なのかもしれない」

「馬鹿を抜かせ。積み上げたものを簡単に崩すな」

オウジンが眉をひそめた。

「僕に空振一刀流を磨き続けろ、と？　あいつはすでにそれを極めている。どこまでいってもよくて互角、いや、肉体で劣る分、勝ちが見えない。剣聖の〝型無し〟に踏み入るべきではないだろうか」

「違う！　そうではない！」

俺は頭を振った。

「阿呆が。〝型無し〟とは流派ではない。いまの己に新たなる力を取り込む行為こそがそれなのだ。いいか、何も捨てるな、取り込んだすべてを積み上げていけ。できたものが歪《いびつ》であっても構わん。それは己の意外性となり、敵の虚にも繋がる」

真っ黒な視線が、俺の腰に落ちている。

ショートソードと脇差しを差した鞘ベルトにだ。チグハグなメインとサブではある。

「……キミは剣聖の遺した〝型無し〟の剣術に、空振一刀流をのせるのか？」

「そうだ。俺は岩斬りを使うぞ。往なしの体捌《たいさば》きもだ。だがそれを主軸に置くわけではない。手段のひとつとしてストックしておく。それらが俺の切り札となる。それが〝型無し〟の真髄だ」

俺は笑って言ってやった。

「磨けよ。空振一刀流を。そして取り込め。他のすべてを。獣はいちいち手段など選ばんぞ」

しばらく目を閉じて黙考していたオウジンだったが、ゆっくりと息を吐いて口元を弛《ゆる》める。

「そうだな。やはりそうするよ。ありがとう、エレミア。ずっと悩んでいたんだ。このまま続けていて父に追いつけるのだろうかと。僕にとってはあいつと対峙《たいじ》したとき、〝型無し〟や手段を選ばない獣のような剣術が切り札になるのかもしれないな」

「そうだ」

俺は満足げにうなずいた。

これぞ師弟の正しき姿だ。俺は未熟な学生ではなく、剣聖なのだからな。俺の方が教えるのがうまい。俺の方が上だ。うむ。

そんなことを考えてほくそ笑んでいると、遠巻きに聞いていたらしいリオナと、そして彼女に耳打ちされているフアネーレ――いや、ミリオラが、なぜかぷるぷると小刻みに震えていた。

「なんだ？」

ふ、さては感動のあまり泣いているな。まったく、大げさな女どもだ。

ミリオラがリオナの肩をバシバシ叩く。

「ぷぅー、く、あは、あっはは！　あの小さなお師匠さんったら、そんなに可愛らしい格好をしていたの!?　寝間着にナイトキャップって、わたしも見たかったぁ！　んくっ、あはははははっ」

「でしょでしょ。エルたんって、寝間着姿も可愛いんですよぉ。お伽噺《とぎばなし》のコビトさんみたいなの。それなのに、あんなに偉そうに説教しちゃうところがまたたまらなくてっ」

「あ、それわかる～っ！　ギャップよね～！」

俺は己の姿を思い出し、久方ぶりに顔面を大発火させた。
出てくる前にリリが言った通り、ちゃんと着替えてくればよかった。
俺は両手でそっと顔を隠すのだった。

どれだけ戦場で多くの死を見てきても、どれだけ多くの別れをこの目で見てきても、わたしたちだけは。

……ずっと、一緒だと、思っていた……。

だからわたしはこの手を赤く染め、慟哭を憎しみへと変えて走った。

第八章 リリとブライズ

フアネーレの闇市を訪ねた日、俺が女子寮にあるリリの部屋に戻ったのは、もう明け方近くになってからのことだった。なるべく音を立てないようにドアを開くと、リリはすでに起きて朝食の準備をしていた。

「なんだ、起きていたのか」

「十歳の生徒だけを行かせて眠るわけにはいかないでしょう。その様子だと問題なかったみたいだけれど、食べながら聞かせてくれる？」

「わかった」

パンの皿を運んでテーブルに並べながら、リリが小さなキッチンスペースに戻る。リリはすでに寝間着ではなく、教官服に着替えていた。外から帰ってきたはずの俺は逆に、寝間着にナイトキャップだけどな。

今日は休校日のはずだが、また何か特別な仕事だろうか。

リリが手鍋を持って戻ってきた。蓋の隙間から、温かそうな湯気が漏れている。

「手作りか？」

「ええ。以前、わたしの手作りが食べたいと言っていたでしょう。ちょうど待ってる時間があったから、久しぶりに作ってみたのよ」

言ったか。言ったような気がするな。前世ではよくリリの手料理を食べていたのを思い出して。

レアン騎士学校に来てからの朝食は、いつも前日に買った冷たい購買パンとミルクばかりだったから。

「キッチンは手狭だし、コンロの炎晶石もひとつしかないし、やっぱりここで料理は限界があるわね。素材も手に入りづらいし」

「そうか。すまないな」

リリが大きな胸を張って、得意げに鼻を鳴らした。

「これでまずいとか言ったら怒るわよ」

「泣かれるよりはマシだ」

「お尻叩《たた》くから。覚悟しなさい」

「それは勘弁してくれ」

リリがスープ皿に取り分ける。

クリームシチューだ。ジャガイモと玉ネギ、鶏肉と葉野菜が入っている。いい匂いが湯気にのってふわりと広がった。

これは見ているだけで自然と顔が綻《ほころ》んでしまう。

「うまそうだ」

「エレミアはミルクが好きでしょう。だからこれにしたのよ」

そういえば、ブライズだった頃は果実酒と肉が好物だったから、ビーフシチューばかりだったな。

前世から好みに合わせてくれていたのか。全然気づかなかった。いい嫁になりそうなのに、なぜもらい手がつかないのか。

リリが鍋を置いて、向かいの席につく。

「では、食べましょう」

「おお。いただきます」

木のスプーンでジャガイモをすくって口に運ぶ。

じっくり煮詰めた濃厚なミルクと小麦粉、そしてバターの風味が口の中に広がった。イモがほくほくだ。

ふと気づくと、リリが肘を立てて俺の様子を見ている。

「……」

「……」

食べづらいな。

俺はもう一口、今度は鶏肉を口に運んだ。柔らかい肉は噛《か》むほどに脂が染み出す。

見てるなあ。ずっと見ている。感想を言うまでそうやって圧力をかけるつもりか。武装していないのになぜか剣圧がすごい。さすがは〝戦姫〟だ。

咳払《せきばら》いをひとつする。

「………………ちゃんとうまいぞ？」

「もう一声」

「すごくうまい。毎朝でもいい」

リリがにんまりと笑った。

「よろしい。でもその褒め方だとプロポーズみたいよ」

「そうか。そうだな」

少し笑って、リリも口へと運び始める。

「で、ヴォイドの件はどうだったの？」

「ああ、それなのだが――」

俺は途中でヴォイドに見つかり、ファネーレの闇市に連れていかれ、そこで武器を選ばされたことを伝えた。むろん、キルプスの策謀ありきということも含めてだ。

ちなみにまだ受け取ってはいない。あくまでも武器種の予約をしただけだ。三班だけが先に入手していては、他班からの反感を買うかもしれないからだ。

ただし、別枠ということで俺たちが選んだ武器だけは確保されている。クラスメイトらと被《かぶ》って足りなくなった場合には、後日、特別発注という形になるらしい。

何にせよ、次回のダンジョンカリキュラムまでに間に合えばそれでいい。

「ファネーレって〝諜報《ちょうほう》将校〟よね。彼女、実在していたの？」

いくら諜報員とはいえ、同時期に活躍していた〝戦姫〟ですら、その存在を知らされていなかったのか。呆《あき》れるほどに徹底されているな。

「みたいだな。俺も初耳だったのだが、あれは本物だと思う」

「そうなのね。噂《うわさ》はいくつもあったけれど」

「おそらく本名はミリオラ・スケイル。実の姉弟ではなく、ヴォイドと同じエルヴァのスケイル孤児院の出身のようだ。年齢はおまえと同じか少し上くらいだ」

ファネーレはあくまでも諜報任務で使用していた名前なのだろう。ブライズやリリ、マルドとは違って、本名を知られるわけにはいかない役割だ。

「だからヴォイドは彼女の実在を知っていて、なおかつ接触を許されたのね」

「初恋の相手らしい」

リリが目を丸くした。

「あら。ヴォイドのそんな話、初めて聞いたわ」

「弄《いじ》ってやるなよ」

「そこまで子供ではないわ。それに逆に嫁《い》ぎ遅《き》れを弄られちゃう」

リリがため息をつく。

「どうした？」

「陛下はわたしを信頼してくれていないのかしら。教官になってからならともかく、将軍だった頃からファネーレは動いていたのでしょう。わたしにくらい教えてくれてもいいと思うのだけれど」

確かにな。

リオナの件でもそうだ。キルプスはリリに真実を話さなかった。とはいえあのとき、もしもキルプスが話していたら、リオナはリリの手によって殺されていただろう。

「気にするな。キルプ――陛下の頭は、どうせ常人では理解などできん。あいつは変人や狂人の類《たぐい》だ。ブライズとてやつの友ではあったが、すべてを知っていたわけではない。手足となり、己が何をさせられているかさえ知らなかった……らしい」

もっとも、その謎の命令や行動が、結果的に悪い方に結びついたことは一度もない。結末は必ずよい方へと転がっている。俺にはそれで十分だった。

「花瓶を投げ合って遊ぶお友達のエレミアが言うなら、そうなのかもしれないわね」

俺はシチューを食べながら、少し笑った。

「俺を変人狂人の同列に並べるな」

「ふふ」

「ははは。ま、陛下のことは信頼して大丈夫だ。俺が保証する」

「十歳の保証にどれだけの意味があるの」

「ぐ……。うまいな、ああうまい。シチューうまい」

笑いながら、俺たちはパンをちぎってシチューにつけ、口に運ぶ。

「そう言えばリリ」

「ん？」

「どうして教官服に着替えているんだ？　今日は休校日だぞ？」

リリがちょっと複雑な表情をして、物憂《ものう》げなため息をついた。

「人に呼ばれているのよ。待ち合わせがあって」

「教官服ということは学内関係者か？」

「ギーヴリー教官よ。ローレンス・ギーヴリー」

あ～……、誰だっけ……？

う～ん。覚えていないが、なぜか不思議と飯がまずくなる名だ。

糞《くそ》が！　思い出したぞ、あの貧弱野郎！

初等部教官ローレンス・ギーヴリーだ。

入学試験では自ら肋骨《ろっこつ》を折って被害者ぶったあげく俺を不合格にさせようと企《たくら》み、ダンジョンカリキュラム関連ではホムンクルスの出現を知りながらも、俺への私怨《しえん》で再開させやがった最低の教官だ。

「……」

俺は校庭の植樹やベンチに身を隠しながら、いつものように教官服のスカートを揺らしながら凛《りん》と歩くリリの背後をつけていく。

むろん、気取《けど》られないギリギリの距離を保ちながらだ。

風が吹いて長い髪を攫《さら》われたリリが、教官服のポケットから取り出した紐で髪を縛った。その間も足を止めない。

「く……！　そんなに急ぐほど大事な用なのか……!?　リリのやつ、ローレンスとの約束など放っておけばよいものを……！」

胸がざわつく。

胸糞悪いとはこのことだ。

思い返せば、ローレンスは入学試験のときからリリに色目を使っていた。

実技試験の際には俺と木剣で相対していてすら、やつのイヤラシい視線はリリにばかり向けられていた。目の前の俺ではなく、だ。

結果として肋骨のおよそ半数を砕かれることになりはしたが、そのようなものは自ら折ったも同然の自己責任だと言いたい。

俺はひとり毒づく。

「リリもリリだ。珍しく男に呼び出されたからと言って、何をいそいそと出かけているのか……！」

ふしだらな。俺はおまえをそのような娘に育てた覚えはないぞ。

植え込みに身を隠して、ギチギチと親指を噛む。

許さん。絶対にだ。ローレンスのような卑怯者《ひきょうもの》の無能に、俺の弟子を幸せにしてやれるはずがないのだからな。

ギリィと噛みしめた奥歯が鳴った。

瞬間、リリがふいに振り返る。

「〜っ⁉」

俺は慌てて植樹の裏に身を隠した。

く、鋭すぎる。さすがは戦姫だ。俺でなければ身を隠すのすら間に合わなかっただろう。おそらくこれでもリオナほどではないのだろうが。

しばらく振り返ったままこちらを眺めていたリリだったが、一旦首を傾《かし》げてから、また背中を向けて歩き出した。

「ふー……」

俺は胸をなで下ろす。

危ないところだった。あまり激情に駆られてはならない。体熱が上がり、呼吸が乱れ、結果として気配を悟られてしまう。

深呼吸だ。落ち着け、俺。

そもそも、何をそれほど苛立《いらだ》つことがある。傍《はた》から見れば、これではまるで俺が妬《や》いているようではないか。違う。違うだろう。

これは嫉妬《しっと》ではない。純然たる心配なのだ。喩《たと》えるならば娘を見守る父親のようなもの。そうだとも。リリ・イトゥカを育てたのは、この俺なのだから不思議でも何でもない。

でも何かいまは逆に育てられている感じになっているけれども。

「あ……」

見失った。

慌てて走り出す。

レアン騎士学校にはデートスポットがある……と、リオナに誘われたことがある。校庭の一角に造られた、通称フラワーガーデンだ。

その名の通り花壇とベンチがある。それ以外は知らん。興味がない。行ったこともない。

そもそもデートスポットとは言っても、レアン騎士学校は開校されてまだ間もない。デートも何も、学生のカップルさえろくにできていないだろう。たぶん。知らんけど。

「まさかこのようなところにはいないだろう……が？」

通り過ぎかけて、視界の隅に入った光景に足を戻す。

「――――！」

いた。リリとゴミ虫――ではなくローレンスだ。

俺は植え込みに身を隠しながら、ふたりの様子を覗《のぞ》き込む。

リリは誘われるままに、フラワーガーデンのベンチに腰を下ろした。当然、隣に座るのはゴミ虫だ。

ガーデン内には他に誰もいない。ふたりきりだ。

緩やかな風に、色とりどりの花がその身を揺らしている。

「……」

「……」

何かを話しているが、距離が遠すぎて内容までは聞こえない。気になる。とてつもなく気になる。

だがこれ以上近づけば、必ず存在を気取られてしまう。

痛し痒《かゆ》しだ。

ローレンスが穏やかな表情で口を開くたびに、リリは笑いながら首を左右に振っている。

なんだこの込み上げてくる焦《あせ》りにも似た感情は。いや、焦りそのものか。落ち着け俺。

「糞、リリめ。何を笑っているんだ。そいつは人間の屑《くず》だぞ」

そいつが俺に何をしてきたかを知っているくせに。なぜそんな男に笑顔を見せるんだ。

ああ、腹が立つ。ローレンスにもリリにもだ。

いっそここからローレンスに石をぶつけてやろうかとも思ったが、おそらくリリの方が反応して防いでしまうだろう。

何もできることなどない。何という無力か。

いや、まだだ。諦めるにはまだ早い。偶然を装い会ったことにすればいい。

俺は覚悟を決めて立ち上がり、フラワーガーデンに踏み入る。

「――？」

途端にリリの視線がこちらに向けられた。

少し遅れてローレンスがリリの視線を追い、俺を見るや否《いな》や、あからさまに顔をしかめた。舌打ちまで聞こえてきそうだ。

なんだ、文句があるのか。もう二、三本イっとくか。

俺は堂々とやつに近づいていく。

「エレミア・ノイ？　おまえ、こんなところで何をしている？」

「散歩だ。俺は可愛《かわい》らしい花を愛《め》でるのが斬り合いの次に好きでな」

「いや、血走った目で何を言っているんだ……」

なんだこの野郎。やはりもう一度へし折っておくか。

そんなことを考えた瞬間、殺気を読んだようにリリがベンチから立ち上がった。

「エレミア。ごめんなさい。もうそんな時間だった？」

「へ？　ん？　時間？」

ほんの一瞬、見つめ合い。

リリが小走りでこちらにやってきた。

「すぐに修練場に向かいましょう。部活のみんなを待たせてしまったわね」

「部活――？　今日は修練場も閉鎖――」

「閉鎖中だから清掃ができるのよ。ほら、早くっ」

リリは俺の手を取ると、ローレンスを振り返って軽く会釈をした。

「ごめんなさい、ギーヴリー教官。陛下とギーヴリー伯爵には、わたしの方から近いうちに釈明しておきますので、今日のところはこれで」

陛下？　ギーヴリー伯爵？

キルプスやローレンスの父親が何か関係しているのか？

「待ってください、イトゥカ教官！　これはあなたにとってもチャンスです！　この話を逃せば必ず後悔しますよ！　いまならまだ間に合う！」

ローレンスがベンチから立ち上がり、リリの方へと手を伸ばす。だがリリはそこから逃れるように俺の手を引いて、足早に歩き出した。

「申し訳ありません。失礼します」

俺たちはローレンスをその場に残し、フラワーガーデンから出る。しばらく無言で手を繋《つな》いだまま歩いていたリリだったが、女子寮の入り口まで戻ってくると、ため息をついて俺の手を放した。

左手を腰に、右手を額にあて、再度のため息とともにうつむく。

「お、おい、リリ？」

「何かの気配がちらつくとは思っていたけれど、わたしを尾行していたのね？」

「う……」

バレていたか。さすがに俺だとまでは知られていなかったようだが。

「あ、その……。違うんだ……おまえのことが心配で……いや、ああ。——すまない！」

リリが手を挙げた。

平手でも貰《もら》うのかと身構えた俺だったが、次の瞬間、俺はリリにギュッと抱きしめられていた。

「んえ？」

耳元でため息をつかれる。

「助かったわ、エレミア」

「ん？　え？」

リリが珍しく顔を歪《ゆが》め、疲れたような声で言った。

「……もう嫌。あの人、自信過剰すぎてまるで話が通じないんだもの……」

「や、と、とにかく、これはまずいのではないか？」

休校日とはいえ、ちらほら学生の姿はある。教官が生徒に抱きつくところを見られては、妙な噂が立ってしまいそうだ。

リリが身体《からだ》を離す。

「平気よ。一組の子以外は、みんなあなたのことを女の子だと思っているから」

「……おん……な？」

あ。あー。そういうことか。

ヴォイドやオウジンには本気で付き合いを求める女子が山ほどいたが、俺には約一名の変態を除いて、一緒に遊びたい的な要望しかなかった。

俺はそれを自分がまだ十歳だからかと思っていたのだが、どうやらそれだけではなかったらしい。大半が俺を女子だと思っているのか。まあ、普段から女子寮を歩いているのだから、普通に考えればそうなのだろうが。しかし、なるほど。エルちゃんなどと腑抜《ふぬ》けた呼び方をされるわけだ。

だが俺にとっては都合がいい。恋愛などに時間を割《さ》かれずに済む。いや、約一名の変態を除いてだが。あいつめ。

俺とリリが同時に口を開いた。

「恋愛とは何と面倒な」

「恋愛ってほんとに面倒ね」

ん？


俺は我が耳を疑い、問い返す。

頭痛を堪《こら》えるため、額を押さえながらだ。

「お見合い？　それは剣術の間合いで膠着《こうちゃく》状態に陥っているということではなくか？」

「そんなわけないでしょう。結婚に至るあの顔合わせのことよ」

死に至る病みたいな言い方よ……。

リリがテーブルに両肘をついて頭を抱えた。珍しく浮かべた忌々《いまいま》しそうな表情を、まったく隠そうともせずにだ。

リリとローレンス・ギーヴリーとの密会の直後だ。俺たちはフラワーガーデンのローレンスから逃れるように、女子寮にあるリリの部屋へと戻ってきていた。

俺はハーブティーの入ったポットから、リリのカップと自身のカップへとそれを注ぐ。

「ありがとう」

「ああ」

このハーブティーには気持ちが落ち着く効能があるらしい。

これまた珍しく、リリが俺に淹《い》れるように頼んできたんだ。それは別にいいのだが、会話はティーのように流せる内容ではない。

「あのローレンスとか？」

「そう」

俺はあらためて思い出す。リオナの諜報資料にあったローレンス・ギーヴリーのページの内容を。

王立レアン騎士学校初等部教官。年齢二十二。従軍経験はあるが功績は一切なし。

王都中央で司法に関する国政に従事する名門ギーヴリー伯爵家の長男。とはいえ、公明正大に王国に尽くしてくれている父ライアン・ギーヴリー伯爵とは正反対で七光りの能なし。

さらに性格的には小狡《こずる》い卑怯者だ。己の矜持《きょうじ》を守るためだけに、十歳児を平気で貶《おとし》める程度には。

リリが食いしばった歯の隙間から声を漏らす。

「何度かギーヴリー教官本人にはお断りしたのだけれど、そのことが後見人になっているギーヴリー伯爵や陛下には伝わっていないみたいなの」

「あぁ……？」

キルプスが後見人になっているのか。

おそらくキルプス本人は、適齢期を過ぎるまで長年国家に尽くしてくれた戦姫であるリリを見かねて、名門名家との婚姻を勧めているのだろう……が。

ローレンス・ギーヴリーの人となりを、父である人格者のライアン・ギーヴリー伯爵本人と重ねてしまい、見逃してしまっているようだ。

リリが両手で頭を掻《か》き毟《むし》っている。

「あ〜〜も〜〜〜〜！」

さらに悪いことに、リリはブライズとは違って正式な称号である〝剣聖〟をキルプスから賜ってはいない。彼女の〝戦姫〟はあくまでも民によってつけられた渾名《あだな》に過ぎない。

称号ではない。だがゆえに、身分的には一般的な平民そのもの。

剣聖とは違い、特権で貴族や王族に意見を通すことはできないし、軍部においても騎士団直下の傭《よう》兵《へい》という扱いになる。

だからこそ、自らギーヴリー伯爵やキルプスに意見をすることができないのだ。向こうから求められない限りは。

俺はため息をついた。

「なんだ、そんなことだったのか……」

「そんなこと⁉　他人事《ひとごと》だと思って！　あなただってギーヴリー教官の内面はよく知っているでしょう！」

剣幕がすごいな。よほど嫌のようだ。

「あ、す、すまない。軽い気持ちで言ったわけではないんだ」

俺がハーブティーで唇を湿らすと、それに倣《なら》うようにリリが――いや、一気飲みした。ガン、と砕けんばかりにカップを置く。

こんなリリを見るのは初めてだ。

俺は再びポットからハーブティーを注いだ。リリにな。

「ああ、えっと、その、以前少し言ったことがあるかもしれんが、俺は一応キルプ――陛下に意見を言える立場にあるんだ」

「……ノイ家は男爵家よね？」

リリが不機嫌そうに目を細める。

睨《にら》まれた。つらい。

言わんとすることはわかる。男爵家は下級貴族だ。王に意見どころか、本来であれば公の場以外で王族と直接見《まみ》えることすらほとんどない。

それこそ、ブライズのような個人的な知り合いでもなければな。

「ああ。だが俺は、なんというか、あ～」

「個人的なお友達？」

「まあ、そんなところだ」

「陛下と？　親子ほども年齢が違うのに？」

疑わしそうな目つきをしている。

「あ～……」

実際に血の繋がった親子だ、とは言えない。前世では親友だったこともだ。

リリが視線を斜め上方へと上げた。

「確か……。エレミー殿下って、エレミアと同じくらいの年齢だったかしら」

「おぅ!?」

カップを持つ手が震えて、ハーブティーがベシャっと手首にかかる。

「あっつぇ～～～～～い！」

「大変！」

リリが慌てて濡《ぬ》らした布巾を持ってきて、俺の手を包み込んでくれた。

「大丈夫？」

「お、おお。結構冷めてたから」

ヤバい。やぶ蛇だったか。いや、最悪リリにならば知られても困ることはない……が、リリが俺を殿下と見なしてこれまでとは違う態度に出られるのは正直少し寂しい。おそらくは理事長室あたりを仮住まいにされてしまいそうで。

ともにこの部屋で暮らすこともなくなってしまうだろう。

ふと気づく。いまさらながらにだ。

そうか。俺はリリとこの部屋で暮らしたいと思ってしまっていたのか。かつてのリリがブライズに感じていたように、十歳児の肉体に引《ひ》き摺《ず》られてしまって甘えが出ているのだろうか。

頭を振る。

甘えだと。馬鹿馬鹿しい。相手は己が育てた弟子だぞ。それこそガキの頃からだ。

だが、こいつを見ていると。

「……」

リリは座ったままの俺に合わせるように、床に膝をついて冷たい布巾で俺の手を握ったままだ。俺はほとんど無意識に空いている左手で、かつてのようにその頭を撫《な》でようとして。

「？」

伸ばした手に反応したリリが、ふいに視線を上げて首を傾げた。

触れる直前にだ。

俺は正気に戻り、触れかけていた左手を彼女の前で立てる。

「もう平気だ。自分でできる」

「だめ。あなたたちは、自分の傷にはいつも無頓着《むとんちゃく》なのだから」

複数形。誰のことかもわかる。ブライズはこんなふうによく叱られていた。幼かった頃のリリにだ。

寂しいな。名乗れないのが寂しい。ブライズであることはもちろん、俺がエレミーであることも。

嘘《うそ》ばかりだ。俺は。

けれども、王家の人間であることが万に一つでも外部に漏れた場合、レアン騎士学校そのものが共和国に狙われる恐れがある。それだけは絶対に避けなければならない。

この学校に入学してからまだ間もないが、俺はここが気に入っている。リリとの暮らしも、クラスメイトたちとの関わりもだ。楽しいんだ。

なのに、リリは。

「さっきも言ったけれど、エレミアって、エレミー殿下と年齢も近いし名前も似ているのね」

ひゅっと喉が鳴った。言葉の鋭い刃《やいば》で裂かれたように。

全身から汗が滲《にじ》む。

リリが上目遣いで、再び首を傾げた。

「もしかして、殿下とお友達だから、陛下とも仲がよかったの?」

しばらくの硬直の後、安堵《あんど》の息を吐く。

「ああ、そうなんだ。殿下とは、以前王家主催の夜会にノイ家が招待された際に、名前が似ていたことでな。だから陛下とも本当は顔見知りだったんだ。だが、そういう関係性は隠しておかねば危険だと言われていてな」

「そうだったのね」

嘘を重ねるたびに、きりきりと胃が痛む思いだ。

すまない、弟子よ。

「だから俺なら陛下にリリの言葉を伝えることができる。他に手段がないから、数日かかる手紙でよければだが」

キルプスとヴォイドを行き来している鳥を使えば、もっと早くに伝えられるかもしれないが、その場合はヴォイドにも事情を話さなければならなくなる。

「……このようなことを十歳のあなたに頼るのは申し訳ないのだけれど、状況が状況だから、お願いできる？　もちろん手紙はわたしが書くから、エレミア・ノイの名で送ってくれると助かるわ」

「ああ、任せておけ」

とりあえずはこれでローレンスの問題は一件落着だ……が。

俺にはもうひとつ、どうしても確かめておきたいことがあった。だが、問うにしても少々勇気がいる質問だ。強敵と斬り結ぶ方がまだ気楽なくらいにな。

ごくりと、唾液を飲み下す。

リリはなぜ頑《かたく》なに家族を持とうとしないのか。むろん、今回の破談は相手が相手なせいで、俺自身も望むところだ。ローレンスなどと結ばせてたまるものか。

けれども、ずっとこのままでは、リリの人生が壊れてしまう気がして。

俺は口を開く。

「なあ、リリ」

「ん？」

またリリが俺を上目遣いで見上げた。

ただ単にまだ俺の手を冷やしてくれていたからなのだが、この目線の高さの差は、まるで俺がブライズだった頃のようだ。

懐かしいな。

「……おまえ、もしかしてブライズに恋をしていたのか？」

その質問をしてから数秒後。

リリは真顔で視線を斜め上に向け、首を傾げた。

「……」

「……」

無言の時間が流れていく。

嫌な汗がじわりと浮いた。心臓が徐々に高鳴っていく。顔中からマグマがあふれ出しそうな気分だ。

いっそ軽い感じで冗談で問うたことにしてしまおうかとも考えたが、それはかろうじて思いとどまった。

いい加減もう、有耶無耶《うやむや》にしておくべきではない。

俺はリリ・イトゥカの幸せを願っている。心からだ。この世からいなくなった人間の影を、もしも彼女がいまもまだ追っているのだとしたら。ましてそれが己の前世だとするならば、もうやめさせなければならない。

ブライズがリリを不幸にするなど、絶対にあってはならないことだ。

いや、もうしてしまったんだ。己だけさっさとくたばってな。ああ、腹が立つ。

互いの呼吸と、外で語らう女生徒らの明るい声だけが微《かす》かに聞こえていた。

俺はひたすら待った。リリが質問に応じるのを。

「……」

リリが唇を開き、だが閉ざす。

今度は口元を片手で覆って、視線だけを真横に向けている。俺にはただ言葉をじっと待つことしかできない。この瞬間、どれほど居心地が悪かろうともだ。

リリはいま、自身の内面と向き合っている。ここで俺が先に逃げ出すような真似《まね》はもうできない。

そうしてしばらく。

ゆっくりと、リリの表情が変化し始めた。

眉根を寄せ、唇を曲げ、俺に視線を向けて。

「ハァ？」

いや、「ハァ？」て……。溜《た》めに溜めて「ハァ？」て……。

何だその顔は。

俺は喉を詰まらせながら問い返す。

「や、おまえ、だって、俺が初めてこの部屋で寝た日に、ブライズとなら関係が進んで夫婦になってもいいと思ってたって……」

「あら、やっぱり起きてたのね。独《ひと》り言《ごと》のつもりだったのだけれど」

リリの目がじっとりと細まった。

しまった、やぶ蛇だったか。

「すまん、どう応《こた》えていいのかわからなかったから、眠ったふりをした」

「ふふ、冗談よ。独り言だから。でも――」

少し戸惑いを見せた後、リリがうなずく。

「うん」

「うん？」

「別に夫婦になってもいいかなーとは思ってたわ」

どういうことなんだ。わけがわからん。これが女心か。いや、違う気がするな。

頭が混乱してきた。

「……さてはおまえ、俺が十歳だから適当にこたえればいいと思っているな!?」

「ううん、本気よ。わたしはあの人の家族になりたかったのだから。ブライズが子供を欲しがるのなら、産むのはわたしだとも思ってた」

すごい告白だ。十歳を相手にする話ではない。だがいまはそれがありがたい。

しかしこれ、内容的にはますますわからなくなってしまった。

「恋はしていないのだろう？」

リリがハーブティーのカップに口をつけた。

「ええ。だって恋ってもっとキラキラしていて胸がドキドキする、素敵なものらしいのだもの」

一口啜《すす》ってソーサーに置く。カチャっと静かな音が鳴った。

「ほら、ファネーレの劇なんて特にそう観《み》せているでしょう？　恋をした瞬間から世界が綺麗《きれい》に変わって見えた、とか、食事も喉を通らない、とか、顔を見るたびに胸の高鳴りがすごくて素直に話せなくなる、とか」

「はぁ、まぁ」

何か語り出した。

何気に〝諜報将校〟の演劇は俺も好きだ。甘く染まった世界を血に染めるファネーレの生き様は実に美しく芸術的だ。

だがいまはそんなことよりもリリの告白だ。

「あ、でも最初に連れてこられた日の夜はドキドキしていたわね。ブライズは身体が大きいし、顔は怖いし、わたしの扱いは雑だったし」

「お……」

その件についてては、もはや言葉もない。

長い髪を揺らしてリリは首を傾げる。

「このドキドキは恋?」

「違うなあ。それは恐怖や不安の類だなあ」

あえて俺に言わせるな。おまえは知らんだろうが情けなくて泣きたくなるんだぞ。そもそもなぜ、あれほどデリカシーに欠けていたのだ、前世《ブライズ》の俺は。

親の顔が見たいとはこのことだ。そこらへんはまったく覚えていないが。

「そうよね」

ならばリリがブライズに恋愛感情を持っていたかもしれないというのは、俺の自惚《うぬぼ》れだったか。それならばそれでいい。俺が大恥を掻くだけで済むならばそれで。精神が朝の雄鶏くらいでかい声で悲鳴をあげているが、それでいいんだ。

俺は次の段階に話を進める。

「ならばなぜそれほど婚約から逃れたがっているんだ? ああ、無論ローレンスのことではないぞ。あんな糞は絶対にだめだ。おまえに相応《ふさわ》しくない。だが、良縁もあったはず。これまで求婚されたことはなかったのか？」

リリが表情を曇らせて唇を尖《とが》らせた。

「……おませさんの嫁ぎ遅《いき》れ弄り……」

「茶化すな。まじめに聞いているんだ。一度もなかったわけではないだろう」

「ブライズが死んで騎士団直下に置かれたときから、時々はね」

騎士団？　最初は兄弟子ではないのか？　あいつら、なぜリリを口説《くど》かなかったんだ？　どこに目をつけている！　節穴ならば潰してやろうか！

ふと気づく。

もしかして、俺がリリを同じ部屋にずっと住まわせていたからか⁉　そのせいでやつらは勘違いしていたのか⁉

糞、ブライズめ。無神経にいらんことばかりしおって。来世の自分にまで迷惑をかけるなと言いたい。虚《むな》しい。

「まともなやつとの縁談もすべて断ってここまできたのはどうしてなんだ？」

リリがあたりまえのように微笑《ほほえ》みながら言った。

「もしもわたしが誰かと夫婦としてこの先ずっと生きることがあるとしたら、相手はブライズだけだからよ」

話が一周回って戻ってきた。

若干《じゃっかん》の苛立ちを覚えた俺は、リリを睨み上げる。

「おまえ、やはり俺をガキだと思って適当に話してるだろう」

「すべて本気よ。でも、そうね。エレミアにはまだ早かったかしら」

そんなもの誰にも理解などできるものか。そもそも俺は子供ではない。前世と今世を足せば、もうすでに大概の年齢だ。

リリが首を左右に振って口を開く。

「……いつかこたえがわかるときがきたら、エレミアからまた問いかけて。でも、いまはこれでこの話はおしまい」

俺はため息をついて、ゆっくりと立ち上がった。

「わかった。少し早いが俺は先に昼飯を食ってくる」

リリの瞳が揺らいだからだ。

ブライズのことを長く話すとき、リリはいつも最後には泣いてしまう。俺に見せないように部屋の片隅で、あるいは眠いと嘘をついてベッドに潜ってだ。

バレていないとでも思っているのか。馬鹿弟子め。

ため息をつく。

未《いま》だに俺がリリにブライズの死因を尋ねられないのは、このせいだ。おそらくとてつもなく長い話になってしまう。きっとそのときには、リリの心が保《も》たない。

「ええ。いってらっしゃい」

「……悪かったな」

「何が？」

「根掘り葉掘り聞いてだ。夕方には戻る。ゆっくりしていてくれ」

このときはリリを泣かせたという罪悪感だけが残ってしまった。

だがこの日が入学以来最も長い一日となることに、俺はまだ気がついていなかった。

リリに手を振りながら女子寮の廊下へと出て、俺は食堂を目指した。

食堂の入り口あたりで、リオナとオウジンが立ち話をしている。リオナはめざとく俺を見つけると頭の上で大きく両腕を振った。

「お～い、エルた～ん！」

俺は周囲を見回しながらふたりに近づいていく。

こういうときに限って姿がない。

リオナが尋ねてきた。

「エルたんもいまからお昼？」

「いや、俺はちょっとな。――オウジン、ヴォイドを見なかったか？」

オウジンが頭を振る。

「今日はまだ見ていないな。男子寮の部屋か本校舎屋上か、もしかしたら闇市のミリオラさんのところにいるんじゃないかな」

「そうか」

肩を落とした俺に、リオナとオウジンが同時に眉根を寄せた。

「どしたの、エルたん？　なんか今日元気ないね？　あたしが元気づける？　ふたりっきりになれるところ探さなきゃだ！」

「何か悩みか？　僕でよければ聞くが」

俺は顔を上げて顎《あご》をしゃくる。

「いや、いい。おまえらでは役に立たん」

今回は異性関係の話だ。

リオナは諜報能力をフルに使って遊び半分で詮索してきそうだ。そのようなことになれば、リリのプライベートを俺が曝《さら》してしまうことになりかねない。

そしてオウジンは、こと異性関係となれば文字通りの無能だ。糞の役にも立たん。

「……」

「……」

目を点にして立ち尽くすふたりに手を振って、俺はさっさと背中を向けた。

「ではな、役立たずども。夕飯は一緒に食おう」

ヴォイドが時間を潰す際に使用するのは主に屋上だが、あれはあくまでも授業をサボるためだ。寮で寝ていると寮母に見つかってしまうから、避難しているにすぎない。だからそもそも休校となれば、あいつが本校舎に立ち入る理由はないだろう。

「闇市だと面倒だな」

とりあえず俺は男子寮へと向けて歩き出す。

その入り口に差し掛かったとき、ちょうどヴォイドがあくび混じりに出てきたところだった。

「ヴォイド!」

「あ?」

ヴォイドがかったるそうな顔をこちらに向けた。俺はやつに駆け寄る。

「あんだよ? 用があんなら飯食いながらでいいか?」

「すまん。他のやつらには聞かれたくないことだ」

「ああ？　猫や河童《かっぱ》野郎にもか？」

「カッパ？」

自分の頭頂部を指先で叩きながら、ヴォイドが笑った。

「東国の溜め池や川に棲《す》んでる魔物だ。頭のてっぺんだけハゲてるらしいぜ」

「なんと気の毒な……」

ちなみにオウジンはハゲていない。

「いや、それはさておきだ。ああ、えっと、あのふたりにも聞かれたくない話だ」

ヴォイドが左右の眉の高さを変えた。

俺はヴォイドの制服を引っ張って、校庭の人気《ひとけ》のない一角へと引き摺った。そしてリリとブライズの名を伏せたまま、先ほどリリから聞いた話をヴォイドに聞かせる。

「おまえなら彼女の本心がわかるか？」

「あー……。そりゃおめえの聞き方が悪いな」

ヴォイドがどでかいため息をついた。

「俺の？」

「死んじまった男に恋をしていたのかって聞いたんだろ。その女が誰のことかは知らねえが、そういう稚拙《ちせつ》な想いなんざとっくの昔に終わっちまってたんだろ。たぶんな」

俺は首を傾げる。

「稚拙？　もっとわかりやすく言え！」

「あー、なんつーか、いてあたりまえになってたってこった」

「わからん！」

「逢《あ》いたいだの胸がドキドキするだのぬかしてる学生の恋じゃねえ。もうすでに何年も連れ添った夫婦に近え気持ちになってたんじゃねーの。知らねーけど――……って、どこ行くんだ？　飯は食わねえのか？」

気づけば走り出していた。

校庭を駆け抜け、女子寮前を掃いている寮母のホーリィ婆さんに挨拶をしながら、俺は女子寮に駆け戻った。

勢いよく階段を駆け上がり、いつものドアを開けると、先ほどと同じ格好でテーブルに座っていたリリが、慌てて目元を指先で拭うのが見えた。

「……ど、うしたの？」

俺は後ろ手にドアを閉めて息を整え、もう一度尋ねる。

「リリ、もう一度聞く。おまえはブライズを愛していたのか？」

「……ええ。愛していたわ」

確かにそうつぶやいた。

次の瞬間リリは席を立ち、部屋の片隅に衝立《ついたて》で作った着替え用のスペースへと、そそくさと逃げていった。

俺は力なくドアに背中を預け、その場に膝を折る。

どれくらいそうしていただろうか。

頭が真っ白になって何も考えられなくなっていた俺は、ドアを背中で擦《こす》り上げるようにゆっくりと立ち上がった。そうして幽鬼のような足取りで、部屋を歩き出す。

ベッドの向こう側には、リリが隠れた衝立がある。

俺はふらふらと衝立を回り込み――……へたり込んでいたリリを見下ろした。

「……」

リリは膝を折って座り、両目を押さえて静かに泣いていた。

俺が近づいてきたことには気づいていただろう。けれどもう、リリは自分を取り繕うこともしなかった。

拭えば済む程度の涙ではなくなっていたからだ。フロアのカーペットにはいくつもの染みができている。

「リリ……」

リリは耳まで真っ赤に染まっていた。顔を上げ、ぐちゃぐちゃの目元で照れくさそうに笑いながら俺を見上げる。

「ごめんなさい、エレミア。大人《おとな》なのに恥ずかしいわね。せっかく気を遣って一度は外に行ってくれたのに」

「あ、ああ、いや。……気づいていたのか」

泣き顔を見ないようにしていたことも、どうやら以前から気づかれていたようだ。俺は本当に愚か者だな。呆れるほどにだ。前世から何も変わっていない。

少し、触れてもいいだろうか。

俺はゆっくり手を伸ばす。不思議そうにその手を見ていたリリだったが、俺が彼女の髪に触れても、逃げたり拒絶を示すことはなかった。

さらさらと、長い髪が流れる。

ああ、懐かしい感触だ。覚えている。まだ思い出せる。

「エレミア……？」

……大きくなったなあ……。

喉元まで迫《せ》り上がる言葉は、しかし吐き出すわけにはいかない。

「すまない。無神経なことばかり聞いてしまった」

「……」

またぽろぽろと涙がこぼれだした。

どうすればいいんだ。

リリが苦い顔をして慌てて拭う。

「ああ、もう……っ、泣いてる人にそんなふうに優しくしてはだめ……」

「気にしなくていい。流せるだけ流してくれ。俺は、ああ、後ろを向いている」

手を離して背中を向け、その場に座る。

「ほら、これで顔は見えんぞ。あと俺は物覚えが悪く物忘れが激しい。たぶん今日のことも忘れてしまうだろうな」

「…………………ふ、ふふ……」

「おい、笑ってないで泣けと言っているんだっ。すっきりするまで滝のように流せっ。絞れっ」

そう言いながら振り返りかけた俺を阻止するように、リリが背後から俺の頭に両腕を回してきた。

そのまま大きな胸の中へと引き寄せられる。

「お……」

大きくてふわりと柔らかく、日射《ひざ》しのように暖かい胸だった。微かに果実のような匂いがしている。

……本当に大きくなったなあ……。

いや違うだろ馬鹿か俺は。このようなときくらい邪念を捨てろ。相手は弟子だぞ。

「エレミア、振り返ってはだめよ？」

「ああ」

耳元で囁《ささや》かれると、吐息がこそばゆい。

「そのまま動かないでね」

「ああ。大丈夫だ。顔は見ない」

首筋にリリの顔があたった。頬《ほお》は湿っている。微かな嗚咽《おえつ》も、しばらくはやみそうにはない。

俺は考える。ない頭で。

もう明かすべきなのだろうか。己がブライズであると。

ふたりにしかわからないことを話せば、あるいは信じてもらえるかもしれない。だがそれは信じてもらえなかった場合には、あまりに悪辣《あくらつ》すぎる行為だ。

それに、明かしてどうなるというのか。確かに俺はかつてブライズではあったが、いまはもうすでにブライズではない。

四十路《よそじ》と十歳では年齢が違う。

大人と子供では肉体も違う。

平民と王族では立場も違う。

剣聖と学生では天と地の差だ。

おまけに考え方まで変わってしまった。何もかもが違う。もはやエレミー・オウルディンガムは、ブライズのことをよく知るだけの別人だ。

少なくともリリがいまもその影を追いかけている、剣聖ブライズその人ではないことだけは確かだ。

悔しい。口惜しい。

なぜ、なぜ、なぜ、なぜなぜなぜなぜなぜなぜなぜ、俺は死んでしまったのだ。リリの言う通りだ。

「……ッ」

俺たちの〝形〟などどうでもよかった。

夫婦でなくてもいい。リリが幸福をつかめるならば他の誰かと所帯を持っても構わなかった。

親子でなくてもいい。リリが望むのならば自身と所帯を持つことも真剣に考えるべきだった。

師弟のままでもいい。これほどまでに寂しい思いをさせるくらいであれば共に生きるだけでよかったのに。

ああ、そうか。

いま初めて俺は、本当の意味でリリの気持ちを理解できたのだ。

だからこそ腹が立つ。己に。ブライズに。

なぜ俺《おまえ》は、リリの側《そば》にいて成長を見守ってやれなかったのだ。おまえは一体どのような死に方をしたのだ、と。

「エレミア……？」

鼻にかかった声でリリに問われた。

ふと気づくと、肩越しにリリが俺の顔を見ていたんだ。

俺は歯がみしながら涙をこぼしてしまっていた。このような子供の肉体では涙も満足に堪えることもできない。

「な、なんでもない！」

「…………もらい泣き？」

違う。リリの不遇に対してというよりも、俺は俺自身の不甲斐《ふがい》なさに泣いていた。過去に何もしてやれなかったプライズにも、いままさに何もできないエレミーにも、とことんまで情けなくなった。

リリがそそくさと立ち上がる。そのまま無言でキッチンスペースの方へと歩いていった。今度は俺が気を遣われたのかと思ったが、どうやらそうではなかったようだ。

しばらくして戻ってきたリリの手には、湯気の立つカップがふたつあった。

俺は涙を拭い、のっそりと立ち上がって、いつもの食卓につく。

「ホットミルク。昼食はないけど温まれば落ち着くわ」

「すまない」

カップを受け取ると、じんわりと掌《てのひら》が温まった。いい匂いがする。

リリが向かいの席に座った。

「お互いに落ち着いたら、食堂に行きましょ」

「ああ。その頃には空いているといいな」

「そうね。――お腹《なか》はもう空いてる？」

「いや、あまり」

しんみりと。ほとんど同時にミルクに口をつける。

うんま。ミルクうっま。神は信じていないが神汁かもしれん。先ほどリリが言った通り、少し気分が落ち着いたようだ。

「エレミア」

「うん？」

「まだお腹が空いていないなら、もう少しだけブライズのことを話してもいいかしら。あなたは聞いてくれる？」

「……俺はいいんだが、いや、しかし……」

また泣かれてしまう。そしていまの俺にはその涙を止める術がない。

リリが片肘を立てて顎をのせた。視線を逸らし、ため息をついてつぶやく。

「何だか話したくなったのよ。どうせもうエレミアには色々と恥ずかしいところを見られてしまったのだから、それならいっそ、あなたにすべてを吐き出したくなった」

「そうなのか……」

「ただの捌け口（はぐち）だけれど」

「構わない」

いまなら聞けるだろうか。

ブライズの死因を。

想像と違った。俺はてっきり涙ながらにブライズとの思い出を語ってくれるものだとばかり思っていた。

出るわ出るわ。リリの口から、ブライズへの愚痴が。

やれがさつだの、やれ顔が怖いだの、やれ無駄にでかいだの、女性の扱いがなっていないだの。

それだけならば以前からちょくちょく聞いていたが、そこに加えて、剣術の教え方がへたすぎると

か、陛下に対する横暴な態度は正視に耐えないとか、疲れていると汚れたままベッドに入ってくると

か、疲れていないと夜な夜な酒場で遊びほうけていたとか、寝相が悪かったとか、毎日飲みすぎだとか、すぐにケンカをするとか、騎士団を無下にしすぎとか、食べ方が蛮族だとか、金銭面の管理がずさんすぎるとか、毎日洗濯してもすぐに汚すから間に合わないとか。

いつ終わるのかと聞きたいくらい出てきた。

「そ……うか……」

耳が痛いなどというレベルではない。俺はまた涙を堪えねばならなかった。カップを持つ手も震えそうだ。

ブライズよ、貴様はこれで本当に愛されてたのか？

だが、それでもだ。リリの様子は先ほどまでとは違っていて。

「ふふ、あはは、それでね、本当にすごかったのは、わたしの誕生日よ」

「まだあるのか!?」

「ええ。ブライズったらある日突然ひとりで遠征に出たと思ったら魔物の生皮を剥《は》いで持ち帰ってきたのよ。それでわたしに、上物の毛皮だから着ろ、って言ってプレゼントをしてきたのよね」

まるで覚えていないが、おそらく手作り感が欲しかったのだろう。

それはいい。その発想まではまだセーフだ。馬鹿。あの頃の俺の馬鹿。ちゃんと仕立てろよ。なんで剥いだばかりの毛皮をそのまま渡すんだ。

もはや乾いた愛想笑いしか出ない。

「……ハ、ハハ、ハハ……それは、血生臭そう……だな……」

「そうなのよ！　オーガ族の腰巻きじゃないんだから！　でも彼が言うには、頑丈で刃を通しにくいものだから、鎧《よろい》の重さに耐えられない女のわたしにはちょうどいいんだって」

まだ金属糸のなかった時代だ。ありっちゃありだったのかもしれない。

「馬鹿っぽいが、い、一応、考えてはいたようだな……」

リリが笑ってくれるなら、小馬鹿にされようが別に構わない。

「ふふ」

うん。俺は泣きそうだが。

顔で笑って心で泣いて。男はつらいよ。

「仕方がないから翌日わたしが素材屋に持ち込んで加工をしてもらって、別の日に服屋で防寒着に仕立ててもらったのよ。とんだ出費だったわ。冬にしか着られないのに。ちなみにそこのクローゼットに入ってるわよ。元を取るまでは着てやるつもりだから」

戦闘用ではなく、あくまでも防寒着としてだな。いまでは金属糸の教官服の方が軽くて頑丈だ。その上から纏《まと》うこともできるが。

けれども元を取るまでは、と言うくらいだから、どうやら毛皮自体は上物の皮だったらしい。それがせめてもの救いだ。

「そ……うか……。リリはたくましいな……」

「そりゃあまあ。あんなのに育てられたのだから」

そのあんなのは、ここにいるんだが。

それまで笑顔でブライズとの思い出を語っていたリリが、ふいに顔を曇らせた。ちょうど温められたミルクが冷める頃だ。

そうして、リリはぽつりと漏らす。

「それがふたりで生きた最後の誕生日だった」

「……おまえが十五のときか」

「そうね」

ブライズの死因を聞くならいまが機会だ。

だが、唇を開けても言葉が出てこない。

休日の楽しげな生徒らの声が、校庭から聞こえている。昼食時だから、おそらく弁当やパンを持ちよってのランチタイムなのだろう。外で食べるランチはうまい。

同じことを考えたのか、リリは物憂げに視線を窓へと向けていた。

ああ、だめだな。だめだ。やはり聞けない。リリの顔を正面から見れない。

俺は顔を上げる。

「そろそろ食堂に行くか？」

「あ……、ううん。わたしは……」

「ならば先に俺だけ行ってくるか」

「もうお腹空いた？」

腹など減るものか。胸が詰まってそんな気分ではない。

俺は苦笑いで返した。

「いや。実はまったくだ」

「だったら気遣いは無用よ。もう少し話しましょう」

「しかしこれ以上は――」

リリが首を左右に振る。

「聞いて欲しいのよ。誰かに。何だか今日はそんな気分」

願ってもないことだが、いいのだろうか。俺はリリを泣かせてばかりだ。

腰を浮かしかけていた俺は、迷った末に椅子《いす》に座り直した。

「——あの日」

リリの声が微かに揺れた。

「……？」

「ブライズが亡くなった日。何があったかを、この国に住む人たちは誰も知らない」

「え……」

「ううん。わたし以外の、誰も」

心臓が握られたかのように、ぐじゅりと鼓動を刻む。

じわりと、額に汗が滲んだ。

「エレミアの知識はブライズ関連の文献からなのでしょう？」

実は読んだことなどないとは言えない。

「ああ。他に近代の歴史書もいくらかは」

「そこには書かれていないことがあるわ」

「ブライズは戦場で戦い、敗北して散ったのだろう？」

それは王国で生きる人々にとっての一般的な知識だ。おそらく初等部でも歴史の授業でそう教わるはずだ。

王国北部のマルディウス高原での戦い。だが俺にその記憶はない。俺を殺したやつが誰なのかを知らないんだ。

「あのブライズを討ち取るくらいだ。よほどの剣術の達人か、あるいは知略に長《た》けた戦術家の搦《から》め手《て》か」

正直言って興味がある。前者であればもう一度見《まみ》えたいとすら思っている。

だがリリは、ゆっくりと首を左右に振った。

「違うのか？　まさか自分で滑って転んで打ち所が悪かったとかではないだろう？」

「ええ」

悔しげに顔を歪め、リリは下唇を噛む。

その顔に嫌悪が浮かんだ。放たれる苛立ちが殺気のように充満していく。

そうしてリリは吐き捨てた。

「――ブライズを殺したのは、なんの力もない、知恵もない、政治に利用されただけの、ただの哀れな卑怯者だった」

そうしてリリは語り出す。

怒りと悲しみのない交ぜになった声色で、剣聖と呼ばれた男の最期の瞬間を。


その頃、わたしたちは王国西方の辺境近く、王壁マルド・オルンカイム辺境伯の治める要塞都市ガライアの、とある宿を貸し切りの根城としていた。ここがエギル共和国との最前線、両国の騎士団がぶつかり合う激戦地となっていたから。

そんなブライズ一派にある日、国王陛下から直々に命が下る。

内容を要約すれば、辺境入りした共和国の一団が国境線を迂回《うかい》し、北方より回り込む姿が確認された。ゆえに北方警備の騎士団に手を貸してやって欲しい、というものだった。

前線から遠く離れた場所に配備される騎士というものは、まだ年若い新人であったり、反対に年老いて退役を間近に控えた老騎士であることが多い。

王国への侵入を図ろうとしている共和国軍の人数は不明。けれども魔物が無限に闊歩《かっぽ》する危険な辺境を通っての隠密行動となれば、多くとも中隊規模と推測される。

むろん、たかだか二百名やそこらの隊で、北方騎士団全体が揺らぐことはないとは推測されるが、陛下にはひとつだけ懸念があった。

それが〝ヴェストウィルの異変〟の再現だ。

北方にはガリア王国の水源となっているマルディウス湖がある。

彼らが自国で行ったあの蛮行が実験の一部だった場合には、王国内で実践されてしまう恐れが出てくる。

ことは緊急を要した。

わたしたちはその日のうちに馬を駆り、ガライアからマルディウス砦《とりで》へと旅立った。

不眠不休で馬を替えながら走らせること三日。わたしたちはようやくマルディウス湖畔にある砦へと辿《たど》り着いていた。そこでは数百名を越える王国騎士団が、湖へと流れ込むいくつかの支流を含め、すでに警戒に当たっていた。

マルディウス砦を防衛する騎士団中隊長ガラ・ジールバイソンは、当時すでに〝剣聖〟の称号を得ていたブライズにこう報告する。

——水質が正常なうちに可能な限り溜め池に水を溜めております。

——北方騎士団にて毎日水質を調査し、毒物が検出されれば一時的にすぐに堰《せ》き止めるための準備も整えてあります。

ジールバイソンは三十代前半とまだ年若かったが、実に聡明《そうめい》で行動的だった。命が下るまでもなく、すでに独自に対策を講じて実践していたのだ。

工作員が入り込むよりもずっと以前から――どころか、王国の水源地であるマルディウス砦に赴任したときからだそうだ。

さらにその上で工作隊の動きを知り、目の行き届かない支流の一部を堰き止める判断まで下したことに、ブライズはとても感心していた。

けれどもジールバイソンの報告はそれだけでは終わらなかった。

この数日間で、気になることがあったそうだ。

それは辺境を根城とするどこの国家にも属さない流浪の民との交易が、この数日、完全に途絶えてしまっているというものだった。

流浪の民は自由の民。通常の商人ではない。

彼らは一族単位で動き、年をまたいで同じ箇所には留《とど》まらない。雨が降った日には商売は行わないし、危険が迫れば黙って姿を眩《くら》ませることもある。黙っていなくなったとしても、別段不思議なことではない。

現状で察するに、近くに共和国の部隊が潜んでいるからとも考えられる。

マルディウス湖の警備にあたる必要のなくなったわたしたちブライズ一派はジールバイソン中隊長の依頼を請《う》け、翌朝、工作隊の捜索がてら流浪の民の様子を見てくることにした。

そこでわたしたちが目の当たりにしたものは、無残に灼《や》き払われた流浪の民の居住地だった。そこには呆然《ぼうぜん》と座す老人だけが、ひとり残されていた。

彼は涙ながらにこう言った。

――儂《わし》らの一族の者はみな連れ去られた。剣聖殿、どうか救ってはもらえまいか。

わたしたちはここで一度立ち止まるべきだった。

もしもこれが共和国軍の仕業《しわざ》であるならば、一体何のためにこんなことをしたのか。流浪の民は王国の民ではない。国王キルプスの庇護《ひご》下にないことを条件に、国境を越えた交易の自由を許されている。つまり王国に対する人質としての価値はない。

ならば、なぜ流浪の民を？

激昂《げきこう》したブライズは、老人の指さした方角へとすぐさま馬を走らせた。

当時まだ未熟だったわたしは数名の兄弟子とともに老人の保護と護衛にあたり、ブライズと分かれてマルディウス砦へと、ジールバイソン中隊長に事の次第を伝えに戻ることとなった。

聡明なジールバイソンはすぐさま違和感に気づき、わたしたちを含む数百名からなる手勢を高原へと送り出した。


リリが静かに息を吐いた。

声色が沈んでいるのがわかる。窓の外からの楽しげな声が聞こえなくなるほどに、俺は集中して耳を傾けていた。

「だからこの先のことは、わたしの推測でしかないわ」

「構わない。話してくれ」

ブライズは共和国の工作隊を追った。わずか十名に満たない弟子たちを引き連れて。

大丈夫。多く見積もってもたかだか二百かそこいらだ。囲まれることにも、不利な戦いにも慣れている。みんなそう思っていた。

そして太陽が直上に差し掛かる頃、マルディウス高原でブライズはその光景を見る。

手首を縛られ、互いに腰を結ばれた小麦色の肌をした流浪の民が、わずか十数体の騎馬隊に囲まれて連行されていたところを。

予想を遥《はる》かに下回る少なさの一団に、ブライズは咆吼《ほうこう》を上げながら一気に襲いかかった。彼らは追ってくる〝剣聖〟の姿に気づくと、流浪の民を捨てて馬で高原を駆け出した。

逃げたのだ。ブライズを恐れて。

追うか、追わざるべきか。

ブライズは追わなかった。この先の待ち伏せを警戒し、追撃を諦めた。

本来であれば罠《わな》と知りながらでも追っただろう。しかしいまは連行されていた流浪の民がいる。彼らを無事に老人の元へと送り届けることが優先事項だと判断した。

老人の一族で構成された流浪の民の数は、わずか十数名。子供から大人、男性もいれば女性もいる。みな戦ったのだろうか。全身が傷と、痣《あざ》と、泥にまみれていた。

ブライズは彼らに「心配はいらない」と声をかけ、老人が待っている旨《むね》を伝えた。そうして彼らのうち、最も深い傷を負っているらしき青年を自らの馬の背に乗せた。青年はすでに呼吸が浅く、ぐったりとしていた。

揺らすことは危険だ。

そう判断し、他の十数名の流浪の民を連れてきた弟子たちの馬の背に乗せ、老人の元へと先に走らせた。たとえ逃げた工作隊が引き返してきたとしても、己であればひとりで撃退できる。その自信があったからだ。

そうして自らは、ゆっくりと馬を歩き出させたところで、背中を刺された。〝異変〟の際に使用されたものと同じ毒物が、たっぷりと塗られていたナイフで。

わたしが出撃したジールバイソン中隊長の隊から一騎駆けで飛び出し、引き返してくる兄弟子らとすれ違って駆けつけたときには、ブライズはすでに風吹く高原に倒れ、うつろな瞳で空を見上げていた。

馬を下り、駆け出して、縋《すが》り付く。

身体がもう冷たくなり始めていた。毒物がなくとも助かる傷ではなかった。高原の草が赤く染まるほどに、血を流していたから。

わたしは半狂乱になって泣き叫んだ。

ふざけないで！　こんなふうに途中でいなくなるくらいなら、どうしてあの日わたしを拾ったの⁉　あのまま見殺しにしてくれていたら、こんな苦しい思いをせずにすんだのに！　失うくらいなら、あなたのぬくもりなんて最初から知りたくなかった！　いまさらわたしをひとりにしないで！

よく覚えていない。けれどたぶん、わたしはそんなことを言ったのだと思う。

それを聞いたブライズは少し困ったような顔をして、最期の力でわたしの頬に触れながらこう返してきた。

おそらくもう、意識が朦朧《もうろう》としていたに違いない。自身の置かれた状況がわからなくなるくらいに。

――心配するな。どこにいても、捜すから。何度でも、俺がおまえを見つけてやる。

それが〝剣聖〟と呼ばれた男の最期の言葉だった。出来もしない約束を一方的に押しつけて、ブライズはあっさりと死んだ。

頬にあたる手が地面に落ちる。周囲の泥を高原の雑草ごと馬の蹄鉄《ていてつ》が跳ね上げた。鉄と鉄がぶつかり合う。火花とともに轟音《ごうおん》が、血飛沫《ちしぶき》が降り注ぐ。

ブライズの死体を回収するために戻ってきた工作隊と、途中で流浪の民をジールバイソン中隊に預けて引き返してきた兄弟子らが、わたしたちの周囲で激しくぶつかり合っていた。

それでもわたしはただ、ブライズの遺体に縋り付いて泣いていた。冷たくなっていく彼を全身で感じながら、大声で泣いていた。

雲ひとつない、青い、青い空が、広がっていた。


工作隊の目的は、最初から〝剣聖〟たったひとりの暗殺だったのだ。

兄弟子らが討ち取った工作隊の中に、ブライズを刺した青年の姿はなかった。後に知った話では、老人の一族に青年のような人物はいなかったそうだ。

青年の肌の色は流浪の民と同じく小麦色をしていた。一族が囚《とら》われた際にはすでに、彼は工作隊の捕虜となっていた。痛めつけられ、熱を出し、虫の息だった。だからこそ、一族の誰も彼を疑わなかった。それらすべてが計画のうちであるだなどと、誰が想像できただろうか。

青年は工作員だった。

けれどもこの話はまだここで終わらない。

国王キルプスの怒りは、わたしの怒りをも超えるほどの激怒だった。そして彼は共和国に潜入させていた諜報員――いまでこそそれが誰のことを示していたかわかる。おそらくは〝諜報将校〟ファネーレを使って、青年の身元を徹底的に洗い出した。

彼の名はウィリアム・ネセプ。

共和国を統《す》べるネセプ大統領が流浪の民の女に産ませた婚外子だった。

父であるルグルス・ネセプに自身を見て欲しかった。正妻の子のように愛されたかった。ファネーレからの報告では、行動原理はそんなところだったらしい。

自ら望んで工作隊に入隊し、危険な任務に志願した。それがガリア王国の〝剣聖〟暗殺だ。そうしてウィリアムはやり遂げた。

ならば愛は貰《もら》えたか。

彼がブライズを殺して手にしたものは、共和国軍内での確かな地位と莫大な金だった。それは本当にルグルス・ネセプの愛だったのだろうか。

いまとなってはもうわからない。ウィリアムはすでにこの世にはいないのだから。

わたしは陛下に談判した。自分を暗殺者として共和国へ送り込んで欲しいと。むろん、ウィリアム・ネセプを殺害するためだ。

陛下は決して首を縦には振ってくださらなかった。

――報復の機会は必ず私が作り出す。だが、いまではない。腕を磨け。

そう仰《おっしゃ》って。

数年が経過し、ブライズ一派は離散した。その中心にあった重しを失い、それぞれが風に吹かれる紙のように、ひとりずつ静かに去っていった。

わたしは復讐《ふくしゅう》を胸に軍属となり、戦って、戦って、騎士団での地位を駆け上がっていった。

そうして数年が経過した頃、ウィリアム・ネセプが戦場に再び姿を見せる。工作員ではなく、王国の〝剣聖〟を討った共和国の〝英雄〟としてだ。

おそらくこの英雄像を作り出したものはネセプ大統領ではない。これもいまだからこそ理解できることだけれど、そこには国王キルプスと諜報将校ファネーレの暗躍があったのだと思う。

彼が戦場に姿を現すのを、わたしは待っていた。けれど陛下は違った。

陛下は共和国の〝英雄〟の誕生を待っていたのだ。ウィリアムが婚外子の〝英雄〟として共和国内で認知されていくのをずっと待っていた。共和国がウィリアム・ネセプに沸くのを待っていた。

本来ならば〝諜報将校〟を使えば、暗殺などいつでもできたのだろう。

それをしなかった理由はふたつ。

ひとつは剣聖ブライズの名誉を守るため。我が友はただの工作員に討たれたわけではないと。

そして、当時はまだ伏せられていたもうひとつの理由は、わたしを新たなる〝剣聖〟として仕立て上げるため。共和国の〝英雄〟を討った王国の新たなる〝剣聖〟として。

それらの達成には、ファネーレの暗殺では不十分だったのだ。

——王国の力の象徴〝剣聖〟は決して滅びぬ。その強き意志は受け継がれている。

戦場の火蓋が切られる。わたしは当時所属していた騎士団の大隊長の命令に背き、真っ先に飛び出した。

同時刻、あれ以来、貸し切り宿に姿を見せなくなっていた兄弟子らもまた、方々より単騎での突撃を開始していた。

戦場にわずか十数名の獣が放たれる。

それぞれの獣は単騎でありながら、騎士団の遥か前を疾走した。

わたしはかつてブライズがそうしたように、真っ先に共和国軍へと斬り込む。

彼のように強引に力任せに戦列を崩すことはできない。けれど、それでいい。〝型無し〟は使い手によっても敵によっても、その形を変えるものだから。

走る馬の鞍《くら》に立ち、膝を曲げる。

槍《やり》の穂先を躱《かわ》して盾を飛び越え、降下しながら斬り込んだ。着地と同時に地を蹴って身を低く保ち、足はブライズの教え通りに動かし続けた。前へ、ただ前へ。

斬って、斬って、武器が折れれば奪い取り、手が足りなくなれば二振りの剣を両腕で操った。何度も敵の刃が身を掠《かす》める。致命傷のみを防げれば、いまはそれでいい。

脇腹の肉が削《そ》がれた。背中に穂先が突き刺さる。鞣《なめ》した毛皮の防寒着がなければ、命を貫かれていただろう。

鎧の隙間、首や関節を狙って刃を振るう。敵が倒れるよりも早く駆け抜け、次の敵を飛び越える。進め、進め、立ち止まるな。走り続けろ、動き続けろ。

血風が吹き荒れた。背後に死体の川ができた。

矢を躱し、殺した敵を盾にして刃を防ぎ、命を貫く。足を斬って転ばせ、そのまま駆け抜ける。まるで終わりのない旅に出たかのようだった。

精神論、根性論。バカにしていたブライズの教えが、体力の尽きそうなわたしの肉体を限界を超えて突き動かしていた。

疾走するわたしを恐れ、気づけば敵の騎士たちは道を開くようになっていった。それでも勇気ある者は怒声をあげながらわたしへと襲いかかる。殺した。殺した。殺した。

数え切れないほど殺し続け、わたしはついにウィリアム・ネセプの前に立った。彼の後方からも悲鳴が聞こえていた。

彼が撤退できなかったのは、別の獣が周囲から迫っていたからだ。誰ひとりとして欠けることなく。

共和国の〝英雄〟ウィリアムは、わたしの姿を見るなり背中を向けた。抜剣すらせずにみっともなく悲鳴をあげてだ。

怒りと悲しみがわき上がったわたしは、右手に持っていた剣を投げてその足を貫き、転ばせた。

転んだ彼は顔を上げるなり命乞いを始めた。刃を一度たりとも交えることなくだ。

——こんな人に、ブライズは……ッ!!

すべてが癪《しゃく》に障《さわ》った。上げられた右手を斬り飛ばした。悲鳴を上げて傷口を押さえようとした左手を斬り飛ばした。

怯《おび》えた瞳で後ずさる足を斬った。彼の足を貫いていた剣を引き抜き、両手に持った剣でその全身を何度も斬りつけ、命を奪った後に首を刎《は》ねた。

そうしてわたしは、空に咆吼した。

その先のことはよく覚えていない。

呼吸の限界はとっくの昔に超えていたのだと思う。唐突に視界が真っ暗になって、わたしはその場に倒れてしまった。

生きているのは、おそらく兄弟子らのおかげなのだろう。

気づけばわたしは王国騎士団の衛生魔術師による治療を受けていた。

回復を待ち、陛下はわたしに叙爵を迫った。貴族の爵位ではなく〝剣聖〟のだ。

けれど、ね。

けれども、わたしはもう疲れていた。

無抵抗だった。まるで醜い虫だった。英雄ウィリアム・ネセプは。それを苦しめて殺した。目的を達成した後には、何も残らなかった。ただ、怒りが消えただけで、悲しみはさらに増大した。

だから、もう。

——わたしは一年後を目処《めど》に退役します。

ほとんど無意識に、陛下にそう告げていた。

最後の一年間は、誰かを殺すことではなく、他者を守ることのみに尽力した。ブライズがそうしていたように戦場を駆け回って取り残された味方や無辜《むこ》の民を助けた。

失うことにも、殺すことにも、疲れていたから。

その頃に出会った若い猟兵には、ずいぶんと手を焼かされたけれど。

そうして新たな英雄である〝戦姫〟が誕生した。


語り終えたリリは、静かにため息をついた。

先ほどまでとは違って、その目に涙はもう浮いてはいなかった。冷たくなったハーブティーを啜り、リリがつぶやく。

「もう少し取り乱すかと思ったけれど、案外冷静に話せたわ。なぜかしら」

「……」

対照的に、俺はとんでもない量の汗を掻いていた。顔から滴《したた》る雫《しずく》が汗なのか涙なのかさえわからないほどにだ。

リリの話で、記憶の断片が次々と蘇《よみがえ》ってきていたんだ。いまなら鮮明に思い出せる。自身の死の瞬間を。

リリは青い空が広がっていたと言っていたが、俺が見上げていた空は、燃え盛るような真っ赤なものだった。あれは毒の影響だったのだろう。

「エレミア？」

「…………ああ」

「ちょっと……」

リリが立ち上がり、心配そうに俺の目を覗き込んでくる。

額に手を当て、目を見開いた。

「ひどい熱！　いつから!?」

リリの手がひんやりとしていて気持ちいい。

記憶を蘇らせていく際に発生した知恵熱か、あるいは話があまりに衝撃的すぎたせいか、それとも死の瞬間を思い出してしまったからか。

いずれにせよ病魔の類ではないだろう。放っておいてもすぐに治まるはずだ。

「問題ない。大丈――おおぅ？」

言葉が終わるより先にリリは俺の身体を両腕で抱え上げると、すぐさまベッドに運んで寝かせてくれた。

俺は上体を起こす。

「だから大丈夫だと――」

「だめ！」

リリが俺の額を指先で突いて、俺は再び仰向《あおむ》けに倒れた。

「冷やすものを持ってくるから寝ていなさい。起きてはだめよ」

俺は仕方なくうなずく。

「わかった。おとなしくしている」

「……」

なんだその疑わしそうな目は。前世を思い出すからやめろ。早く行けよ。まだ見てる。少しは師を信じろ。

しばらくじっとりとした目でこちらを見ていたリリだったが、やがてキッチンの方へと歩いていった。

俺は天井を眺めて考える。

いまさらながらに、エレミーがブライズの記憶を持って生まれてきた理由をだ。

――心配するな。どこにいても、捜すから。何度でも、俺がおまえを見つけてやる。

まさかまさかだ。ブライズが死の間際、リリに言い放った言葉。

転生の理由など、てっきり剣術への探究心が原因だとばかりに思っていたが、どうやらそうではなかったようだ。

リリのためだったのか、あるいはその両方か。

いずれにせよ無関係ではあるまい。我ながら呆れるな。どういう執念なら前世の記憶など引き継げるというのか。

リリが戻ってきた。

どうやら先ほどハーブティーを手にこぼした際、冷やすために使用した手ぬぐいを、もう一度冷やしてきてくれたようだ。

俺がおとなしくしていたからか満足げな表情をして、額の上に絞った手ぬぐいをのせてくれた。

そのまま無言でベッドの端に腰を下ろす。

壮絶な告白話をしてしまったせいか、リリは少し気まずそうな顔をしていた。

「……腹が減ったら昼食に行ってくれて構わんぞ。ちゃんとおとなしくしている」

「減っていないわ。エレミアは？」

「俺もだ。だが食わなければ育たんからな。一眠りしたあとで山ほど食うつもりだ」

「ふふ。ぜひそうしてちょうだい」

また無言の時間が流れる。

昼食時を過ぎても、窓の外からは楽しげな声が聞こえていた。休校日というのは気楽でいい。

窓から射し込む日射しも心地いい。

「ねえ、エレミア。少し妙なことを言ってもいいかしら」

「ああ」

そう言ったくせに、リリは口をつぐむ。

どうやら口に出すべきか迷っているらしい。

「ブライズは――……」

また口をつぐんだ。

しばらくして、再び開かれる。

「ごめんなさい。やっぱりなし。忘れて」

「約束通り、おまえを見つけにきた。エレミアになって、だろ？」

リリがうつむいた。

否定も肯定もなかった。

エレミアという人間に対して、失礼なことを考えてしまったとでも思っているのだろう。エレミアを通してブライズを見てしまうから、蔑《ないがし》ろにしてしまうようで。

「……ごめんなさい」

「答えはもう出ているだろう。ブライズは死んだ。よしんば俺がやつの生まれ変わりだったとしても、俺はやっぱりエレミアだ」

「そうね」

「まあ、そんなことなどあり得んけどな」

俺がそう言うと、リリは少しだけ笑った。

寂しそうに。けれども、どこか楽しそうにだ。

すっきりとした顔をしている。

「そうよね。本当に妙なことを考えてしまったわ。あなたたち、時々変なところが似ているから」

「変とはなんだっ、俺はいついかなる時もいたってまともだっ」

リリが振り返って苦笑する。

「そういうところだけれど？」

「ぐ……っ」

同時に破顔した。

穏やかな昼下がりだ。何だか日射しが暖かくて眠くなってきた。そんなことを考えた瞬間、睡魔が移ったようにリリが大あくびをする。

「眠そうだな」

「エレミアこそ半眼になってるわよ。わたしも一緒に寝ようかしら。泣いたら少し疲れたみたい」

俺が片手でキルトを持ち上げると、リリがいつものように入ってきた。

ぬくもりがじんわりと広がっていく。ふたり並んで見上げる天井が、ぼんやりとした闇に包まれていく。

うつらうつらと微睡《まどろ》む頃。

「エレミア」

「……ん、んぁ？　寝かけてた……。なんだ？」

目を開くと、リリが首をこちらに向けていた。

「起こしてごめんなさい。手を握っていてもいいかしら」

すでに眠さの限界まできていた俺はリリに背中を向けた。片手だけ残してな。

「……そのようなことをいちいち聞くな……。……どこでも勝手に好きなところをつかんで寝ろ……」

「だから、そういうところなんだけど？」

そうだったか？

しばらくするとリリがもぞもぞと動いて、俺の背中に張り付くようにくっついてきた。顎が俺の頭頂部にくっついているし、背中には胸の弾力があたっている。

眠気も吹っ飛ぶ大胆さだ。

まったく。こいつは自分が成長していることに気づいていないのか。いつまで子供でいるつもりだ。

「おやすみなさい」

「……ぉ、おう」

ふと気づく。

もしかして昔のリリも、ブライズを相手にこんなふうに異性を感じてしまっていたのだろうか。

「……」

いや、いやいや。そう考えるとだ。

当時のブライズはずいぶんと無神経な男だったが、同時にいまのリリもまた、エレミアに対しては相当な無神経ではないだろうか。

あ～、いい匂いだ……。

書籍版書き下ろし番外編

親愛なる妹弟子へ

その頃の世界は色褪《いろあ》せていた。

王国南方に位置するラーツベルは、農産物を特産としたのどかで退屈な田舎《いなか》町だ。果物を加工した色とりどりのジャムや果実酒は、ガリア王国中に出荷されている。そのせいか田舎町という規模の割には周知され、若い女性には人気の旅先となっていた。

そんな緑の町並みを、俺は領主の館の二階にある自室の出窓に座り、いつも見下ろしていた。ガキの頃からずっとだ。

幼少期から父の教えに従い、友を持たず、遊びを捨て、経済や帝王学を学び、剣を学んだ。友や遊びなど、己の立場が盤石となれば自然と向こうから寄ってくるものだ、というのが父の教えだった。

実際問題、観光や農産業で巨額の富を生み出すラーツベルの領主、アランカルド男爵家の嫡子というだけで男も女も老人も寄ってきた。下級貴族にしては、だが。

俺は適当に愛想を振りまきながら、先々に利を生む者のみを見極める。その中でさらに上位の者を選出し、あたり障《さわ》りなく付き合う人生を送っていた。

貴族の処世術なんてこんなもんだ。

不満の多い人生だった。いつしか見るものすべてが色褪せ、十代半ばにして俺もまたその退屈な処世術を繰り返す人生に呑《の》み込まれていった。

そんなある日、ラーツベルにひとりの青年がやってきた。

大きな剣を背負った男だ。ラーツベルに訪れる観光客は、そのほとんどが甘いもの好きの女だ。だが青年は異質だった。

背丈ほどもありそうな剣は当然として、観光にも時代にもそぐわない薄汚いローブを安い服の上に纏《まと》っていた。

顔立ちは精悍《せいかん》そのもの。まるで野獣のような目つきをしていたのをいまでも思い出す。

なぜ思い出すのか。偶然か必然か、野郎が俺の視線に気づいたように振り返ったからだ。

見ていたんだ。高い館の窓から。いつものように見下ろしていた。そうしたらそいつは振り返って、俺を見て嗤《わら》った。歯を剥《む》いて嗤いやがったんだ。

その日のうちに青年はアランカルド家を訪れ、父に剣での試合を申し込んできた。アランカルド男爵といえば、貴族剣術の名手で有名だ。稀《まれ》にこういったことも、あるにはある。

開始の合図と同時に父が動いた。

父の剣は速く、その切っ先は何度も青年の全身を引《ひ》っ掻《か》く。

俺は父から剣を学んだが、父に勝てたことは一度もなかった。俺を嗤ったこの野獣のごとき男も、何もできぬまままみるみるうちに血まみれになっていった。

どうせ勝てない。なぜなら父は勝てる試合しか受けないから。

だが違った。青年はただ待っていた。息を潜め、牙を研ぎ澄まし、掠《かす》める刃《やいば》にも目を閉じず。

勝敗は一瞬で決まった。青年がたった一度だけ振った試合用の剣は、同じく父の持つ剣を打ち砕き、あまつさえその全身を天井近くまで打ち上げていた。

背中から落ちた父がわずかに呻《うめ》き、気を失う。

使用人たちが慌てて父に駆け寄る中、男は試合用の剣をソードラックに行儀悪く投げて戻し、指先で鼻の下を擦《こす》って笑った。嗤ったのではない。笑ったのだ。嘲笑ではなく、穢《けが》れなき子供のように、無邪気に。

父は打ち身のみだが、男は真っ赤で血まみれだった。だが、勝敗は誰の目にも明らか。

俺はアランカルド家の練武場入り口で立ち尽くしていた。男が近づいてくる。

そうしてやつは去り際、俺の肩に手を置いてこう言った。

「飼い犬は退屈そうだな。頭を空っぽにして剣を振れ、剣を。楽しいぞ」

恐ろしく熱い手だった。

男がアランカルド家から立ち去ったあとも、俺の肩には、燃えるような熱とマグマのような手形の血痕だけが残った。

赤い。赤い。赤い。熱い。美しい。

それが俺の世界についた、最初の色だった。

そのまま、やつは去っていった。その日のうちにラーツベルからだ。

ま、本人はそんなことは覚えちゃいねえだろうけどな。

それから数年後。俺はあの日の赤と熱を求め、戦場に出ることにした。

父からは猛反対をされた。当然だ。観光産業の発達したラーツベルが生み出す多額のカネを王国に納めれば、貴族の兵役を逃れることだってできたのだから。わざわざ嫡子を失うような真似《まね》をする必要などない。それが領主である父の考えだ。

だが俺はもう、色のない世界で立ち止まってなどいられなくなっていた。

うずくのだ。あの男から移された鮮烈な赤が。炎のように。胸の奥深くで。熱く。

その赤を求め、その熱を求め、俺は正騎士となって戦場を走った。

剣を振るうたび、世界に色が宿っていった。

背中を任せる仲間の鮮やかな色を知った。戦場で溜《た》まった熱を冷ますために初めて女を抱いたとき、その女が綺麗《きれい》に色づいて見えた。……告ってフラれたけど。

帰還まで何日もかかった激戦のあとで食った飯は、鮮やかな色とその優しい温かさで、自然と涙が溢《あふ》れ出た。

そんなある日のことだ。偶然戦場であの男を見た俺は、全身が粟立《あわだ》つのを感じた。

やつはおよそ人間が持つものとは思えぬほどの巨大な剣を振るい、戦場を鳴動させるほどの咆吼《ほうこう》を上げ、味方を奮い立たせて敵を萎縮させ、烈風のように駆け抜け、いまなお赤い花をその場に咲かせ続けていた。

激しく、荒々しく、しなやかに。荒野を駆ける獣のように。

そのとき俺は思っちまったんだ。

――なんて美しいバケモノだ……。

やつが生み出す炎の花びらを辿《たど》るように、俺は戦場で馬を駆って近づこうとした。

ところが馬上から敵を薙《な》ぎ払《はら》いながら疾走するやつに、まるで追いつけないときたもんだ。あれが人間業かと疑いたくなる。

同期の騎士に聞かされ、やつの名を知った。

猟兵ブライズというらしい。真偽は不明だが、かつて竜を殺した男なのだとか。

その日から俺は戦場に出るたび、ブライズの姿を捜すようになっていった。

数ヶ月後の戦場で、ブライズは再び姿を現した。今度は数名の群を引き連れてやがる。なんでも傭《よう》兵《へい》団を作ったらしいと風の噂《うわさ》だ。

どいつもこいつも傑物揃《ぞろ》いだった。共和国騎士を石ころのように蹴散らして、やつらは猛進する。赤い花びらをまき散らしながら。

俺は戦場で騎士団から抜け出してその背中を追った。敵の剣を防ぎ、斬る。背中に痛みが走った。だが傷は浅い。まだ追える。

眼前の騎士と刃を打ち合い、斬り伏せた。すぐさま次のやつが襲いかかってきた。こうしている間にも、ブライズたちは先へ進む。敵陣深くへと喰《く》らいつく。獣のように。

ああ、手が足りねえ。

思いつきから両手に剣を持った。一方で防ぎながら、一方で斬ることができる。速度を増した。けれどやっぱり追いつけなかった。仲間を得たブライズは、さらに速くなっていたからだ。

……楽しくなってきた。

いつしか戦場は、あの男に追いつくための場所へと変わっていった。俺はとにかく双剣術を磨く。所属する騎士団で俺に勝てるやつはもういない。

中隊長から小隊を任されかけたが、体良《ていよ》く断った。

冗談じゃねえ。戦場での自由まで奪われたら、また色のない世界に逆戻りだ。俺はあのブライズとかいう野郎に追いつきたいんだ。

団内で俺に勝てるやつがいなくなってからは、実戦で双剣術を磨いた。向かいくるやつは、どんなやつでも斬った。……あ〜、たまに見かける女騎士以外は、だな。

女は斬るものではない。抱くものだ。肌の色も唇の色も瞳の色も髪の色も、すべてが美しい。

そんな日々が続いたある日、突如として俺は正騎士の称号を騎士団から剥奪《はくだつ》された。これはまったくの想定外だった。

別に俺が何か悪さをしたわけじゃあない。当初から戦場に出ることに反対していた父が、俺を勘当しただけの話だ。貴族ではなくなった俺は、本来そこに付随する正騎士の称号をも同時に失った。

おそらく父にとっては俺を呼び戻すための、最後の手段だったのだろう。

ラーツベルに戻り父に謝罪をすれば、男爵家の嫡子に戻してやる、というものだ。

騎士は隊を組み、連携を図る。傭兵も仲間に背を預け、戦うことができる。

だがひとりぼっちで放り出されちまった俺は、猟兵という扱いになってしまった。

猟兵は戦場に迷い込んだ一般人と同等だ。固定給はなく、背を預ける仲間もない。当然、貴族である騎士団とは連携さえ許されない。傭兵団に入れれば御の字、だが実際は後ろ盾となる信用がないため、傭兵からも背中は預けられないと忌避される。

最も死亡率の高い、戦場の消耗品。それが猟兵だ。

——上等だ。

俺は猟兵として戦場に出た。

双剣術を磨いていなければ、その時点で手が足りずに死んでいただろう。右手と左手。挟撃にも対応できる。

戦って、戦って、戦った。そしてブライズ一派を見つけてはその背を追った。

やつが姿を現す戦場がどこなのかを、予想できるようになった。あのイカれた獣野郎は、王国と共和国のぶつかり合う死の最前線、且《か》つ、戦場が激しく荒れる地にほど、その姿を見せるのだ。

そこからは生と死の綱渡りだ。

騎士鎧《よろい》もなくなったため、安物の革鎧で肉体を守った。一度の戦いでもうズタズタだ。だが体が軽くなったため、少し近づけたように思える。


猟兵となって一年が経過した。

やがて革鎧さえ必要がなくなる頃、俺は〝ラーツベルの孤狼〟という渾名《あだな》で共和国騎士たちから恐れられるようになっていた。常に敵に囲まれた状態で生還し続けているのが、敵味方の騎士たちから見ても異様だったのだろう。

ところがやつはまた先をいきやがる。きらきら輝く〝剣聖〟の称号だ。

たまらなく楽しかった。そして嬉《うれ》しかった。やつが俺の標《しるべ》となっていた。

この頃から、色づいた世界があたりまえのようになっていった。

そしてその日は突然やってくる。

いつものようにブライズ一派の情報を追って戦場へと出た俺は、やつの背中を見失ったあげく、撤退する方角を見誤り、敵地深くに入ってしまった。

綱渡りどころか、糸渡りになった。

馬を失い、闇夜を彷徨《さまよ》った。敵に追いつかれ、いくつも傷を負った。逃げることしかできない。だが方角がわからない。あいにく夜空は雲に覆われている。

曇天の空を見上げていると、背後から足音がした。とっさに川に潜る。水中から水面を見上げれば、いくつもの炎が揺れていた。どうやら血痕を辿られちまったようだ。

息が続かない。潜水して少し泳ぎ、離れた場所で静かに浮上する。

水面から顔を出したとき、同時にプカリと浮いたツラがあった。ごつごつしたジャガイモのような顔面だ。

驚いたね。心底驚いた。ブライズだ。どういうわけかブライズがいた。追いついていたんだ。

やつは俺を見るなり、顔をしかめて舌打ちをする。

感じ悪ぅ……。

「……あんた、ブライズっしょ。〝剣聖〟ともあろうお方が、こんな敵地に単騎で何してんスか」

互いに岸に背中で張りつき、眉をしかめる。

ま、俺のことなんざ覚えてるわけねえか。

「ああ、えっと。俺は――」

「知っている。〝ラーツベルの子犬《パピー》〟だろう」

「全然違え～……」

「まったく。以前から戦場で人の尻ばかりつけ回しやがって。何のつもりだ」

やべ。気づかれてた。いつからだ。

「や、今回のこれは、はぐれちまっただけでしてね」

「糞《くそ》間抜けだな、貴様」

言い方よ……。

「そういうあんたは？」

互いに口をつぐむ。

頭上で足音が聞こえたからだ。松明《たいまつ》の火で水面を照らしているが、岸辺に背中で貼りついている俺たちには気づかなかったようだ。

やがて足音は去っていった。

ブライズが再び口を開く。なぜか口ごもりながら言いづらそうにだ。

「俺ぁその〜、あれだ。夜襲だ。戦は敵の頭さえ討てば勝てる」

「ひとりで？　正気スか？　頭打った？」

まともではない。

共和国軍中隊の駐屯地となっている小高い丘の木々は、彼らによってすべて伐採されている。つまり敵集団に姿を見せながら丘を駆け登るしかない。闇に乗じても不可能だ。松明がいくつもあるのだから。

「やかましい。おまえはこの川を下っていけ。しばらくいけば小さな宿場町がある。戦略的価値もない場所だから安全だ。温泉もあるぞ。女将《おかみ》の料理もうまい。最高だ。——ではな、子犬」

一方的に不要な情報を告げると、やつは俺の言葉を待つことなく地上に上がり、足音を殺しながら去っていった。

俺は月も星もない夜空を見上げてため息をつく。

川を下れば生きられるが、ようやく追いついた野郎の背中を見失う。世界は見上げたこの空の色に逆戻りだ。

でも、そりゃあちょっとつまんねーな。ま、やつが死んだら引き返せばいい。

そんなことを考えて、俺はブライズの後を追った。

共和国軍の駐屯地となっている丘には、いくつもの松明の火が揺れていた。どれだけの人数がいるのかさえ測れない。

ブライズは丘近くの草場に、獲物を狙う猛獣のように身を潜めていた。俺が近づくまでもなく、こちらにすぐに気づく。鋭さがまるで野生動物だ。

身を限界まで縮めて近づくと、やつはまたあからさまに顔をしかめて舌打ちをした。

「帰れと言っただろう」

「暇なんで」

「暇で死ぬのか貴様は」

ブライズはさっきまで持っていなかった弓と矢を手にしていた。気づけば草むらの中から二本の足が生えている。共和国騎士装備の足甲《グリーブ》を履いていた。

どうやら見張りを引き摺《ひず》り込んで絞め落とし、弓と矢を奪ったようだ。

俺は無言で足の持ち主を想う。災難だったな〜、と。

「矢なんて届かねえっしょ」

「阿呆《あほう》。何百人もいるような見晴らしのいい丘を駆け上がるよりはまだ目があるというものだろうが」

「……諦めるって選択肢はないんスか……」

頂上に設置されている天幕は届く距離ではないし、そもそもこの月光さえない闇の中、松明を持たない人間を狙うことなど不可能だ。火が揺れれば場所はわかるが、敵軍の中隊長がわざわざそんなものを持ち歩くとも思えない——のにだ。

這《は》っていたブライズが、口角を上げると同時に膝を立てた。

「……いた」

「はあ？」

見えているとでもいうのか。だとしたら、いったいどういう視力をしているんだ。

どれだけ目を凝らしても、俺には天幕近くに人影など見えない。黒で塗り潰された空間だ。

なのに、この男は。

ギギ、ギギギ……ギ……ギッ。

矢を番《つが》えて複合弓《コンポジットボウ》を引き絞る。複合弓が恐ろしくしなった。弓が折れ、弦《つる》が千切れるのではないかと、ハラハラするほどにだ。

「見てろよ、子犬」

俺は息を呑む。

天幕のある方向を狙い澄まし、微《かす》かに揺れていた鏃《やじり》がぴたりと止まった。そのまま数秒。

流れる風が凪《な》いだほんの一瞬——軽い射出音とともに俺は矢を見失っていた。

その直後のことだ。丘から奇襲を示す銅鑼《どら》の音が鳴り響き、揺れる松明の数が一気に増えた。

俺は目を見開いてそれを眺めながら、隣にいる男に尋ねる。

「あ、あたった……のか？　すげえな、おい……。——おい？」

返事がない。

ブライズのいる方に視線を戻すと、やつはスタコラサッサと逃げ出していた。

「おい!?」

「うはははっ、外したあっ！　逃げろ逃げろ、子犬っ！」

は……？

「嘘《うそ》だろ!?　ちょ、待てよッ!!」

前方、小高い丘からは松明の明かりが濁流のようになってこちらに流れてきている。鎧の音を響かせ、あるいは蹄鉄《ていてつ》を踏みならし、地鳴りを起こしながらだ。

俺は飛び起きてブライズを追った。

「さっきまで自信満々だったじゃねえかよ！」

「ふはは！　あんなもの、あたれば儲《もう》けもの程度だ！」

「はあぁぁぁ？　ふざっけんなっ!!　だったら撃たずに諦めろよっ!!　追っ手の数が十倍になっちまったろうがっ!!」

ブライズが半笑いでつぶやく。

「ふはは。風で逸《そ》れてなあ。額を狙ったのだが、持っていけたのは右耳だけだ。今後片耳の将が出てきたらそいつだな」

「あたってんのかよ!?」

クソったれのバカ野郎が。バカだがとんでもねえ男だ。

背後から飛来する矢があたらないように祈りながら、ふたりしてとにかく走る。最初に追いついてきた騎兵と打ち合って馬を奪った。

銅鑼の音で築かれた包囲網を、俺たちは二頭の馬で強行突破する。

「あんたのせいで散々だぜ、おっさん！」

「はっはっは！　死んじまいそうなときほど笑っとけ！　楽しくなるぞー！」

「……言葉まで通じねえ……」

死に瀕《ひん》して生を感じるとはよく言ったものだ。

俺たちは敵と戦い、そこら中を逃げ惑いながら、このあまりにもおかしな状況に笑っていた。

笑う以外にどうしろってんだ。たとえここで殺されたって、俺は最期の瞬間まで笑っていただろう。

かつて青年だったブライズが、アランカルド家の練武場からの立ち去り際に、俺に笑って見せたように。

夜の闇の色は黒だ。だが、その日の黒はやけに美しかった。俺の世界のすべてが色づいた。

ああ、俺はいま、生きている。


命からがら宿場町にまで辿り着いた俺たちは、ブライズの知り合いだった宿屋の女将に匿《かくま》ってもらい、浴びるように酒を飲んだ。いまさらになって震えがきた。

追っ手は来なかった。考えてみりゃ当然か。ここは王国領なのだから。

肩を組んで最高の酒を飲み、限界近くの空腹をうまい飯で満たして、足先まで痺《しび》れるような熱めの温泉に浸《つ》かった。

最高だ。これで隣にいるのが小汚い筋肉オヤジではなく、美女だったなら、な。

翌朝、ブライズを迎えにやつの仲間がやってきた。

わずか数名で構成された名もなき傭兵団。だが彼らが一騎当千であることを俺は知っている。それでも、ブライズ以外には負ける気はしねえけどな。

ブライズが俺に背中を向けた。

何かが引き裂かれるような気がした。胸が痛い。

喉元まで言葉が迫《せ》り上がる。

言え。言うんだ、カーツ・アランカルド。いまを逃せば機会はないぞ。

「～～ッ」

歯を食いしばった。

言えるかよ。俺はそんなに素直な人間じゃあない。ちくしょう。ちくしょう。

「ではな、カーツ」

初めて名を呼ばれた。もう子犬ではなくなっていた。

「あ、ああ。……またな、ブライズ……さん」

「おう。またな」

やつが馬にまたがった。

迎えにきた仲間のひとりが、馬をブライズに近づける。

騎士装備ではないが、まるで貴族のように身なりの綺麗な野郎だ。まあ、俺のような貴族もいるくらいだ、見た目の身分なんざ、あてにゃならねえが。

「いいんですか、先生？　欲しいから、わざわざ助けにいったんでしょう。私は仲間を増やすことに賛成です。いまの我々についてこられる男はそうはいない。〝ラーツベルの孤狼〟を見逃すのはあまりにもったいないないですよ」

ん？

ブライズが大慌てで口元に人差し指を立てた。

「バッ――――!?　やめろケリィ！　余計なことを言うんじゃあない！」

「先生は素直ではないですからね。何なら私から彼に伝えますが。ああ、しまった。もう聞こえてしまいましたかね？」

わざとらしくニヤつく青年に、俺は戸惑いながらもうなずいてみせる。

「ケリィ、貴様！　いい加減黙らんと晩飯抜きだ！」

ケリィが涼しい顔で言い返す。

「今日の当番は私ですが。昨日も、一昨日も、明日もね。先生の分だけ減らしますよ」

「すまなかった」

素直だ……。

しかし、先ほどの会話。

まさか敵将を討つために単騎で敵地深くまで潜っていたというのはただの方便で、いつもケツに張りついてた俺がはぐれちまったから、助けるためだったとでもいうつもりか。

考えてみれば、あんなふざけた作戦が成功するわけがない。そんなことはブライズにだってわかっていたはずなんだ。敵将の耳に矢を命中させやがったことで、すっかり可能性から消してしまっていたが。

なんてやつだ。リスクに見合っていないし、誤魔化《ごまか》し方まで最高にイカれてやがる。

「……」

「……」

ブライズは俺に背中を向けている。だが手綱を持つ腕と、背後から見える耳が真っ赤に染まってしまっていた。

言うならいましかない。いまを逃せば俺は必ず後悔する。恥を忍んで頭を下げてでも、この傭兵団に入れてもらうんだ。

息を吸う。胸いっぱいに。そして。俺は。

いいや、俺たちは。

「俺をあんたの団に入れてくれ！」

「貴様を俺の団に加えてやる！」

同時に叫んでいた。

びゅうと、俺たちの隙間を風が流れていく。

俺とブライズ以外の全員が呆《あき》れ顔になっていた。
俺は雲ひとつない水色の美しい空を見上げて思う。あと三秒遅く言うべきだった、と。
同じことを思ったのだろう。俺たちは互いに苦々しく顔をしかめて、また少し笑った。

けれど、再び、俺の世界は色を失った。
ブライズが取った最後の弟子が、やつの亡骸《なきがら》にしがみついて大声で泣いていた。
毒殺。英雄にはおよそ似つかわしくない、お粗末な死に方だった。
その光景を見て、俺はぼんやりと。
ああ、ブライズでも死ぬのか……。
心のどこかでバカなことを考えていた。
この男は永久に、自身の前を走り続けているものだとばかりに。
膨れ上がる虚無感が、俺から火の熱さを奪っていった。
戦場。血の色が黒い。
ベッド。裸の女がくすんで見えた。
飯。味なんてしやしねえ。
つまんねーな。
三十名程度まで増えていたブライズの名もなき傭兵団を、俺は最初に去った。

後に聞いた話では、ケリィは剣を置いたらしい。

最後の弟子だったリリは軍属の騎士となった。

他のやつらも散り散りだ。

数年が経過し、酒浸りとなっていた俺の目の前に突然ケリィが現れた。

「リリが先生の仇《かたき》を取るため、騎士として最後の戦場に立つらしい。ブライズ一派は猟兵としてその戦いに参戦する」

やめてくれ。もう思い出させないでくれ。あの頃のことを。こんな白と黒しかない世界で。

「俺には関係ねえ話だ。無様にくたばるまで勝手にやってろ」

酒を傾けながら言うと、ケリィは寂しそうな表情でうなずいて、去り際にこう返してきた。

「貰《もら》った火を消してしまったのか。残念だよ、カーツ」

ブライズのやかましい顔面が脳裏に浮かぶ。まずい酒が、さらにまずくなった。

うるせえ。うるせえ。うるせえ。

リリはブライズが最も気を遣っていた弟子だ。

傭兵団唯一の女で、痩せたチビで、最年少で、弱かった。

俺はブライズが最も気を遣わなかった弟子だろう。

弟子の中で最も強く、肩を並べて戦うことが多かった。

俺たちは対照的だ。

「……」

頭を掻く。これが本当の最後だ。

俺はみっともなく伸び放題だった髪を切って髭《ひげ》を剃《そ》り、数年ぶりに双剣を腰に差した。

騎士どもの突撃に合わせ、各地から名もなき傭兵団が奇襲を開始する。

俺もまた単騎で突撃を開始した。

無言で斬る。斬る。斬る。

熱を感じない黒い血。白で塗り潰された空。くすんだ命。まるで遠い世界の出来事だ。

かつてのように吼《ほ》えることもなく、淡々と殺した。

確かウィリアム・ネセプといったか。ブライズの仇は。

さっさと殺して、もういい加減夢物語は仕舞いだ。

だが信じられないことに、俺よりも先にウィリアムの下に辿り着いていたやつがいた。

リリだ。あの最も弱かった娘が数百もの死体の川を築きながら、たったひとりで共和国の〝英雄〟の前に立っていたんだ。

俺の目の前でウィリアムを斬り刻んだリリは、血の涙を流しながら猛獣のように空に吼えた。

世界が引き裂かれたかのような、大きな怒りと、大きな悲しみの咆吼だった。

リリがブライズに向ける稚拙《ちせつ》な愛を、俺は当時から知っていた。

ブライズはバカだから気づいちゃいなかっただろうがな。

数年ぶりに見た彼女は、恐ろしい咆吼をあげる美しい獣に成長していた。

限界を超えて力を絞り出したリリの身体が、ゆっくりと傾く。

俺は気絶した彼女を片腕で抱いて支え、敵から守った。

ブライズを愛した女には、まだ微かに色が残っていたんだ。

橙《だいだい》色の小さな火。そこにブライズの大炎を見た気がしたんだ。

気づけば己の喉奥からも咆吼が溢れだしていた。荒々しい獣のような咆吼が。
己の身を盾にしてリリを守った。
ケリィがその場に姿を見せるまで、俺は死に物狂いとなって彼女を守った。
なあ、リリ。
この色褪せた世界は、おまえの目にどう映っているんだ。
ブライズが遺《のこ》していったおまえのために、俺は何をしてあげられるだろうか。

あとがき

ありがたいことに時々、あなたの小説に出てくる登場人物が作り出す輪がうらやましい。こんな仲間がほしかった。彼らは現実に存在する人物を元にして作られているのか。という声をいただくことがあります。

してます。はい。

友人知人が言ったことをそのまま台詞にしていることもありますし、ふたり分を足してひとりの人物にしていることもあります。もちろん物語なので大なり小なり誇張はありますが、大抵の登場人物は実在する癖が強めの知人を元に作られています。

私はいまでこそ、ひとり薄暗い部屋でカタカタ文字を打つお仕事をさせていただいておりますが、幸いにも昔から友人は多い方の人間でした。

小学生の頃、イルガのような友人がいました。彼は本が好きで博識で、とても頭のよい少年でしたが、ことあるごとに「自分はこんなにすごいんだ」と自惚れを人前で口に出すので、クラスメイトからは面倒くさがられていました。

ただ自惚れはするものの、そのために他人を貶したり見下したりは絶対にしない人でした。それどころか思いやりがあり、私に本を読むことの楽しさを教えてくれました。おそらく彼がいなければ、私は作家にはなっていなかったと思います。

仲良くなって家に遊びに行くようになって初めて、彼には父親がいなかったことを知りました。当時の私にはまだ両親ともに揃って生きていたので、その苦労は知りようもありませんでしたが、いま考えると彼は自分自身を肯定することで、母親を安心させたかったんじゃないかなと思っています。

そんなことを思い出しながら、今回のイルガのエピソードを書きました。

物忘れ力というチート能力を持って生まれた私は当時のクラスメイトの顔や名前なんて一部を除いてもう大半覚えていないのですが、いまでも彼のことだけは鮮明に思い出せます。卒業を待たずに引っ越してしまったのが残念でした。

ちなみに作中のようなリーダーシップは微塵もありませんでした。そこは物語なので誇張やファンタジーも含むということで。

当然、聖なる悪党のヴォイドや、女性の前ではぽんこつ化するオウジン、押してダメなら押し倒すリオナ、完全無欠で頼れるセネカ、奥手なのかやり手なのか判断できないモニカにも、モデルはちゃんといたりします。

逆に一組でモデルがいないのはベルナルド、フィクス、レティスくらいでしょうか。そこらへんの登場人物たちは、まあベルナルドみたいなのが現実にいたらおもしろいよねーというコンセプトで作られたものです。よし。

じゃあエレミアの元になった人物って、もしかして、と言われることもありますが、もちろん自分ではありません。

もう何年も前のことになりますが、私がぽんこつ少尉になる以前に商業使用していたペンネームの、さらにもうひとつ前のペンネームだった頃、処女作を読んでくださったベテラン作家さんに書評で「この作品の作者はこういう主人公のようになりたいんだというのが透けて見える」みたいなことを書かれたことがあります。

　正直、何を言っているんだろう、と思いました。

　そりゃ主人公には自分の思想や考え方なんかは多かれ少なかれ入りますが、これから先も、いろんな物語を書いて食べていきたいと考えている人間が、自分自身を切り売りしたような主人公しか書けないわけがないじゃないですか。

　何だったら私のＷＥＢページには、「毛根弱者の中年おじさんがエリクサーを究極の毛生え薬にするべく、現実で培ってきたプロレス技を駆使しながら異世界を冒険する」ような長編の書き物までありますのに。当然、そんな哀しい人生を送りたくはありません。そもそも最初の四文字でもうノーサンキューです。

　興味が出た方はＷＥＢの方を覗いてやっていただけると嬉しいです。苦情や誹謗中傷は感想欄でお願いします。大丈夫。そんなあなたにもいつかは生えますよ。眼鏡かけた蝶ネクタイの子供のように「あれれ～？　妙だな。この作者、頭皮界隈に詳しすぎる」などと書かれたこともありましたが、どちらかといえば私は剛毛フサです。

　話を戻します。

　処女作ということで誤解をされてしまったというのもあるかもしれませんが、ベテラン作家さんからかつてそのような書評をいただいたことを友人に話すと、結構笑われます。

　おまえはおまえが書くような心の綺麗な主人公からはかけ離れてるのにな、とか、ファンタジーからほど遠いところにいる現実主義者ですね、とか、作者のこんな人格を知ったら夢が壊れるわ、とか、まあ散々なことを言われました。

　ちょっと言いすぎでは？

ちなみに、綺麗な主人公からかけ離れてると言ったのはヴォイドの元になった友人で、読者が知ったら夢が壊れると言ったのはセネカのモデルになった人でした。

ただ、だからといってその作品に自分が一切いないというわけではありません。あえて言うならば物語の方向性こそが作者そのものになるのではないかなと、勝手に思っております。

ですので主人公はほとんどの場合、誰でもありません。その時代の読み手に求められるものや、いつの時代でも愛されるもの、あるいは皆様に笑っていただけるものなんかを毎回意識しながら考えています。結果として今回の主人公であるエレミー・オウルディンガムは、このような姿形、人格、能力になりました。

ただこれはあくまでも自分自身の作り方の話であって、他の作家さんたちがどんなふうな考えで主人公を作られているかまではわかりません。そこらへんは私も知りたいくらいです。どなたか教えていただけると嬉しいです。

最後になりましたが、イラストのしあびす様、編集様、そして誰より、応援していただける読者の皆様のおかげで、この転ショタも無事に二巻を発売することができました。いつもありがとうございます。

また次の巻でもお会いできることを祈りつつ。

ぽんこつ少尉

あとがき

イラストを担当させていただきました、しあびすです。

ここ7か月ほど筋トレをして、食事も気を付けながら過ごしていると
ここ数年不調が出ていた腰の症状が改善しました。
筋トレは本当におすすめです、健康大事!
オススメは懸垂器具と腹筋ローラーが自宅でも出来て良いですよ。(本気顔)

それではここまで読んでくださり、本当にありがとうございました。

第七王子に生まれたけど、何すりゃいいの？

著：籠の中のうさぎ　　イラスト：krage

生を受けたその瞬間、前世の記憶を持っていることに気がついた王子ライモンド。環境にも恵まれ、新しい生活をはじめた彼は自分は七番目の王子、すなわち六人の兄がいることを知った。しかもみんなすごい人ばかり。母であるマヤは自分を次期国王にと望んでいるが、正直、兄たちと争いなんてしたくない。――それじゃあ俺は、この世界で何をしたらいいんだろう？　前世の知識を生かして歩む、愛され王子の異世界ファンタジーライフ！

ふつつかな悪女ではございますが

~雛宮蝶鼠とりかえ伝~

著：中村颯希　　イラスト：ゆき哉

『雛宮』――それは次代の妃を育成するため、五つの名家から姫君を集めた宮。次期皇后と呼び声も高く、蝶々のように美しい虚弱な雛女、玲琳は、それを妬んだ雛女、慧月に精神と身体を入れ替えられてしまう！　突如、そばかすだらけの鼠姫と呼ばれる嫌われ者、慧月の姿になってしまった玲琳。誰も信じてくれず、今まで優しくしてくれていた人達からは蔑まれ、劣悪な環境におかれるのだが……。大逆転後宮とりかえ伝、開幕！

転生《てんせい》してショタ王子《おうじ》になった剣聖《けんせい》は、かつての弟子《でし》には絶対《ぜったい》にバレたくないっ 2

剣徒燦爛《けんとさんらん》

初出……「転生してショタ王子になった剣聖は、かつての弟子には絶対にバレたくないっ」
小説投稿サイト「小説家になろう」で掲載

2024年3月5日　初版発行

著者　ぽんこつ少尉《しょうい》
イラスト　しあびす

発行者　野内雅宏

発行所　株式会社一迅社

〒160-0022　東京都新宿区新宿 3-1-13　京王新宿追分ビル 5F
電話　03-5312-7432（編集）
電話　03-5312-6150（販売）
発売元：株式会社講談社（講談社・一迅社）

印刷・製本　大日本印刷株式会社
DTP　株式会社三協美術
装丁　モンマ蚕（ムシカゴグラフィクス）

ISBN978-4-7580-9624-9

おたよりの宛先
〒160-0022
東京都新宿区新宿 3-1-13　京王新宿追分ビル 5F
株式会社一迅社　ノベル編集部
ぽんこつ少尉先生・しあびす先生